Defoe, Daniel

Bob Singleton

Leben und Abenteuer
des weltbekannten Seeräubers

CLASSIC PAGES

Defoe, Daniel

Bob Singleton

Leben und Abenteuer des weltbekannten Seeräubers

Reihe: *classic pages*

ISBN: 978-3-86741-571-2

Auflage: 1
Erscheinungsjahr: 2010
Erscheinungsort: Bremen, Deutschland

Bob Singleton

Leben und Abenteuer
des weltbekannten Seeräubers

Große Männer, deren Leben merkwürdig gewesen und deren Taten auf die Nachwelt zu kommen verdienen, pflegen in ihren Aufzeichnungen hohen Wert auf ihre Abkunft zu legen und behelligen den Leser nicht nur ein Langes und Breites mit der Geschichte ihrer Familie, sondern auch mit derjenigen ihrer Vorfahren, soferne von ihnen etwas zu erzählen ist. Wenn ich diesem Brauche folgen wollte, so müsste ich ein gleiches tun, allein ich kann meinen Stammbaum nicht weit zurückverfolgen, wie man bald ersehen wird.

Wenn ich der Frau glauben darf, die ich Mutter zu nennen gelehrt wurde, so nahm mich, als ich ein kleiner zweijähriger Knabe war, an einem schönen Sommerabende das Kindermädchen, die mich zu warten hatte, unter dem Vorwande mich in frische Luft zu bringen auf das Feld hinaus. Ich war gut gekleidet und hatte außerdem das Töchterchen eines Nachbars, ein zwölf- oder vierzehnjähriges Mädchen, zur Gesellschaft. Meine Wärterin – war es nun Zufall oder Verabredung – traf mit einem Burschen, wahrscheinlich ihrem Geliebten, zusammen, der sie mit sich in ein Gasthaus nahm, um sie mit Bier und Kuchen zu bewirten. Während sich das Pärchen in solcher Weise im Hause vergnügte, spielte draußen das Nachbarstöchterchen mit mir und führte mich, ohne etwas Böses dabei zu denken, durch den Garten hinaus aufs Feld, wo uns meine Wärterin bald nicht mehr sehen konnte. Wie es auch zugegangen sein mochte, kurz ich fiel einer Frau von dem Schlage derer, die sich kein Gewissen daraus machen, kleine Kinder zu rauben, in die Hände. Es war ein teuflisches Gewerbe, das in jenen Tagen besonders an gut gekleideten kleinen Kindern, bisweilen aber auch an größeren, die man nach den Plantagen verkaufen konnte, nicht selten geübt wurde.

Die Frau schien eine große Freude an mir zu haben: sie nahm mich auf ihre Arme, küsste mich, spielte mit mir, lockte meine Begleiterin immer weiter vom Hause weg, machte ihr endlich etwas weis und trug ihr auf, in das Haus zurückzukehren und meiner Wärterin zu sagen, wo sie mit dem Kleinen wäre: eine Dame von Stand habe Neigung zu dem Kinde gefasst und lasse es auf ihrem Schoße spielen, die Wärterin brauche nicht besorgt zu sein, die Dame warte mit dem Knaben draußen. Das Nachbarmädchen ließ sich beschwatzen und kam dem Auftrage nach – und währenddessen machte sich die Dame mit mir aus dem Staube.

Nach dieser Zeit wurde ich, wie es scheint, an eine Bettlerin verhandelt, die zur Betreibung ihres Gewerbes eines ganz kleinen Kindes bedurfte, später kam ich zu einer Zigeunerin, bei der ich bis zu meinem sechsten Jahre blieb. Obgleich dieses Weib mich in allen Teilen des Landes mit herumschleppte, so ließ sie mich doch nie Mangel leiden, und ich nannte sie Mutter. Später sagte sie mir, dass sie nicht meine Mutter wäre, sondern dass sie mich für zwölf Schillinge von einer andern Frau gekauft hätte, welche ihr mitgeteilt, wie ich zu ihr gekommen wäre, und dass ich Bob Singleton hieße.

Es ist unnötig hier Vermutungen aufzustellen, in welchen Schrecken wohl die ungetreue Dirne, die mich vernachlässigt hatte, geraten war, welche Behandlung ihr in gerechtem Zorne von meinen Eltern zuteilwurde, und welches Entsetzen die Gemüter der Letzteren bei dem Gedanken erfüllte, dass ihr Kind entführt sei. Ich habe, wie bereits erwähnt, nie erfahren, wer meine Eltern waren, und es wäre daher eine nutzlose Abschweifung, wenn ich hier davon reden wollte.

Es begab sich indes, dass meine gute Zigeuner-
mutter – ohne Zweifel um einer ihrer wackeren Handlungen willen – im Laufe der Zeit gehängt wurde,
und da sich dieser Vorfall zu einer Zeit ereignete, da
ich noch nicht ganz in das Landstreichergewerbe ein-
geweiht war, so übernahm das Kirchspiel, in welchem
sich dieses zutrug, auf dessen Namen ich mich jedoch
nicht mehr besinnen kann, meine Versorgung. Meine
frühesten Erinnerungen beschränken sich darauf, dass
ich in eine Kirchspielschule ging, und dass der Geistliche des Ortes mir zu sagen pflegte, ich solle nur ein
gutes Kind werden; denn wenn ich auch ein armer
Knabe wäre, so könnte ich doch noch mein Glück
machen, wenn ich nur meinen Katechismus fleißig
lernte und Gott fürchtete.

Ich glaube, ich wurde etliche Male von einer Stadt
zur andern geschickt – vielleicht, weil sich die Kirch-
spiele wegen der Herkunft meiner mutmaßlichen
Mutter stritten – ich kann mich jedoch nicht erinnern,
ob ich dabei zu Fuße gehen musste oder fahren
durfte. Die Stadt indes, in welcher ich endlich blieb,
kann nicht weit vom Meere gelegen haben, denn ein
Schiffseigentümer, der Neigung für mich fasste,
brachte mich zuerst nach einem Orte unweit
Southampton. Hier war ich bei den Zimmerleuten
und anderen Handwerkern, die ein Schiff für ihn
bauten, Handlanger, und als das Schiff fertig war,
nahm er mich, ungeachtet ich noch nicht zwölf Jahre
zählte, auf eine Seereise nach Neufundland mit. Ich
lebte dort behaglich genug und wurde meinem Herrn
so lieb, dass er mich wie seinen eigenen Sohn hielt,
auch würde ich ihn gern Vater genannt haben, wenn
er es mir verstattet hätte. Er wollte es aber nicht
haben, weil er eigene Kinder hatte. Ich machte drei
oder vier Reisen mit ihm und war bereits zu einem
kräftigen Jungen herangewachsen, als wir auf dem

Heimwege von Neufundland von einem algerischen Seeräuber abgefangen wurden. Wenn mich mein Gedächtnis nicht täuscht, so fällt dieses Ereignis in das Jahr 1605, denn ich schrieb natürlich damals noch kein Tagebuch.

Dieser Unfall focht mich nicht besonders an, obgleich ich sah, dass mein Herr während des Kampfes eine Kopfwunde erhalten hatte und von den Sarazenen schwer misshandelt wurde – ich sage, er focht mich nicht besonders an, bis mir unglücklicherweise ein paar Worte entfuhren, die, soviel ich mich erinnere, Bezug auf die barbarische Behandlung meines Herrn hatten, worauf man mir mit einem Stocke die Fußsohlen so unbarmherzig bearbeitete, dass ich mehrere Tage weder gehen noch stehen konnte. Doch auch bei dieser Gelegenheit war mir das Glück günstig, denn als der Korsar, unser Schiff als Beute im Schlepptau, angesichts der Bai von Cadix auf die Meerenge von Gibraltar lossteuerte, wurde er durch zwei große portugiesische Kriegsschiffe angegriffen, gefangen genommen und nach Lissabon geführte

Da mich meine Gefangenschaft wenig kümmerte, und ich überhaupt nicht wusste, welche Folgen mir daraus erwachsen könnten, so ließ ich mir meine Befreiung wenig angelegen sein, denn was hätte sie mir auch nützen können? Mein Herr, der einzige Freund, den ich auf Erden besaß, war in Lissabon an seinen Wunden gestorben, und es blieb mir daher in dem fremden Lande, wo ich niemanden, nicht einmal die Sprache kannte, nichts übrig als Hungers zu sterben. Jedenfalls war mein Los ein viel besseres als ich hoffen durfte, denn als die übrigen von unserer Mannschaft die Freiheit und das Recht erhalten hatten hinzugehen, wohin es ihnen beliebte, blieb ich, da ich nirgends ein Hin wusste, mehrere Tage auf dem

Schiffe, bis mich endlich ein Leutnant sah und Erkundigungen einzog, was der junge englische Hund wolle, und warum man ihn nicht an Land bringe.

Ich hörte dies, verstand, wenn auch nicht gerade seine Worte, so doch den Sinn derselben und fürchtete mich sehr, denn ich wusste nicht, wo ich einen Bissen Brot hernehmen sollte. Unmittelbar darauf kam auch der Lotse des Schiffes, ein alter Matrose, der meine verdutzte Miene sah, auf mich zu und erklärte mir in gebrochenem Englisch, dass ich fort müsste.

Aber wohin soll ich gehen? fragte ich.

Wohin du willst, war seine Antwort, nach Hause, nach England!

Aber wie soll ich dahin kommen? versetzte ich.

Hast du denn niemanden hier? fragte er.

Auf der ganzen Welt keinen als jenen Hund dort, erwiderte ich und zeigte auf den Schiffshund, der kurz zuvor ein Stück Fleisch gestohlen hatte und damit in meine Nähe gekommen war, worauf ich es ihm abjagte und selber verzehrte, er ist mein Freund gewesen und hat mir mein Mittagessen gebracht.

Nun nun, sagte er, am Essen soll es dir nicht fehlen. Willst du mit mir gehen?

Von Herzen gerne, antwortete ich.

Der alte Lotse nahm mich mit nach Hause und behandelte mich ziemlich gut, obgleich es mit dem Essen karg genug herging. Ich wohnte ungefähr zwei Jahre bei ihm, während welcher Zeit er sich um eine Anstellung bewarb. Er wurde auch endlich Schiffsmeister auf einer Gallone, die nach Goa in Ostindien gehen sollte, und brachte mich, sobald er die Bestallung hatte, an Bord, um seinen Schiffsverschlag zu beaufsichtigen, in welchem er Vorräte von Branntwein, Zitronat, Zucker, Gewürze und dergleichen für den eigenen Gebrauch aufhäufte und später auch eine beträchtliche Menge europäischer Güter: als feiner Spitzen, Leinwand, Wollstoffe und ähnlicher Sachen, angeblich seinen Kleidervorrat, einlud.

Ich war zu jung, um ein Tagebuch über diese Reise zu führen, obgleich mein Herr, der für einen Portugiesen ein ganz tüchtiger Mann war, mich dazu aufforderte, allein meine Unkenntnis der Sprache war indes ein Hindernis oder galt wenigstens als Entschuldigung. Dessen ungeachtet blickte ich aber nach einiger Zeit in seine Bücher und Karten, und da ich eine leidliche Handschrift schrieb, auch einiges Latein verstand und das Portugiesische zu radebrechen anfing, so lernte ich einiges von der Seefahrerkunst, obschon nicht soviel als wohl für ein so ereignisreiches Leben, wie das Meinige werden sollte, hinreichend gewesen wäre.

Wir besuchten auf unserer Reise nach Ostindien die Küste von Brasilien. Nicht dass dies der gewöhnliche Weg gewesen wäre, aber unser Kapitän machte zuerst, sei es auf eigene Rechnung oder im Auftrage der beteiligten Kaufleute, einen Abstecher nach jener Gegend, wo wir in der Allerheiligenbai fast an hundert Tonnen Güter ablieferten und einen beträchtlichen Haufen Gold nebst einigen Kisten Zucker und über achtzig Rollen Tabak, jede mindestens einen Zentner schwer, einnahmen.

Im Auftrage meines Herrn musste ich an der Küste die Geschäfte des Kapitäns besorgen, bei welcher Gelegenheit ich gar eifrig für den Vorteil meines Auftraggebers tätig war, und um ihn für sein Vertrauen zu belohnen, fand ich Mittel und Wege, mir ungefähr zwanzig Goldstücke, die von den Kaufleuten für Rechnung unseres Schiffes ausbezahlt wurden, zu sichern, das heißt zu stehlen, eine Kunst, die ich leider nur zu bald von den Portugiesen lernte, was ich hier offen gestehe, da ich entschlossen bin, dem Leser nicht bloß meine Abenteuer, sondern auch meine Verirrungen zu berichten.

Von hier aus hatten wir eine erträgliche Fahrt nach dem Kap der Guten Hoffnung. Mein Herr hielt mich für einen tätigen und treuen Diener, wovon das Erstere wohl richtig, das Letztere aber ein ziemlich unverdientes Lob war. Infolge dieses argen Irrtums gewann mich der Kapitän so lieb, dass er mich häufig bei seinen eigenen Geschäften verwandte. Für meinen Diensteifer belohnte er mich durch manche Auszeichnung und gab mich als eine Art von Gehilfen für seine eigenen Tafelbedürfnisse dem Proviantmeister des Schiffes bei. Durch solche Mittel hatte ich Gelegenheit, für den Diener meines Herrn, das heißt für mich selbst, Sorge zu tragen und mich in einer Weise zu versehen, dass ich besser lebte als sonst einer auf dem Schiffe, denn der Kapitän verfügte selten über die Schiffsvorräte, ohne dass auch ein Teil für mich abfiel. Nach ungefähr siebenmonatlicher Fahrt, von Lissabon aus gerechnet, langten wir in Goa an, wo wir weitere acht Monate blieben. Mein Herr war die ganze Zeit über fast immer an Land, und ich hatte in der Tat nichts weiter zu tun, als den Portugiesen, die das treuloseste, schwelgerischste, anmaßendste und grausamste Volk der ganzen Christenheit sind, ihre Schuftigkeit abzulernen. Diebstahl, Lüge, Meineid und schändlichste Liederlichkeit gehörten unter der Schiffsmannschaft zur Tagesordnung, und so sehr die Matrosen mit ihrem Mute prahlten, so waren sie doch im Grunde die hasenherzigsten Memmen, die mir je vorgekommen sind, wie sich denn auch ihre Feigheit bei vielen Gelegenheiten offenbarte. Dessen ungeachtet fanden sich auch hin und wieder minder schlimme unter ihnen, und da ich hauptsächlich mit diesen verkehrte, so kannte ich gegen die übrigen kein anderes Gefühl als die tiefste Verachtung, welche sie auch in jeder Hinsicht verdienten.

Ich passte übrigens ganz gut in eine solche Gesellschaft, denn in meinem Herzen wohnte auch nicht das mindeste Gefühl für Tugend und Religion. Ich hatte davon niemals mehr gehört als was mir ein guter alter Pfarrer in meinem achten oder neunten Lebensjahre gesagt hatte. Aber selbst in diesem verderbten Zustande blieb mir ein so entschiedener Abscheu gegen die heillose Niederträchtigkeit der Portugiesen, dass ich nicht umhin konnte, sie von Anfang an von ganzem Herzen zu hassen, ein Gefühl, das ich in meinem ganzen späteren Leben nie verloren habe.

Einem englischen Sprichwort nach muss indes, wer mit dem Teufel an Bord geht, mit dem Teufel segeln. Ich war nun einmal unter ihnen, und so musste ich denn eben mit ihnen zurechtkommen, so gut es ging. Wie schon oben erwähnt, hatte mein Herr mir erlaubt, dass ich dem Kapitän bei seinen Arbeiten behilflich sein sollte. Ich erfuhr später, dass der Kapitän meinem Herrn für meine Dienste monatlich einen halben Gulden bewilligt und dass er meinen Namen in der Schiffsliste eingetragen hatte. Ich erwartete daher, dass er bei der nächsten Löhnung, die alle vier Monate statthatte, auch mir etwas abgeben würde. Ich irrte mich jedoch in meinem Herrn, denn etwas der Art fiel ihm nicht entfernt ein. Er hatte mich im Unglück aufgenommen, weshalb es ihm gut dünkte, mich aufs Beste auszubeuten. Anfangs glaubte ich freilich, er hätte mich bloß aus Menschenliebe und aus Mitleid mit meiner kläglichen Lage unterstützt, und als ich an Bord gebracht wurde, zweifelte ich nicht, dass mir für meine Dienstleistungen auch ein Lohn würde.

Er dachte jedoch, wie es scheint, ganz anders darüber, denn als ich einmal nach einem Löhnungstage einen Bekannten zu ihm schickte, um mit ihm über die Sache zu sprechen, geriet er in einen furchtbaren Zorn, nannte mich einen englischen Hund, einen jungen Ketzer, und drohte mich der Inquisition zu übergeben. In der Tat, von allen Ehrentiteln, die sich mit den Buchstaben des Alphabets schreiben lassen, verdiente ich den eines Ketzers am allerwenigsten, denn da ich gar nichts von Religion wusste, weder von der protestantischen noch der katholischen noch der mohammedanischen, so konnte ich wohl unmöglich ein Ketzer sein. Es fiel übrigens etwas Unbedeutendes vor, was mich beinahe in die Hände der Inquisition gebracht hätte, und hätte man mich da nach meinem Glauben gefragt, so würde ich mich sicherlich zu dem ersten besten bekannt haben, und ich würde mich zu einem Märtyrer für eine Sache gemacht haben, die mir ganz und gar ein böhmisches Dorf war.

Aber der Priester, den wir bei uns hatten, der Schiffskaplan, wie man ihn nannte, rettete mich; als er sah, dass ich in Glaubensfragen ganz unwissend war und alles tat oder sagte, was man von mir verlangte, legte er mir einige Fragen vor, die ich so einfältig beantwortete, dass er versicherte, er bürge dafür, dass ich ein guter Katholik sei, und er hoffe das Mittel zu werden, meine Seele zu retten. Er suchte auch ein Verdienst darin, seinen Worten Ehre zu machen, und so stutzte er mich in etwa einer Woche zu einem so guten Katholiken zurecht, als nur einer auf dem Schiffe war.

Ich erzählte ihm sodann den Vorfall mit meinem Herrn und teilte ihm mit, es sei wohl wahr, dass er mich unter den allerkläglichsten Umständen auf dem Lissaboner Kaper gefunden und aufgenommen, dass ich ihm nicht genug für die Wohltat, mich an Bord eines Schiffes gebracht zu haben, danken könne, da ich in Lissabon hätte Hungers sterben müssen und in Anbetracht dergleichen Wohltaten erklärte ich, wollte ich ihm gern dienen, aber ich hoffte, dass er meinem Eifer eine kleine Anerkennung zuteilwerden oder dass er mich wenigstens wissen lassen würde, wie lange er meine Dienste noch unentgeltlich verlangen wollte.

Aber das alles war umsonst. Weder der Geistliche noch sonst jemand konnte ihn überzeugen, dass ich nur sein Diener nicht aber sein Sklave war. Er behauptete das Letztere auf den Grund hin, dass er mich von einem algerischen Schiffe genommen hätte: ich also ein Mohammedaner wäre, der sich für einen Engländer ausgäbe, um die Freiheit zu erlangen, und wollte mich daher als einen ungläubigen Hund den Händen der Inquisition überliefern.

Dies schüchterte mich über alle Maßen ein, denn ich hatte niemanden, der mir bezeugen konnte, wer ich wäre und woher ich käme, aber der gute Pater Antonio beruhigte mich in dieser Hinsicht auf eine Weise, die ich damals aber noch nicht verstand. Er kam nämlich des Morgens mit ein paar Matrosen zu mir und erklärte, er wolle mich untersuchen und sich überzeugen, ob ich ein Mohammedaner sei oder nicht. Ich war ebenso sehr verwundert wie erschrocken, denn ich verstand von allem nichts und konnte mir nicht denken, was man mit mir vorhabe. Man zog mir die Hosen herunter und schien zufrieden zu sein, dass ich kein Mohammedaner wäre. So entging ich wenigstens diesmal der Grausamkeit meines Herrn. Diese grausame Behandlung und die Möglichkeit, seinen Händen zu entfliehen, ließen mein Gehirn alle Arten von Unheil ausbrüten, und ich kam endlich, nachdem ich alle andern Mittel überlegt und als unausführbar gefunden hatte, zu dem Entschlusse ihn zu ermorden. Mit diesem höllischen Vorhaben im Herzen sann ich ganze Tage und Nächte über die Möglichkeit es zu bewerkstelligen nach, aber ich hatte weder ein Schießgewehr noch einen Degen noch sonst eine Waffe, womit ich ihm hätte ans Leben gehen können. Ich dachte an Gift, wusste aber nicht, woher ich welches bekommen sollte, oder wenn dies auch der Fall gewesen wäre, so konnte ich nicht einmal die Landessprache soweit, um es fordern zu können. Ich musste daher in seinen Banden bleiben, bis das Schiff, nachdem es seine Ladung eingenommen hatte, den Heimweg nach Portugal antrat.

Ich kann nichts von dieser Fahrt erzählen, da ich kein Tagebuch führte, ich erinnere mich nur noch, dass wir auf der Höhe des Kaps der Guten Hoffnung durch einen gewaltigen Sturm aus West-Süd-West zurückgeschlagen wurden und sechs Tage und sechs Nächte lang ostwärts trieben und endlich an der Küste von Madagaskar Anker warfen.

Der Sturm war so heftig gewesen, dass das Schiff starken Schaden genommen hatte und der Ausbesserung bedurfte. Während das Schiff vor Anker lag, brach unter der Mannschaft wegen Nichtbezahlung des Heuerrückstandes eine Meuterei aus, und man stand im Begriffe, den Kapitän ans Ufer zu setzen und mit dem Schiffe nach Goa zurückzukehren. Ich wünschte von ganzem Herzen, dass dies geschehen möchte, denn mein Gehirn brütete Rachepläne, und ich war entschlossen das Äußerste zu wagen. Man gab indes auf mich wenig Acht, denn ich galt nur als ein Knabe, sonst hätte mir mein aufrührerisches Treiben, das ich ziemlich offen zur Schau trug, schon in diesem frühen Alter einen Strick um den Hals eintragen können. Einige von den Meuterern gingen sogar damit um, den Kapitän zu ermorden, dieser erhielt jedoch Wind davon und brachte einige von der Bande zum Teil durch Geld und Versprechungen, zum Teil durch Drohungen und gewaltsame Maßregeln zu einem Bekenntnis der Einzelheiten der Verschwörung. Die Beteiligten wurden augenblicklich festgenommen, und da immer der eine vom andern aussagte, so befanden sich bald sechzehn Leute, unter ihnen auch ich, in Ketten und Banden.

Der Kapitän geriet über den Vorgang, der ihn mit so ernstlicher Gefahr bedroht hatte, in große Wut, und da er im Sinn hatte das Schiff von seinen Feinden zu säubern, so wurde Gericht über uns gehalten und wir allesamt zum Tode verurteilt. Ich war zu jung, um auf den Gang des Prozesses zu achten, und erinnere mich nur noch, dass der Zahlmeister und einer der Kanoniere auf der Stelle gehangen wurden, während ich mit den übrigen demselben Schicksal entgegensah. Ich kann nicht gerade sagen, dass diese Aussicht einen besonders tiefen Eindruck auf mich machte, denn ich kannte wenig von dieser und nichts von der andern Welt, obgleich ich mich noch entsinne, dass ich viel weinte.

Der Kapitän begnügte sich jedoch mit der Hinrichtung dieser beiden. Einige von den Übrigen krochen zu Kreuze, versprachen sich ordentlich zu verhalten und wurden begnadigt, aber über fünf, zu denen ich gehörte, lautete das Urteil dahin, dass sie an irgendeinem Eiland ausgesetzt werden sollten. Es lag im Interesse meines Herrn, mir Gnade zu erwirken, was jedoch von dem Kapitän rundweg abgeschlagen wurde, welcher erklärte, dass ich, soferne ich an Bord bliebe, gehangen werden müsste, denn es wäre ihm hinterbracht worden, ich sei unter denen gewesen, welche hauptsächlich auf seine Ermordung gedrungen hätten, es stünde daher meinem Herrn frei für mich zu wählen, was ihm am besten dünke. Der Kapitän schien mir meine Beteiligung an dem Komplott besonders übel zu nehmen, weil er mir soviel Güte erwiesen und mich vorzugsweise zu seinem persönlichen Dienst verwandt hätte. Die Wahl wäre ihm [meinem Herrn] wohl nicht schwergefallen, wenn er meine wohlwollende Gesinnung gegen ihn gekannt hätte, die in nichts Geringerem bestand, als ihn bei der ersten Gelegenheit zu ermorden.

Ich sollte nun einem unabhängigen Leben anheimgegeben werden, allerdings ein Zustand, für den ich übel genug vorbereitet war, denn ich war ganz und gar unfähig von der Freiheit einen vernünftigen Gebrauch zu machen. Meine Jugend oder meine Dummheit ließen jedoch keinen Kummer in mir aufkommen, da ich die Folgen nicht abzuschätzen verstand.

Freilich hatte diese gedankenlose Unbekümmertheit auch ihr Gutes, denn wenn sie mich waghalsig und zu jedem Unheil fähig machte, so hielt sie auch die Sorge und Traurigkeit fern, welche sonst gern die Begleiterinnen des Unglücks sind und den Geist so bedrücken, dass ihm nicht die nötige Freiheit bleibt auf Mittel zu sinnen, welche imstande sind die Lage des Augenblicks zu verbessern. Dies war auch wirklich bei meinen Gefährten der Fall, die sich im Augenblicke der Not so verzagt benahmen, dass die Furcht, verhungern zu müssen, von wilden Tieren gefressen, umgebracht, vielleicht von Kannibalen verzehrt zu werden, keinem andern Gedanken mehr Raum gab.

Ich mochte kaum siebzehn oder achtzehn Jahre zählen, als mir mein Schicksal angekündigt wurde. Ich vernahm es, ohne eine Spur von Entmutigung zu zeigen. Ich fragte allerdings, was mein Herr dazu sage, und erfuhr dann, dass er alles aufgeboten hatte, um mich zu retten. Ich wusste ihm aber für seine Fürbitte beim Kapitän wenig Dank, denn es war mir wohl bekannt, dass der Grund nicht in seiner Liebe zu mir, sondern in seiner Eigenliebe lag, er hätte nämlich gar zu gern den Lohn, mit dem ich auf der Schiffsliste stand, und der sich nebst dem, was mir für den persönlichen Dienst bei dem Kapitän berechnet wurde, auf sechs Dollar monatlich belief, für mich eingestrichen.

Auf die Nachricht von der wohlwollenden Fürsprache meines Herrn bat ich um eine Unterredung mit ihm, und als man ihm meinen Wunsch hinterbrachte, besuchte er mich.

Auf meine Bitte, mir meine Kleider verabfolgen zu lassen, meinte er, ich würde wohl wenig Kleider brauchen, denn es sei geringe Hoffnung für mich vorhanden lange am Leben zu bleiben, er hätte gehört, auf der Insel, auf der wir ausgesetzt werden sollten, wohnten Menschenfresser, und wir würden ihnen wohl als leckere Braten gelegen kommen. Ich erklärte hierauf, dies mache mir nicht so viele Sorge als die Gefahr des Verhungerns, denn wenn die Einwohner in der Tat Menschenfresser wären, so dürften sie wohl eher uns als wir ihnen als Speise dienen, falls man ihnen nur beikommen könnte. Die Gefahr bestände für uns nur darin, dass wir keine Waffen hätten, um uns zu verteidigen, weshalb ich ihn um weiter nichts bäte, als dass er mir ein Gewehr, einen Säbel, Pulver und Kugeln geben möchte. Er lächelte und sagte, er wisse nicht, ob der Kapitän meinem Gesuche willfahren werde, er wolle indes tun, was er könnte, um meiner Bitte geneigtes Gehör zu verschaffen. Er hielt Wort und schickte mir des andern Tags eine Flinte mit der Nachricht, der Kapitän wolle uns die Munition erst zugehen lassen, wenn wir alle am Strande, und seine Anker gelichtet wären. Auch sandte er mir das wenige an Kleidern, die ich noch auf dem Schiffe hatte.

Als wir auf der Insel an Land gesetzt wurden, erschraken wir nicht wenig über das wilde Aussehen der Bewohner, obschon ihr Äußeres nicht ganz so entsetzlich war, wie es uns die Matrosen geschildert hatten. Als wir jedoch in nähere Berührung mit ihnen kamen, sahen wir, dass es keine Kannibalen waren, denn es fiel ihnen nicht ein sogleich über uns herzufallen und uns zu verzehren. Im Gegenteil, sie kamen auf uns zu, setzten sich zu uns nieder und betrachteten mit neugieriger Verwunderung unsere Kleider und Waffen. Auch versahen sie uns mit Nahrungsmitteln, die gerade zur Hand waren und vornehmlich aus Wurzeln bestanden, später brachten sie uns Fleisch und Geflügel in Menge.

Dies hob den Mut meiner Gefährten wieder merklich. Waren sie anfangs ganz niedergeschlagen gewesen, so wurden sie jetzt ganz zutraulich gegen die Eingeborenen und gaben ihnen durch Zeichen zu verstehen, dass wir bei ihnen bleiben würden, wenn wir uns einer freundlichen Behandlung vermutet sein könnten. Diese Erklärung schien ihnen Freude zu machen, obgleich sie weder die Notwendigkeit kannten, die uns zwang, noch die Furcht ahnten, die wir vor ihnen hatten.

Das Schiff blieb noch vierzehn Tage in der Bucht, um die im letzten Sturm erlittenen Beschädigungen auszubessern und Holz und Wasser einzunehmen. Während dieser Zeit kam das Boot öfter an Land und brachte uns verschiedene Erfrischungen. Die Eingeborenen glaubten, wir gehörten zum Schiffe und waren ziemlich höflich. Wir wohnten in einer Art von Zelt oder vielmehr Hütte, die wir aus Zweigen gemacht hatten, und zogen uns nachts zuweilen in einen

Wald zurück, der etwas abseits lag, um ihnen die Meinung beizubringen, wir seien an Bord gegangen. Indessen verrieten sie doch einen rohen, heimtückischen und bösartigen Charakter. Furcht war die Quelle ihrer Höflichkeit, und sie schienen entschlossen, sobald das Schiff abgesegelt sein würde, über uns herzufallen. Diese Beobachtung flößte meinen Leidensgefährten die größten Besorgnisse ein. Einer derselben, ein Zimmermann, ging in seiner Angst so weit, dass er bei Nacht nach dem Schiffe schwamm, obgleich es eine Seemeile entfernt lag, wo er so kläglich um Aufnahme flehte, dass sich der Kapitän endlich bewegen ließ seinem Ansuchen zu willfahren, nachdem er ihn zuvor volle drei Stunden im Wasser hatte schwimmen lassen.

Als er an Bord war, hörte er nicht auf, bei dem Kapitän und den übrigen Offizieren für uns zu flehen, allein dieser blieb bis zum letzten Tage unerbittlich. Als er sich zum Absegeln anschickte und den Befehl erteilt hatte, die Boote aufs Schiff zu holen, kam die ganze Mannschaft vor die Schranken des Halbdecks, auf dem der Kapitän und einige seiner Offiziere auf und ab gingen. Der Bootsmann wurde aufgefordert, für sie zu sprechen. Er fiel vor dem Kapitän auf die Knie nieder und bat ihn in den demütigsten Ausdrücken, die vier Mann wieder an Bord zu nehmen und ihnen auf seine Bürgschaft zu verzeihen oder sie lieber in Ketten zu halten und in Lissabon dem Gericht auszuliefern, als sie hier der Barbarei der Wilden oder dem Blutdurste der reißenden Tiere preiszugeben. Lange gab ihm der Kapitän kein Gehör. Endlich ließ er ihn verhaften und drohte ihm für seine Verwendung mit der neunschwänzigen Katze.

Auf diese harte Antwort bat ein Matrose, der mehr Kühnheit besaß als die übrigen, Seine Gnaden mit aller schuldigen Achtung, er möchte wenigstens noch einigen von der Mannschaft erlauben an Land zu gehen, um mit ihren Gefährten zu sterben oder sich mit ihnen womöglich gegen die Eingeborenen zu halten. Mehr erzürnt als eingeschüchtert durch dieses Gesuch kam der Kapitän an die Schranken des Halbdecks und antwortete jedoch mit kluger Mäßigung – denn hätte er in einem rauen Tone gesprochen, so würden zwei Drittel der Mannschaft, wenn nicht alle, das Schiff verlassen haben – ihre sowohl als seine eigene Sicherheit habe ihn zu dieser Strenge genötigt, er könnte es bei seinen Vorgesetzten nicht verantworten, das ihm übergebene Schiff mit seiner Ladung Männern anzuvertrauen, welche die schwärzesten Pläne gehegt hätten, er wünschte zwar von Herzen, dass er sie irgendwo anders hätte an Land setzen können, wo sie den Wilden weniger preisgegeben wären, da er nicht ihren Untergang beabsichtige, indem er sie sonst ebenso gut an Bord hätte hinrichten lassen können wie die beiden andern, und es wäre ihm lieber gewesen, das Verbrechen hätte in einem andern Teile der Welt stattgefunden, wo er sie einem Landesgericht hätte übergeben oder bei einem christlichen Volke hätte zurücklassen können, aber besser sei es, ihr Leben stehe auf dem Spiel, als das Seinige samt der Sicherheit des Schiffes, und wenn etwa einer von ihnen, obwohl er sich nicht bewusst sei, dies an ihnen verdient zu haben, deswegen, weil er sich weigere, eine Rotte Verräter an Bord zu behalten, welche sich zu seiner Ermordung verschworen hätten, wenn also einer lieber das Schiff verlassen als seine Pflicht tun wolle, so werde er dies nicht hindern noch sie wegen ihrer Unbotmäßigkeit bestrafen, aber nie, und sollte er allein auf dem Schiffe zurückbleiben, nie werde er in die Aufnahme der Empörer willigen.

Diese an sich sehr vernünftige Rede wurde so gut und mit soviel Mäßigung vorgetragen und schloss so bestimmt, dass der größte Teil der Mannschaft für den Augenblick zufriedengestellt war, aber die geheimen Beratungen, zu denen sie Veranlassung gab, dauerten noch einige Stunden fort, und da auch der Wind gegen Abend nachließ, so befahl der Kapitän, die Anker nicht vor dem folgenden Morgen zu lichten.

In der Nacht noch wandten sich dreiundzwanzig Mann, worunter der Gehilfe des Stückmeisters, der Assistent des Wundarztes und zwei Zimmerleute waren, mit der Bitte an den ersten Offizier, den Kapitän um Erlaubnis zu ersuchen, zu ihren Kameraden ans Land gehen und mit ihren Gefährten sterben zu dürfen, sie könnten in diesem äußersten Falle nicht anders handeln, denn wenn es ein Mittel gäbe, das Leben ihrer Gefährten zu retten, so sei es eine Verstärkung, die sie instand setzte, sich so lange gegen die Wilden zu halten, bis sie früher oder später Gelegenheit fänden zu entkommen und in ihr Vaterland zurückzukehren.

Der Offizier antwortete ihnen, er wage es nicht, über diesen Punkt mit dem Kapitän zu sprechen, und sei sehr ungehalten darüber, dass sie so wenig Achtung vor ihm hätten ihm solches zuzumuten; wenn sie jedoch entschlossen seien ihr Vorhaben auszuführen, so riete er ihnen, am Morgen beizeiten das lange Boot zu nehmen, die Erlaubnis des Kapitäns zu benutzen und einen höflichen Brief an ihn zu hinterlassen, worin sie ihn unter anderm bäten, das Boot, welches sie mitgenommen hätten, wieder abholen zu lassen, da sie es redlich wieder zurückgeben wollten. Schließlich versprach er noch, ihren Anschlag vorderhand geheim zu halten.

Eine Stunde vor Tagesanbruch schifften sich dreiundzwanzig Mann in aller Stille ein. Jeder hatte sich mit einer Flinte und einem Säbel bewaffnet, außerdem nahmen sie noch eine Anzahl Pistolen und einen ziemlichen Vorrat von Pulver und Kugeln, alle ihre Kisten, Kleidungsstücke, Instrumente, Bücher und dergleichen und ungefähr ein halbes Hundert Brote mit.

Der Kapitän erfuhr von ihrer Abfahrt erst, als sie schon die Hälfte des Weges nach der Küste zurückgelegt hatten. Alsbald rief er, da der erste Geschützmeister krank in seiner Koje lag, den Stückmeistersgehilfen, um auf die Flüchtlinge Feuer zu geben, aber zu seinem größten Ärger war der Gerufene selber unter der Zahl der Vermissten, und eben diesem Umstande verdankten sie den großen Vorrat an Waffen und sonstigem Kriegsbedarf. Als der Kapitän sah, wie die Sachen standen, und dass nichts mehr zu tun war, machte er gute Miene zum bösen Spiel, rief die Mannschaft zusammen, sprach freundlich zu ihnen und versicherte sie seiner Zufriedenheit mit ihrer Treue und Brauchbarkeit. Er wolle zu ihrer Aufmunterung, sagte er, den Sold, den die Entwichenen noch zu fordern gehabt hatten, unter die Zurückgebliebenen verteilen, und er könne sich nun Glück wünschen, dass das Schiff von einem aufrührerischen Gesindel befreit sei, das nicht den geringsten Grund zur Unzufriedenheit gehabt hätte.

Diese Worte fanden eine sehr gute Aufnahme und besonders günstig war der Eindruck, den das gegebene Versprechen der Soldverteilung auf die Mannschaft machte. Hierauf erhielt der Kapitän den oben erwähnten Brief aus den Händen seines Kajütenjungen, den die Entwichenen diesem hinterlassen hatten. Er war so ziemlich desselben Inhalts wie ihre Bitte an den Leutnant, der ihnen seine Verwendung verweigert hatte. Nur setzten sie am Schlusse noch hinzu, da sie keine unehrliche Absicht hätten, so hätten sie auch nichts mitgenommen, was sie nicht ihr Eigentum nennen dürften, außer einigen Waffen und der erforderlichen Munition, soviel deren zu ihrer Verteidigung gegen die Wilden und zu der für ihren Unterhalt erforderlichen Jagd unumgänglich notwendig wäre, und da sie noch beträchtliche Rückstände zu fordern hätten, so hofften sie, er würde ihnen den mitgenommenen Kriegsbedarf dagegen überlassen. Was das lange Boot beträfe, auf welchem sie an Land gefahren, so wüssten sie, dass er es nicht entbehren könnte, und wären bereit es zurückzugeben. Wenn er daher Leute danach aussenden wollte, so sollte diesen eine höfliche Behandlung zuteilwerden und keinem ein Leid widerfahren, auch wollten sie nicht den geringsten Versuch machen sie zu überreden, bei ihnen zu bleiben. Endlich baten sie den Kapitän noch demütig, er möge ihnen zur Verteidigung und Erhaltung ihres Lebens noch ein Fässchen Pulver und sonstigen Kriegsbedarf schicken und ihnen Mast und Segel des Bootes überlassen, damit sie, wenn es ihnen möglich sein sollte, selbst ein Boot irgendeiner Art zustande zu bringen, in See gehen könnten, um sich in diejenige Gegend der Welt zu flüchten, in welche sie ihr Schicksal führen würde.

Hierauf kam der Kapitän, der die Zurückgebliebenen durch seine Worte gewonnen hatte und mit der allgemeinen Ruhe völlig zufrieden war, denn wirklich waren es die unzufriedensten Köpfe gewesen, die sich entfernt hatten, wieder auf das Halbdeck und rief die Mannschaft zusammen, um ihnen den Inhalt des Briefes mitzuteilen. Wiewohl sie es nicht verdient hätten, so wolle er sie doch nicht hilfloser machen, als sie selbst freiwillig es getan hätten, deshalb sei er geneigt, ihnen einigen Kriegsbedarf zu schicken. Sie hätten zwar nur um ein Fässchen Pulver gebeten, er wolle ihnen aber zwei schicken und zudem noch Kugeln oder Blei nebst Kugelformen in verhältnismäßiger Anzahl. Ja, um ihnen zu zeigen, dass er gütiger sei, als sie es verdient hätten, gab er sogar Befehl, ihnen noch ein Fässchen Arrak und einen großen Sack voll Brot zu ihrem Unterhalt zu senden, bis sie imstande sein würden, sich selbst die nötigen Nahrungsmittel zu verschaffen. Die Mannschaft gab der Freigebigkeit des Kapitäns ihren Beifall zu erkennen, und jeder Einzelne legte noch das eine oder das andere für uns bei. Gegen drei Uhr nachmittags landete die Pinasse an unserer Küste und nahm das große Boot wieder zurück. Die Mannschaft der Pinasse, zu welcher der Kapitän nur solche gewählt hatte, von denen er überzeugt war, dass sie nicht zu uns übergehen würden, hatte den gemessenen Befehl bei Todesstrafe, keinen von uns an Bord zu nehmen, und beide Teile waren so gewissenhaft, dass wir sie nicht zum Bleiben und sie uns nicht zum Mitgehen einluden. So war denn unsere Schar ziemlich groß. Wir waren im Ganzen unser siebenundzwanzig, sehr gut bewaffnet und vom Mundvorrat abgesehen mit allem hinlänglich versehen. Wir hatten zwei Zimmerleute, einen Geschützmeister, und was soviel wert war wie alles Übrige, einen Wundarzt bei uns. Letzterer war nämlich zu Goa bei einem Wundarzt als Gehilfe gewesen und bei uns als überzählig aufgenommen worden. Die Zimmerleute führten ihr ganzes Handwerkszeug und der Arzt seine sämtlichen Instrumente und Arzneimittel bei sich, und wir hatten überhaupt eine ganze Menge Gepäck. Im Einzelnen war es indes nicht viel, denn mancher hatte wenig mehr als er auf dem Leibe trug, und zu diesen Letzteren gehörte auch ich, aber ich hatte etwas, was keiner von allen besaß: die

22 Goldstücke, die ich mir in Brasilien zugeeignet hatte, und 2 Dollar. Die beiden Letzteren und ein Goldstück zeigte ich, mehr nicht, und keiner von meinen Gefährten schöpfte jemals Verdacht, ich könnte mehr auf der Welt mein Eigentum nennen, denn alle wussten, dass ich als armer Knabe aus Mitleid aufgenommen und von meinem grausamen Herrn gleich einem Sklaven, ja noch schlimmer, behandelt worden war.

Dass wir vier über die Ankunft der Übrigen erfreut waren, lässt sich wohl denken. Zwar fürchteten wir anfangs, sie kämen, um uns zum Strang abzuholen, aber alsbald wurden wir durch ihre Versicherung beruhigt, dass sie das gleiche Los mit uns teilen wollten, nur mit dem Unterschiede, dass wir uns demselben gezwungen, sie aber sich freiwillig unterworfen hatten.

Die erste Neuigkeit, die sie uns nach der kurzen Erzählung ihrer Flucht mitteilten, war die Aufnahme unseres Gefährten an Bord. Wie er aufs Schiff gekommen war, konnten wir uns nicht vorstellen, denn er hatte sich heimlich von uns entfernt, und wir vermuteten, er müsse in den Wäldern entweder von wilden Tieren zerrissen oder von den Eingeborenen ermordet worden sein. Als wir aber vernahmen, er sei endlich mit großer Schwierigkeit an Bord genommen worden und habe Verzeihung erhalten, wurden wir wieder ruhiger.

Da wir nun durch die angekommene Verstärkung instand gesetzt worden waren uns zu verteidigen, so war unser Erstes, uns gegenseitig die Hand darauf zu geben, dass wir uns nie und unter keinen Umständen trennen, sondern miteinander leben und sterben wollten, dass jedes erlegte Tier Gemeingut sein sollte, dass bei jeglichem Beginnen Stimmenmehrheit gelten müsste, und in keinem Stücke auf den eigenen Plänen beharrt werden dürfte, wenn sich die Mehrheit dagegen ausspräche. Auch sollte auf beliebige Zeit ein Kapitän gewählt werden, der uns regieren und leiten sollte, der auch, solange er im Amt wäre, bei Todesstrafe unbedingten Gehorsam fordern dürfte. Zu dieser Würde sollte jeder der Reihe nach berechtigt sein, der Kapitän jedoch in keinem Stücke ohne Wissen der übrigen und ohne die Zustimmung der Mehrheit handeln dürfen.

Die Eingeborenen kümmerten sich wenig um uns. Sie fragten nicht und wussten nicht, ob wir bei ihnen bleiben würden oder nicht, und ebenso wenig war ihnen bekannt, dass unser Schiff auf immer abgegangen war und uns hier zurückgelassen hatte, denn am andern Morgen, nachdem wir das lange Boot zurückgegeben, war das Schiff südwärts unter Segel gegangen, und nach vier Stunden hatten wir es aus den Augen verloren.

Am folgenden Tage gingen vier von uns, je zwei in verschiedener Richtung, landeinwärts, um die Gegend näher zu untersuchen. Wir fanden bald, dass sie einen sehr angenehmen Aufenthalt versprach.

Das Land hatte Überfluss an Vieh und Früchten, aber wir wussten nicht, ob wir nehmen durften, was wir fanden, und ob wir gleich notgedrungen waren auf Nahrung auszugehen, so scheuten wir uns doch, uns ein ganzes Volk Teufel auf einmal auf den Hals zu laden. Deswegen machten einige den Vorschlag, eine Verständigung mit den Eingeborenen zu versuchen, um zu sehen, wie wir uns gegen sie zu verhalten hätten. Elf Mann wurden mit dieser Sendung beauftragt. Sie versahen sich gut mit Waffen und waren zu jeder Verteidigung gerüstet. Bei ihrer Rückkehr berichteten sie, dass sie einige Eingeborene gesehen hätten, und dass diese sehr höflich, aber beim Anblick ihrer Flinten gewaltig erschrocken gewesen wären, denn sie hätten offenbar gewusst, was es damit für eine Bewandtnis hätte. Sie hätten den Wilden durch Zeichen zu erkennen gegeben, dass sie Nahrungsmittel zu erhalten wünschten; hierauf hätten sich diese entfernt und Wurzeln, Kräuter und etwas Milch gebracht, aber es läge am Tage, dass sie es nicht wegzuschenken, sondern zu verkaufen gesonnen waren, indem sie durch Zeichen fragten, was man ihnen dafür geben wollte.

Die Unsrigen kamen in Verlegenheit, denn sie hatten nichts bei sich, was sie austauschen könnten. Indessen zog einer von ihnen ein Messer hervor und zeigte es den Wilden. Sie betrachteten es mit einer Gier, als wollten sie den kleinen Finger darum geben, und feilschten lange genug um den Gegenstand ihrer Bewunderung. Einige boten Wurzeln, andere Milch, endlich einer eine Ziege, für welche denn auch die Ware losgeschlagen wurde. Darauf wies ein anderer von unsern Leuten ein zweites Messer vor, aber die Eingeborenen hatten nichts mehr dagegen auszutauschen, was kostbar genug gewesen wäre. Nun gab einer durch Zeichen zu verstehen, dass er etwas holen wollte. Drei Stunden lang warteten unsere Leute auf seine Rückkehr. Endlich brachte er eine kleine und kurze, aber sehr fette Kuh und gab sie gegen das Messer hin.

Das war ein guter Handel, aber zum Unglück hatten wir keine weiteren Tauschwaren, denn unsere Messer waren uns ebenso notwendig als ihnen angenehm, und hätten wir nicht um jeden Preis Nahrungsmittel haben müssen, so hätten sich unsere Leute auch jener beiden nicht entäußert.

Bald fanden wir jedoch, dass die Wälder mit Tieren angefüllt waren, die wir töten konnten. Täglich gingen wir auf die Jagd und kehrten niemals leer zurück. Das war um so nötiger, als wir nichts mehr wegzugeben hatten, denn was das Geld anbelangte, so würde unser ganzer Vorrat nicht weit gereicht haben. Dessen ungeachtet hielten wir eine Versammlung, um unsere Schätze zu zählen, die dann, um desto besser damit haushalten zu können, in eine gemeinschaftliche Kasse geworfen wurden. Als die Reihe an mich kam, zog ich mein Goldstück und die beiden Dollar aus der Tasche, von denen ich eben gesprochen habe. Ich gab das Goldstück deswegen her, damit mich meine Gefährten wegen der Geringfügigkeit meines Beitrages zur Kasse nicht hintenansetzen oder gar durchsuchen möchten, worauf sie sich denn auch in dem Wahne, ich sei gewissenhaft genug gewesen ihnen nichts vorzuenthalten, sehr höflich gegen mich benahmen.

Doch unser Geld nützte nicht viel, denn die Eingeborenen kannten weder den Wert noch den Gebrauch desselben, auch wussten sie keinen Unterschied zwischen Gold und Silber zu machen, sodass unser Vorrat davon uns wenig geholfen hätte, wenn wir dafür hätten Lebensmittel kaufen wollen.

Die vorhin erwähnten Beratungen liefen am Ende darauf hinaus, dass wir die Kunst unserer beiden Zimmerleute, die beinahe mit aller Art von Werkzeugen versehen waren, zu benutzen und ein Boot zu bauen beschlossen, um damit in die See zu gehen und vielleicht nach Goa zurückzukehren oder an irgendeiner Stelle zu landen, von der wir leichter fortkommen könnten.

Gegen den Bau eines Bootes war nichts einzuwenden, und man ging sogleich ans Werk, stieß aber bald auf große Schwierigkeiten, wie Mangel an Sägen, um Bretter zu schneiden, an Nägeln und Klammern, um die Balken zu befestigen, an Hanf, Pech und Teer, um die Spalten zu verstopfen usw. Endlich machte einer den Vorschlag, anstatt einer Barke oder Schaluppe, oder wie sie das Boot nun nennen wollten, lieber einen großen Kahn zu bauen, was mit Leichtigkeit auszuführen wäre. Dagegen wurde sofort eingewandt, einen Kahn könne man nicht groß und stark genug machen, um damit in die offene See zu gehen, die wir doch befahren müssten, um die Küste von Malabar zu erreichen, ein Kahn sei auch für die Ladung zu schwach, wir seien nicht nur siebenundzwanzig Mann, sondern hätten auch eine Menge Gepäck und müssten zu unserer Nahrung noch weit größere Vorräte mitnehmen.

Ich hatte mir vorgenommen, bei der allgemeinen Beratung nichts drein zu reden, aber da ich sah, dass meine Kameraden mit ihrem Verstand am Ende waren, so sagte ich: allerdings dürften sie niemals darauf rechnen, in einem Kahne, der, wenn er auch alle aufnehmen und die hohe See aushalten könnte, doch unsere Mundvorräte und namentlich das erforderliche Wasser nicht fassen würde, nach Goa oder an die Küste von Malabar zu gelangen – sie würden mit Gewalt in ihr Verderben rennen, wenn sie auf die Ausführung dieses Wagestücks beständen, dessen ungeachtet aber stimmte ich für den Bau eines Kahns.

Sie erwiderten mir hierauf, sie sähen recht wohl die Wahrheit dessen, was ich gesagt hätte, ein, könnten jedoch nicht begreifen, wie ich von der Gefahr und Unmöglichkeit, auf einem Kahne fortzukommen, sprechen und doch zum Bau eines solchen raten könnte.

Ich gab hierauf meine Meinung dahin ab, es handle sich gar nicht darum, unser Entkommen auf einem Kahn zu versuchen, aber es führen wohl noch mehr Schiffe außer dem Unsrigen auf der See, da wohl kaum ein Volk an der Meeresküste auf einer so niederen Kulturstufe stände, das nicht auf irgendeiner Art von Fahrzeug auf die See ginge, es wäre daher unsere Aufgabe an der Küste der Insel, die sehr lang war, zu kreuzen und das nächste Boot, das wir finden könnten, wegzunehmen, falls es besser sei als das Unsrige, und so fort von einem zum andern, bis wir vielleicht endlich ein Schiff bekämen, mit welchem wir steuern könnten, wohin wir wollten.

Ein vortrefflicher Rat, sagte einer von ihnen, ein bewundernswürdiger Rat, rief ein anderer.

Ja, ja, sagte der Geschützmeister, der englische Hund hats nicht übel im Sinn, nur schade, dass er uns geradenwegs an den Galgen führt, der Schurke hat uns in der Tat einen wahren Teufelsrat gegeben! Auf Raub auszugehen, bis wir von einem kleinen zu einem großen Schiffe kämen! Auf diese Art wären wir nichts anderes als Seeräuber, und das Ende von allem wäre der Strick.

Das mag sein, sagte ein anderer, und wenn wir in die unrechten Hände geraten, so würden wir wohl als Seeräuber behandelt werden, aber danach frage ich nicht. Ich will lieber ein Seeräuber oder sonst etwas Beliebiges sein als hier verhungern, und darum meine ich, der Vorschlag ist gut.

Nun riefen alle: lasst uns einen Kahn bauen! Der Geschützmeister wurde überstimmt und gab sich zufrieden. Aber als die Versammlung aufgehoben war, trat er auf mich zu und sagte, indem er meine Hand nahm und die innere Fläche derselben und mein Gesicht mit einem prüfenden Blicke betrachtete, in sehr ernstem Tone: Bursche, du wardst dazu geboren, eine Welt voll Unheil anzurichten. Du beginnst sehr jung als Seeräuber, aber hüte dich vor dem Galgen, junger Mensch! Hüte dich, sage ich!

Ich erwiderte lachend, ich wüsste zwar nicht, was noch aus mir werden sollte, aber wie die Sachen jetzt stünden, so machte ich mir kein Gewissen daraus, das nächste beste Schiff wegzunehmen, um unsere Freiheit zu erlangen. Ich wollte nur, es wäre gleich eins da, um Jagd darauf machen zu können. Während wir noch so sprachen, sagte auf einmal einer unserer Leute, der an der Tür unserer Hütte stand, der Zimmermann rufe von einer nahegelegenen Höhe: ein Segel! Ein Segel!

Wir sahen uns alle sogleich um, allein so hell das Wetter war, konnten wir doch nichts entdecken. Aber da der Zimmermann unaufhörlich: ein Segel! Ein Segel! rief, so eilten wir nach der Anhöhe und sahen nun deutlich ein Schiff auf der hohen See, das übrigens zu weit entfernt war, als dass man sich ihm durch Zeichen hätte verständlich machen können. Dessen ungeachtet zündeten wir alles Holz, das wir zusammenbringen konnten, auf dem Hügel an und machten einen möglichst starken Rauch. Die Luft war beinahe ganz ruhig, aber die Segel waren voll, wie wir durch ein Fernrohr bemerkten, das der Geschützmeister bei sich hatte, und es steuerte, ohne auf unser Signal zu achten, mit dem Winde nordostwärts dem Kap der Guten Hoffnung zu, während es uns die Hoffnung nahm.

Da wir nun keine andere Aussicht hatten, machten wir uns alsbald an den Bau des Kahns. Wir wählten uns einen sehr großen Baum dazu aus und fingen an, ihn mit unseren guten Äxten zu bearbeiten, deren wir im Ganzen drei hatten, aber so fleißig wir auch waren, so dauerte es doch vier Tage, bis wir mit unserer Arbeit zustande kamen. Ich erinnere mich nicht mehr, was für eine Holzart es war, oder wie viel Fuß, Zoll und Linien der Kahn maß, aber dass er sehr groß war, und dass wir, als er bei der Probefahrt die Wellen so ruhig durchschnitt, eine Freude hatten, als stünde uns ein gutes Linienschiff zu Gebote.

Das Nachen war groß genug, um nicht nur sämtliche Mannschaft, sondern auch noch zwei bis drei Tonnen Ladung aufzunehmen, und wir beratschlagten deshalb, ob wir darauf nicht geradenwegs nach Goa fahren sollten, aber bei näherer Betrachtung kamen wir doch bald wieder von diesem Gedanken ab. Hatten wir doch Mangel an Lebensmitteln, keine Fässer zum Trinkwasser, keinen Kompass zur Bestimmung der Richtung, kein Schutzdach gegen überschlagende Wogen und die Glut der Sonne usw. Wir kehrten daher zu meinem Vorschlage zurück, an unserer Küste zu kreuzen und zu sehen, was sich uns bieten würde.

Wir hatten uns ungefähr eine halbe Meile vom Ufer entfernt, die See ging ziemlich hoch, obgleich es beinahe völlig windstill war, und unser Fahrzeug wälzte sich auf den Wellen, als wollte es sich zuletzt ganz überwälzen. Wir strengten uns alle an, um der Küste näher zu kommen, bis der Kahn wieder ruhiger dahinglitt und wir so glücklich waren, nach harter Mühe das Land wieder zu erreichen.

Bald darauf kamen wir in große Verlegenheit. Die Eingeborenen waren ziemlich höflich und besuchten uns öfters. Eines Tages hatten sie einen Menschen bei sich, den sie als König zu verehren schienen, und pflanzten zwischen sich und uns eine lange Stange auf, die etwas über der Mitte mit einer großen Quaste von Haaren, mit allerlei Kettchen, Muscheln und kleinen Stücken Metall und dergleichen verziert war. Wir erfuhren später, dass dies das Zeichen von Freundschaft und Wohlwollen sein sollte. Sie boten uns bei dieser Gelegenheit eine Menge Lebensmittel, Vieh, Vögel, Kräuter und Wurzeln an, brachten uns aber dadurch in die größte Verlegenheit, denn wir hatten nichts zu verkaufen oder auszutauschen, und ihre Sachen wegzuschenken kam ihnen nicht in den Sinn. Unser Geld hatte nicht den mindesten Wert für sie, und so waren wir auf dem schönsten Wege zum Hungertode. Hätten wir einige Kinderspielsachen, metallene Kettchen, Puppen, Glasknöpfchen – mit einem Wort, Sachen, welche die Fracht nicht wert gewesen wären, bei uns gehabt, so würde dies uns Vieh und Lebensmittel genug, um eine Armee oder eine ganze Kriegsflotte damit versorgen zu können, verschafft haben, aber um Gold und Silber konnten wir nichts bekommen.

Wir wussten uns nicht zu helfen. Ich war damals noch ein junger Bursche und meinte daher, wir sollten mit unsern Flinten über sie herfallen und ihnen ihr Vieh mit Gewalt wegnehmen. Während wir nun beratschlagten, was wir beginnen sollten, sprang einer von uns, der ein Schmied gewesen war, plötzlich auf und fragte den Zimmermann, ob er unter seinem Handwerkszeuge nicht auch eine Feile hätte. Aber nur eine kleine, sagte der Zimmermann.

Je kleiner desto besser, sagte der Schmied und ging sogleich an die Arbeit. Er machte sich einen alten zerbrochenen Meißel im Feuer heiß, nahm drei bis vier Dollarstücke und verarbeitete sie mit einem Hammer auf einem Steine, bis sie ganz breit und dünn geschlagen waren, schnitt sie dann zu Vögeln und allerlei Tieren aus, oder machte Arm- oder Halskettchen daraus und verarbeitete sie überhaupt in die mannigfaltigsten Formen, wie sie ihm gerade einfielen.

Als er in dieser Art von Arbeit ungefähr vierzehn Tage lang Kopf und Hände geübt hatte, versuchten wir die Wirkung seines Erfindungsgeistes und konnten bei einer andern Zusammenkunft mit den Wilden nicht genug über die Torheit des armen Volkes erstaunen. Für ein kleines Stück Silber, das in Gestalt eines Vogels ausgeschnitten war, bekamen wir zwei Kühe, und wäre es ein Stück Messing gewesen, so hätte es einen noch größeren Wert gehabt. Für ein Armkettchen erhielten wir soviel Lebensmittel aller Art, die uns in England sechzehn bis siebzehn Pfund gekostet hätten. Münzen, die nicht sechs Pence wert waren, galten in Spielwaren umgewandelt, hundertmal soviel und verschafften uns alles, was wir nur wünschten.

Auf diese Art brachten wir über ein Jahr zu, aber wir waren dieses Leben alle herzlich müde und beschlossen, die Insel so bald als möglich zu verlassen, mochte nun daraus werden, was da wollte. Wir besaßen jetzt nicht weniger als drei gute Kähne und getrauten uns schon, auf die offene See zu halten. Aber wenn wir die Sache näher überlegten, so schreckte uns der Mangel an frischem Wasser immer wieder von Neuem vor einem solchen Wagestück zurück, denn die Entfernung war ungeheuer, und kein Eingeborener war imstande, die lange Reise ohne Wasser auszuhalten.

Da uns unsere Vernunft von dieser Fahrt abriet, so standen uns nur zwei Wege offen: entweder westwärts auf das Kap der Guten Hoffnung lossteuern, wo wir früher oder später irgendein Schiff aus unserm Vaterlande anzutreffen hoffen durften, oder wir konnten nach dem Festlande von Afrika rudern und entweder zu Lande weiterziehen, oder längs der Küste gegen das Rote Meer hinaufsegeln, wo wir über kurz oder lang irgendeinem Schiffe begegnen mussten, das uns an Bord nehmen konnte, oder was mir, beiläufig gesagt, nicht aus dem Sinn wollte, das wir nehmen konnten.

Diesen Vorschlag machte unser erfinderischer Schmied, den wir nachher nur den Silbermeister nannten, aber der Geschützmeister sagte uns, er sei einmal in einer Schaluppe von Malabar auf dem Roten Meer gewesen und wisse, dass wir entweder von den wilden Arabern getötet oder von den Türken gefangen genommen und zu Sklaven gemacht werden würden, er stimme deswegen gegen den gemachten Vorschlag.

Darauf ergriff ich wieder das Wort und sagte: Wie können wir nur davon sprechen, dass uns die Araber töten und die Türken gefangen nehmen werden? Sind wir nicht beinahe jedem Schiffe gewachsen, das uns in diesen Gewässern begegnen könnte? Sind wir nicht imstande, anstatt genommen werden, es selbst zu nehmen?

Wohl gesprochen, Seeräuber, sagte der Büchsenmeister, deine Gedanken haben doch immer dieselbe Richtung, aber mir sagt mein Gewissen, wir haben nur einen einzigen Weg vor uns.

Sprecht mir jetzt nicht von Seeräubern und Gewissen, entgegnete ich, denn wir müssen Seeräuber oder sonst irgendetwas werden, um auf gute Manier von diesem verwünschten Orte wegzukommen.

Mit einem Wort, mein Vorschlag wurde angenommen. Wir beschlossen zu kreuzen und auf alles zu lauern, was wir treffen könnten. Zuerst handelt es sich jetzt darum, sagte ich, ausfindig zu machen, wieweit die Bewohner dieser Insel in der Schifffahrt sind, und welcher Art von Booten sie sich bedienen, und wenn sie irgendein besseres oder stärkeres Fahrzeug haben als wir, so wollen wir es wegnehmen.

Unser Dichten und Trachten ging nun vor allem dahin, womöglich ein Boot mit einem Verdeck und einem Segel zu bekommen, denn ohne dieses konnten wir unsere Mundvorräte nicht aufbewahren.

Zum großen Glück hatten wir einen Matrosen bei uns, der beim Koch Gehilfe gewesen war. Er gab uns ein Mittel an, unser Rindfleisch ohne Fass und Salz essbar zu erhalten. Er rieb es nämlich in der Sonne mit Salpeter ein, an welchem Überfluss war. Auf diese Art hatten wir, noch ehe wir unsere Abfahrt ins Werk setzten, bald das getrocknete Fleisch von sechs bis sieben Rindern und zehn bis zwölf Ziegen zusammen, und es war so schmackhaft, dass wir uns gar nicht mehr die Mühe gaben es zu sieden, sondern es entweder brieten oder trocken aßen, aber immer noch blieb die große Schwierigkeit mit dem Wasser übrig, denn wir hatten keinen Behälter, noch weniger Fässer für die Seereise.

Doch da unser erstes Unternehmen nur eine Küstenfahrt sein sollte, so beschlossen wir es auf jede Gefahr hin zu wagen, und um soviel als möglich Trinkwasser einnehmen zu können, machte unser Zimmermann einen besonderen Trog quer über die Mitte unseres Kahns und verschloss ihn oben mit einem Deckel, auf dem wir hin- und hergehen konnten. Ich kann von diesem Kasten, der nahezu ein Oxhoft Wasser enthielt, keine bessere Beschreibung geben, als wenn ich ihn mit jenen Fischbehältern vergleiche, die man auf den kleinen Fischerbooten in England sieht, nur mit dem Unterschiede, dass jene Löcher haben, um das Salzwasser durchzulassen, und dieser ganz verschlossen war, um es abzuhalten. Es war dies wohl die erste Erfindung dieser Art zu einem solchen Gebrauche, doch die Not macht erfinderisch.

Nun bedurfte es nur noch einer kurzen Beratung über unsern Reiseplan. Vorerst wollten wir also die Insel umfahren, um irgendein Fahrzeug zu erhalten, auf dem wir uns einschiffen könnten, und dann eine Gelegenheit abzupassen, in die offene See zu steuern. Darum beschlossen wir, uns nach der Westküste der Insel zu wenden, wo sich das Land wenigstens an einer Stelle weit nach Nordwesten erstreckt und dadurch den Weg nach der afrikanischen Küste beträchtlich verkürzt. Wir nahmen also unsern sämtlichen Mundvorrat und Kriegsbedarf, Sack und Pack an Bord und stachen in die See. Unsere zwei großen Kähne waren mit Mast und Segel versehen, den Dritten ruderten wir so gut es ging; wenn sich ein frischer Wind erhob, nahmen wir ihn ins Schlepptau.

Zwölf Tage lang steuerten wir nordwärts hart an der Küste hinauf, und da wir Ost- und Ostsüdostwind hatten, so ging es rasch vorwärts. Städte sahen wir nicht an der Küste, wohl aber Hütten auf den Felsen und überall eine Menge Neugieriger in ihrer Nähe, welche zusammenliefen, um uns nachzugaffen.

Es war eine seltsame Fahrt, wie nur je eine von Menschen ausgeführt wurde. Wir hatten eine Flotte von drei Schiffen und eine Armee von siebenundzwanzig verwegenen Gesellen, und hätten die Eingeborenen gewusst, wer wir waren, sie würden alles Mögliche daran gegeben haben, um uns loszuwerden. Auf der andern Seite waren wir so bedauernswert, als man nur sein kann: durch einen Ozean von den Ländern der Zivilisation getrennt und ohne irgendwelche geeigneten Mittel sie zu erreichen. Wir steuerten immer nordwärts, und je weiter wir vordrangen, desto größer wurde die Hitze. Wir waren auf dem Wasser ohne Schutz gegen Sonne und Regen, und die Glut wurde immer unerträglicher.

Dies veranlasste uns wieder an Land zu gehen und unsere Zelte an einem günstigen Ort aufzuschlagen, bis die größte Hitze vorüber wäre. Wir waren jedoch bereits an jene Stelle gekommen, wo sich die Küste nordostwärts zog und unsern Weg nach dem afrikanischen Festlande noch weit mehr abzukürzen versprach, als wir erwartet hatten. Doch war noch immer Grund genug vorhanden, ihn auf ungefähr hundertundzwanzig Seemeilen anzuschlagen.

Aber nicht allein die Hitze trieb uns ans Land, auch unsere Mundvorräte gingen auf die Neige, und wir hatten nur noch für wenige Tage zu leben. Als wir nun eines Morgens früh auf die Küste lossteuerten, um frisches Wasser einzunehmen, hielten wir Rat, wo wir unser Lager aufschlagen sollten, aber nach verschiedenen Betrachtungen, die ich hier nicht wiederholen will, beschlossen wir, noch einige Tage weiterzufahren, weil uns die Gegend nicht gefiel.

Nachdem wir mit einem frischen Südostwind ungefähr sechs Tage lang in der Richtung nach Nordwestnord gefahren waren, bemerkten wir in weiter Entfernung ein großes Vorgebirge, welches weit in die See vorsprang, und da wir außerordentlich begierig waren, wie es wohl jenseits dieser Landspitze aussehen möchte, so beschlossen wir sie zu umfahren, ehe wir uns auf der Küste niederließen. Wir setzten also unsere Reise fort, und obgleich wir immer noch denselben Wind hatten, brauchten wir doch noch vier Tage, bis wir das Kap erreichten. Allein der Kleinmut und die Niedergeschlagenheit, die sich unser jetzt bemächtigte, ist nicht zu beschreiben, denn als wir an die Spitze des Vorgebirges kamen, machten wir die schreckliche Entdeckung, dass die Küste auf der anderen Seite ebenso weit, ja noch viel weiter zurücktrat, als sie auf der entgegengesetzten vorsprang, und dass wir, wenn wir nach Afrika wollten, von hier aus abfahren müssten, denn je weiter wir nach derselben Richtung fuhren, desto breiter wurde die See, und wieweit diese Breitezunahme noch gehen würde, konnten wir nicht ermessen.

Während wir über diese Entdeckung nachdachten, wurden wir von Gewittern überrascht, die etwas ungewöhnlich Furchtbares für uns hatten und von heftigen Regengüssen begleitet waren. Wir eilten auf die Küste zu, gelangten in eine kleine Bucht, deren Ufer mit Bäumen überwachsen waren, und eilten, von der Hitze, vom Donnerwetter und Regen gleich erschöpft, so schnell wie möglich alle ans Land, wo wir ganz durchnässt ankamen. Unser Zustand war wirklich höchst bedauernswert, und unser Tausendkünstler pflanzte auf einer Anhöhe, eine Meile von der äußersten Spitze des Kaps, ein großes hölzernes Kreuz auf, in das er in portugiesischer Sprache die Worte eingrub: Kap der Verzweiflung! Christus erbarme Dich! Alsbald fingen wir an uns Hütten zu bauen, um unsere Kleider trocknen zu können, und nie werde ich die kleine Stadt vergessen, die wir errichteten, denn so konnte man sie wohl nennen.

Ungefähr vier Monate lang blieben wir in unserm Lager. Die Sonne hatte den südlichen Wendekreis zurückgelegt und ging wieder rückwärts dem Tagundnachtgleiche-Punkt zu. Wir überlegten, was nun weiter zu tun sei. Soweit wir uns den Eingeborenen verständlich machen konnten, sprachen wir mit ihnen, aber alles, was wir von ihnen erfahren konnten, war, dass jenseits des Meeres ein großes Land voller Löwen wäre, und dass noch ein weiter Weg bis dorthin sei. Soviel wussten wir auch, dass es weit sei, aber wie weit, darüber wichen unsere Ansichten sehr voneinander ab: einige sagten hundertundzwanzig, andere nicht über hundert Seemeilen. Einer von uns, der eine geografische Karte bei sich hatte, zeigte uns an dem Maßstabe derselben, dass die Entfernung nicht über achtzig Seemeilen betragen könne. Einige meinten, wir würden allenthalben auf Inseln stoßen, andere, wir würden gar keine zu Gesicht bekommen. Ich für meinen Teil wusste weder das eine noch das andere und hörte gleichgültig zu, denn ich bekümmerte mich nicht darum, ob die Entfernung groß oder klein sei. Endlich hielten wir eine allgemeine Versammlung, aber die Debatten waren zu langweilig, um ihrer besonders zu gedenken, und ich bemerke nur soviel, als die Umfrage an den Kapitän Bob kam – so nämlich nannten sie mich, nachdem ich mit dem früher erwähnten Rat unter ihnen aufgetreten war – sprach ich mich für gar keine Ansicht aus und sagte nur, es könne mir gänzlich gleichgültig sein, ob wir gingen oder blieben, denn ich hätte keine Heimat, und die ganze Welt sei mir gleich lieb, weshalb ich die Sache ganz in ihren Willen stellte.

Soviel sahen alle ein, dass ohne ein Schiff nicht fortzukommen war und dass wir, wenn wir das Essen und Trinken zum Zweck hatten, keinen besseren, aber wenn wir in unser Vaterland zurückkehren wollten, keinen schlimmeren Ort auf der Welt finden konnten.

Mir gefiel die Gegend außerordentlich und ich spürte damals einen seltsamen Drang in mir, später zurückzukehren, um hier zu wohnen. Ich sagte daher oft zu meinen Gefährten: Hätte ich nur ein Schiff von zwanzig Kanonen und eine Schaluppe, beide wohl bemannt, so wollte ich mir keinen besseren Ort auf der Welt wünschen, um so reich zu werden wie ein König!

Doch um auf unsere Beratungen zurückzukommen, so liefen sie darauf hinaus, dass wir gehen sollten. Wir beschlossen auf das feste Land zuzusteuern und fuhren ziemlich leicht vor dem Winde hin. Den kleinsten Kahn nahmen wir ins Schlepptau und steuerten mit vollen Segeln der Küste zu. Es war eine gefährliche Fahrt und hätte sich der leichteste Gegenwind erhoben, so wären wir alle verloren gewesen, denn unsere Kähne waren nicht in dem Zustande eine hohe See auszuhalten.

Im Ganzen dauerte die Fahrt elf Tage. Wir hatten schon den größten Teil unseres Mundvorrats und bereits den letzten Tropfen Wasser aufgebraucht, als wir zu unserer unbeschreiblichen Freude Land erblickten, aber da uns der Wind entgegen kam, so dauerte es noch zwei Tage, bis wir die Küste erreichten. Wir hatten während dieser ganzen Zeit eine übermäßige Hitze auszustehen und keinen Tropfen Wasser mehr. Es war dies aber nur der Vorgeschmack dessen, was wir erlebt hätten, wenn wir die Fahrt bei allzu schwachem Winde und unsicherem Wetter unternommen hätten; und das schreckte uns von unserm Plane, die offene See zu befahren, wenigstens so lange ab, bis wir bessere Fahrzeuge haben würden. Wir stiegen also wieder an Land, schlugen wie zuvor ein befestigtes Lager auf und richteten uns wieder so gut wie möglich ein. Wir hatten indes kaum einen Überfall zu befürchten, denn die Eingeborenen waren ausnehmend höflich, und obgleich wir weder ihre Sprache noch sie die Unsrige verstanden, so fanden wir doch Mittel, ihnen begreiflich zu machen, dass wir Seefahrer und Fremdlinge seien und großen Mangel an Lebensmitteln hätten.

Der erste Beweis ihrer freundschaftlichen Gesinnung war, dass einer von ihren Häuptlingen oder Königen, sobald sie uns ans Land steigen und unsere Wohnungen aufschlagen sahen, mit fünf oder sechs Männern und einigen Weibern zu uns kam und uns fünf Ziegen und zwei junge fette Stiere brachte, welche er uns ohne Bezahlung überließ. Wir boten ihnen etwas dafür an, aber der Häuptling verbot ihnen, dieses oder irgendetwas anderes von uns anzunehmen. Ungefähr zwei Stunden später kam ein Häuptling mit vierzig oder fünfzig Mann in seinem Gefolge. Wir erschraken und legten die Hand an unsere Waffen. Als er dies bemerkte, schickte er zwei Männer vor sich her, welche zwei lange Stangen in den Händen trugen und sie so hoch wie möglich emporhielten. Wir begriffen im Augenblick, dass dies ein Friedenszeichen sein sollte. Die beiden Stangen wurden dann aufgepflanzt und in den Boden gesteckt, und als der Häuptling und seine Begleiter ankamen, steckten sie alle ihre Lanzen neben den Stangen in den Boden, warfen ihre Bogen und Pfeile ab und schritten unbewaffnet auf uns zu.

Dies überzeugte uns, dass sie als Freunde kamen, worüber wir uns nicht wenig freuten, denn wir hatten nicht im Sinn uns in Feindseligkeiten einzulassen, wenn wir es verhindern konnten. Als der Häuptling sah, dass etliche von unsern Leuten Hütten aufschlugen und unbeholfen dabei zu Werke gingen, befahl er einigen von seinen Leuten, uns an die Hand zu gehen. Alsbald mischten sich fünfzehn oder sechzehn von ihnen unter unsere Leute, um für uns zu arbeiten, und sie waren wirklich bessere Baumeister als wir, denn in einem Augenblicke hatten sie drei oder vier Hütten für uns errichtet, die weit schöner als die unsrigen waren.

Hierauf gaben sie uns Milch, Pisang, Kürbisse und eine Menge Wurzeln und Gartengewächse, welche sehr gut schmeckten. Endlich nahmen sie Abschied und weigerten sich irgendetwas von uns anzunehmen. Einer von uns bot dem Häuptlinge dieser Leute einen Trunk, den er mit Freude annahm und sodann seine Hand nach einem Zweiten ausstreckte. Von nun an verfehlte er niemals zwei- bis dreimal in der Woche zu kommen, und jedes Mal brachte er dieses oder jenes mit. Eines Tages schickte er uns sieben Stück schwarzes Rindvieh, von denen wir einiges schlachteten und das Fleisch wie früher einsalzten und dörrten.

Hier kann ich nicht umhin eines Umstandes zu gedenken, welcher uns nachher sehr zustattenkam, nämlich dass das Fleisch der Ziegen sowie des Rindviehs, besonders aber das Erstere, wenn es getrocknet und eingesalzen war, rot aussah und so hart und fest wurde wie das getrocknete Rindfleisch in Holland. Es war für sie ein solcher Leckerbissen, dass sie es uns einige Zeit nachher abhandeln wollten, ohne zu wissen oder zu ahnen, was es wäre, sodass sie uns für zehn bis zwölf Pfund geräucherten und getrockneten Rindfleisches ein ganzes Rind oder eine Kuh, oder was wir nur immer wünschten, geben wollten.

Hier beobachteten wir zwei Dinge, welche von wesentlichem Nutzen für uns waren. Erstens fanden wir, dass sie eine Menge irdenen Geschirrs besaßen, welches sie zu mancherlei Zwecken gebrauchten, besonders aber hatten sie lange, tiefe irdene Töpfe, welche sie in die Erde zu graben pflegten, um das Trinkwasser frisch und kalt zu erhalten, das zweite war, dass sie sich größerer Kähne bedienten als ihre Nachbarn.

Das brachte uns auf den Gedanken, nachzusehen, ob sie nicht noch größere Fahrzeuge hätten, als wir bisher sahen, oder ob nicht bei den übrigen Inselbewohnern solche zu finden wären. Sie deuteten uns durch Zeichen an, dass sie keine größeren Boote als die uns bereits gezeigten hätten, dass dagegen Fahrzeuge mit Deck und großen Segeln auf der anderen Seite der Insel zu finden wären. Dies veranlasste uns, eine Küstenfahrt um die ganze Insel zu machen, weshalb wir sogleich die Vorkehrungen dazu trafen, unsern Kahn mit Lebensmitteln befrachteten und uns zum dritten Male der See anvertrauten.

Wir brauchten vier bis sechs Wochen zu dieser Fahrt, währenddessen wir mehrere Male landeten, um Wasser und Mundvorrat einzunehmen, wobei wir die Inselbewohner immer freigebig und höflich fanden. Eines Morgens früh, als wir eben an der nördlichsten Spitze der Insel Halt gemacht hatten, wurden wir nicht wenig durch den Ruf einer unserer Leute überrascht, der ein Segel verkündete, und unmittelbar darauf entdeckten wir auch ein großes, ziemlich weit entferntes Schiff auf offener See. Als wir jedoch mit unseren Fernrohren danach sahen und ausfindig zu machen versuchten, welcher Nation es wohl angehören möchte, wussten wir nicht, was wir davon denken sollten, denn es hatte eine ganz ungewöhnliche Bauart, die wir nie zuvor gesehen hatten. Nur das wurde uns klar, dass es sich von uns entfernte und seewärts steuerte. Wir verloren es bald aus dem Gesicht, da wir nicht in der Lage waren, Jagd darauf zu machen, und sahen es nicht wieder. Unsere späteren Erfahrungen belehrten uns, dass es wohl ein arabisches Schiff gewesen sein müsse, welches Güter nach der Küste von Mozambique führte.

Ich kann mich nicht erinnern, dass unter den Einwohnern der Insel, auf welcher wir uns befanden, ein besonderer Unterschied bemerkbar gewesen wäre, sowohl hinsichtlich ihres Äußern als ihrer Sitten und Waffengattungen. Auch schienen sie keinen gegenseitigen Verkehr zu unterhalten, obgleich ich mich recht gut entsinne, dass wir auf dieser Seite nicht minder gut als auf der andern aufgenommen wurden.

Wir setzten unsere Fahrt noch einige Wochen nach Süden unter gelegentlichen durch Wasser- und

Provisionsmangel verursachten Unterbrechungen fort. Eines Tages wurden wir, als wir die ungefähr eine Stunde weit in die See hineinragende Landspitze umschifften, durch einen Anblick überrascht, der ohne Zweifel den dabei Beteiligten ebenso unerfreulich gewesen war, als wir dadurch entzückt wurden. Wir trafen nämlich auf das Wrack eines europäischen Schiffes, das an den Felsen, die hier weit ins Meer hineinliefen, gestrandet war.

Wir konnten zur Zeit der Ebbe einen großen Teil des Wracks trocken liegen sehen, und selbst der höchste Wasserstand vermochte es nicht ganz zu verdecken, auch lag es nur etwa eine Stunde vom Gestade ab. Man kann sich denken, dass uns unsere Neugierde veranlasste, das günstige Wetter zu benutzen und darauf loszusteuern, was denn auch durchaus keine Schwierigkeit hatte. Wir überzeugten uns, dass das Schiff holländischer Bauart war und sich noch nicht sehr lange in diesem Zustande befinden konnte, denn der obere Teil des Spiegels war noch fest und der Besanmast aufrecht. Der Spiegel schien sich zwischen dem Riff eingeklemmt und so Schutz gefunden zu haben, während alle andern Teile zertrümmert waren.

Wir konnten an dem Wrack nichts gewahren, das mitzunehmen sich der Mühe gelohnt hätte, und so entschlossen wir uns zu landen und eine Weile in der Gegend zu bleiben, um zu sehen, ob wir nichts über die Geschichte des Fahrzeuges erfahren könnten, indem wir hofften, nicht nur Nachricht über die Mannschaft einzuziehen, sondern auch die Überbleibsel derselben, die vielleicht mit uns in gleicher Lage wären, und daher ein erwünschter Zuwachs für uns werden könnten, an der Küste ausfindig zu machen.

Es war ein erfreulicher Anblick, am Gestade die Spuren eines Zimmerplatzes, z. B. einen Nagelblock, Gerüste, Ablaufplanken und andere Überbleibsel eines Schiffsbaus anzutreffen, lauter Dinge, die uns zu einem gleichen Werk einluden. Wir entnahmen daraus, dass die Mannschaft des gestrandeten Schiffes, vielleicht in einem Boote sich ans Ufer gerettet, hier eine Barke oder Schaluppe gebaut und sich wieder auf die See begeben hatte. Auf unsere Nachfrage bei den Eingeborenen, welchen Weg sie eingeschlagen hätten, deutete man die Richtung Süd und Südwest an, woraus wir folgerten, sie wären dem Kap der Guten Hoffnung zugesteuert.

Man kann sich leicht denken, dass wir nicht so einfältig waren, uns diesen Wink nicht zunutze zu machen und für unsere Erlösung dieselbe Methode in Anwendung zu bringen. Wir entschlossen uns insgesamt zuvörderst den Versuch zu machen, auf die eine oder die andere Weise ein Boot zu bauen und uns dann dem Meere anzuvertrauen, mochte uns dann das Schicksal hinführen, wohin es wollte.

Unser erstes Geschäft war nun die Zimmerleute mit der Untersuchung des von den Holländern zurückgelassenen Materials zu beauftragen, damit sie das noch brauchbare aussuchten. Unter diesem fanden sie besonders etwas, was uns gar gut zustattenkam, nämlich einen Pechkessel mit etwas Pech.

Als wir jedoch ans Werk gingen, stellten sich uns viele Schwierigkeiten in den Weg, denn wir hatten nur wenige Werkzeuge, keine eisernen Nägel und Klammern, keine Taue und keine Segel, sodass wir bei unserm ganzen Bauwesen selber als Schneider, Seiler oder Segelmacher tätig sein mussten, lauter Gewerbe, von denen wir wenig oder gar nichts verstanden. Die Not ist jedoch eine gute Lehrmeisterin, und wir brachten vieles zustande, was wir früher in unserer Lage für unausführbar gehalten hätten.

Zu gleicher Zeit retteten wir auch eine ziemliche Menge Eisenwerk, wie Bolzen, Zapfen, Nägel und dergleichen, welches unser vorhin erwähnter Künstler, der sich nachgerade zu einem sehr tüchtigen Schmied heranbildete, zu Nägeln und Zapfen, wie wir sie brauchten, verarbeitete. Aber wir bedurften auch eines Ankers, und selbst wenn wir diesen gehabt hätten, so fehlte es an einem Ankertau. Wir drehten indes unter der Beihilfe der Eingeborenen aus dem Material, woraus diese ihre Matten bereiteten, Stricke, aus denen wir eine Art Leine machten, die stark genug war, unser Fahrzeug am Ufer zu befestigen, womit wir uns vor der Hand begnügen mussten. Einer der eingeborenen Neger zeigte uns einen Baum, dessen Holz, übers Feuer gehalten, eine klebrige Flüssigkeit ausschwitzte, die fast so zäh wie Teer war, und die wir durch Kochen in ein Material verwandelten, welches uns statt des Peches diente. Es entsprach unserm Zweck vollkommen, denn es machte das Fahrzeug so wasserdicht, dass wir des Teers sehr gut entbehren konnten. Dieses Geheimnis kam mir später in manchen derartigen Lagen gut zustatten.

Als unser Schiff soweit fertig war, versahen wir es mit einem sehr guten Mast, wozu wir den Besanmast des Wracks verwendeten, und brachten die Segel so gut als möglich an, dann fertigten wir das Steuer und alles andere, was unsere damalige Lage auszuführen gestattete, nahmen Mundvorrat und Wasser ein, von Letzterem soviel, als wir ohne Fässer unterbringen konnten, und schifften uns mit dem ersten günstigen Winde ein.

Es galt jetzt, über den Weg, den wir einschlagen wollten, einig zu werden, aber nie zeigte unsere Mannschaft eine größere Unschlüssigkeit, denn einige waren der Ansicht, man solle nach Osten und der Küste von Malabar zusteuern, während andere, welche über die Länge dieser Fahrt ernstlicher nachgedacht, über diesen Vorschlag bedenklich den Kopf schüttelten, da sie wohl wussten, dass weder unser Mundvorrat, noch unser Wasser für eine Fahrt von zweitausend Meilen ausreichte.

Diese Leute waren die ganze Zeit unserer Reise über für eine Fahrt nach dem Festlande von Afrika gewesen, wo es uns wenigstens an Nahrung nicht gebrechen würde und wir darauf rechnen durften uns durchzuhelfen, mochten wir nun die Reise zu Wasser oder zu Lande machen.

Wie die Dinge aber einmal standen, so hatten wir keine sonderliche Wahl, denn für eine Fahrt nach Osten war die Jahreszeit die allerungünstigste, und wir hätten unser Vorhaben bis zum April oder Mai hinausschieben müssen. Wir entschlossen uns daher endlich, da wir Südost und Südsüdostwind hatten, und das Wetter günstig zu bleiben versprach, nach der Küste von Afrika zu steuern, ohne uns lange über die Küstenfahrt an der Insel zu streiten. Die Fahrt war in der Verzweiflung unternommen worden und wurde nicht mit sonderlicher Umsicht betrieben, denn wir wussten von unserm Kurse weiter nichts, als dass wir westlich steuern müssten, mit etwa zwei oder drei Punkten gegen Norden oder Süden, und da wir nur einen kleinen messingenen Kompass hatten, so konnte unsere Richtung unmöglich eine genaue sein.

Der Himmel sandte uns indes fortwährend günstigen Wind, der aus Nordwestwest blies, und da eine Fahrt nach Südostost in unsern Plan passte, so folgten wir getrost diesem Kurse.

Die Reise dauerte viel länger als wir erwartet hatten, denn unser Fahrzeug hatte keine Segel, die in einem Verhältnis zu seiner Größe standen, weshalb es sehr schwerfällig segelte und nur geringe Tagesstrecken zurücklegte. Es begegnete uns indes nichts Besonderes auf unserer Fahrt, da wir uns so ziemlich außer dem Bereich von allem befanden, was einen Wechsel hätte bieten können. Die See, in der wir fuhren, war kein Handelsweg, da die Bewohner Madagaskars nicht mehr als wir selber von Afrika wussten, nämlich dass es dort viele Löwen gäbe, und so stieß uns auch auf dem ganzen Wege kein Fahrzeug auf, das wir hätten anrufen können.

Endlich kamen wir in eine sehr große Bai, in welche mehrere Flüsse mündeten. Wir nahmen keinen Anstand in den ersten besten einzufahren, und da wir einige Hütten und Eingeborene am Ufer sahen, so brachten wir unser Fahrzeug in eine kleine Bucht am Nordufer und hoben eine lange Stange mit einem weißen Stück Tuch als Friedenszeichen in die Höhe. Wir fanden, dass wir sogleich verstanden wurden, denn alsbald kamen Männer, Weiber und Kinder, meist ganz nackt, scharenweise auf uns zu. Das Erste, was wir sodann taten, bestand darin, dass wir die Hände an den Mund hielten, um ihnen zu bedeuten, dass wir Wasser zu haben wünschten. Auch das begriffen sie, denn drei von den Weibern und zwei Knaben eilten landeinwärts und kamen ungefähr nach einer halben Viertelstunde mit mehreren ganz artig geformten tönernen Töpfen zurück, die sie, wie es schien, in der Sonne getrocknet hatten. Sie waren mit Wasser angefüllt und wurden am Ufer niedergesetzt, worauf diejenigen, welche sie gebracht hatten, etwas zurückgingen, damit wir sie holen möchten, was wir auch taten.

Eine Weile darauf brachten sie uns Wurzeln, Kräuter und Früchte, deren ich mich nicht mehr recht erinnere. Unser Schmied setzte sich nunmehr wieder in Tätigkeit, und da wir einiges Eisen von dem Wrack des Schiffes gerettet hatten, so machte er eine Menge Spielzeug, Vögel, Hunde, Stecknadeln, Haken und Ringe, während wir ihm beim Feilen an die Hand gingen und die verarbeiteten Gegenstände polierten. Als wir ihnen einiges von diesen Waren anboten, brachten sie Vorräte aller Art, wie sie ihnen zu Gebote standen, Ziegen, Schweine, Kühe und dergleichen, sodass wir an Lebensmitteln keinen Mangel mehr hatten.

Wir befanden uns also auf dem Festlande von Afrika, aber in dem verödetsten, einsamsten und unwirtbarsten Teile der Welt, selbst Grönland und Novaja Semlja nicht ausgenommen, nur mit dem Unterschiede, dass selbst dieser armselige Landstrich bewohnt war, obgleich es, dem Charakter einiger der Bewohner nach zu schließen, für uns besser gewesen wäre, wenn letzterer Umstand sich anders verhalten hätte.

Und hier fassten wir trotz der Unheimlichkeit der Gegend den verwegenen und verzweifelten Entschluss, einen Marsch von der Küste von Mozambique an bis zur Küste von Angola oder Guinea am westlichen oder atlantischen Meere, mitten durch Afrika hindurch, eine Strecke von wenigstens 1800 Meilen, zu Lande zu machen. Die Glutsonne der heißen Zone, ganz in der unmittelbaren Nähe des Äquators, im höchsten Grade verwilderte Volksstämme, die uns begegnen mussten, Durst und Hunger, kurz alle Schrecken drängten sich zusammen, die sogar das kühnste Herz, das je von Fleisch und Blut umschlossen war, hätten zum Verzagen bringen können.

Dessen ungeachtet entschlossen wir uns, furchtlos das Wagestück zu bestehen und trafen danach unsere Vorbereitungen, wie sie die Umstände gestatteten und unsere geringe Kenntnis von dem Lande zu fordern schien.

Wir verkehrten mit einigen Eingeborenen, die sich ziemlich freundlich gegen uns benahmen, doch kann ich nicht sagen, welcher Sprache sie sich bedienten. Wir teilten ihnen, soweit wir uns ihnen verständlich machen konnten, nicht nur unsere Bedürfnisse, sondern auch unser Vorhaben mit und fragten sie nach der Beschaffenheit des im Westen liegenden Landes. Wir erfuhren jedoch wenig für unsern Zweck Brauchbares und glaubten nur daraus entnehmen zu können, dass es dort viele große Ströme und viele Löwen, Tiger, Elefanten, wilde Katzen, womit sie, wie wir später fanden, die Zibetkatze meinten, und sonstige Tiere gäbe.

Als wir fragten, ob Leute von ihnen diesen Weg schon gemacht hätten, bejahten sie es und bedeuteten uns, dass einige schon hingegangen wären, wo die Sonne schliefe, sie wüssten aber nicht, wo man sie finden könnte. Auf unsere Aufforderung, uns Führer mitzugeben, zuckten sie die Achsel wie die Franzosen, wenn sie sich scheuen etwas zu unternehmen. Auf unsere Frage hinsichtlich der Löwen und anderer wilden Tiere lachten sie und meinten, die würden uns nichts zuleide tun, wenn wir nur fleißig Feuer anmachten und so die Bestien verscheuchten, was wir auch in der Tat später als richtig befanden.

Auf diese Ermutigungen hin entschlossen wir uns zur Reise. Es leitete uns dabei auch noch manche andere Rücksicht. Einmal waren wir aller Mittel beraubt unsere Erlösung auf einem andern Wege zu bewerkstelligen, denn wir befanden uns an einer außer allem europäischen Verkehr gelegenen Küste, weshalb wir nicht daran denken durften, in diesem fernen Erdteile je von unsern Landsleuten Beistand zu erhalten. Hätten wir sodann das Wagnis unternommen, längs der Küste von Mozambique und weiter oben im Norden des verödeten Gestades von Afrika hinzu segeln, bis wir das Rote Meer erreichten, so bestand unsere ganze Aussicht darin, von den Arabern gefangen und an die Türken als Sklaven verkauft zu werden, ein Los, das uns weniger wünschenswert als der Tod erschien. Ein Schiff, das uns über das große Arabische Meer nach Indien geführt hätte, konnten wir nicht bauen, und ebenso wenig vermochten wir das Kap der Guten Hoffnung zu erreichen, da das Meer in diesem Breitengrade stürmisch ist, sodass wir auf keinen glücklichen Erfolg hätten hoffen können. Zudem wussten wir alle, wenn wir den Landweg einschlügen, dass wir einen der großen Flüsse, die ins Atlantische Meer strömen, treffen konnten, an dessen Ufern sich wohl Kähne zimmern ließen, um uns vielleicht auf Tausende von Meilen den Weg zu erleichtern. Auch konnte es uns wohl nicht an Lebensmitteln gebrechen, solange wir Flinten hatten, um Wild damit zu schießen, und endlich konnte es, abgesehen von der Hoffnung auf Erlösung, gar leicht der Fall sein, dass jeder von uns eine Menge Gold davontrüge, das uns, wenn wir glücklich nach Hause kämen, für alle unsere Mühen bezahlte.

Ich kann nicht sagen, dass ich mich bei allen früheren Beratungen sonderlich um den Wert und die Bedeutung eines Unternehmens gekümmert hätte, bis das gegenwärtige zur Sprache kam. Ein Marsch von zwei- oder dreitausend Meilen zu Fuß durch Wüsten, die von Löwen und Tigern bevölkert waren, machte jedoch, wie ich frei bekenne, mein Blut erstarren, und ich bot alles auf, um meine Kameraden für meine Ansicht zu gewinnen, die, wie ich meinte, sehr gut war und darauf hinauslief, nach dem Arabischen Golf oder der Ausmündung des Roten Meeres zu fahren, daselbst auf ein Schiff zu warten, deren es dort eine Menge geben musste, und das erste beste mit Gewalt zu nehmen, wobei wir uns nicht nur die Ladung zueignen, sondern auch die Mittel sichern konnten, jeden Ort der Welt, wohin wir nur wollten, zu erreichen.

Alle waren jedoch bereits fest entschlossen, als dass meine Beredsamkeit noch etwas bewirkt hätte, und so fügte ich mich denn mit der Erklärung, dass ich mich unserm Gesetze, das die Stimmenmehrheit als herrschend anerkannte, unterwerfen wolle. Es blieb demnach bei der Landreise. Zuerst stellten wir nun Beobachtungen an, um herauszufinden, an welchem Punkte der Erde wir wären, und vergewisserten uns, dass wir uns 12° 35' südlicher Breite befänden. Dann sahen wir auf unsere Karten, um den Punkt aufzusuchen, der das Ziel unseres Marsches sein sollte, und entschieden uns für die Küste von Angola, die unserer Karte nach mit uns so ziemlich in gleicher Breite lag und auf einem genau westlichen Wege zu erreichen war. Da man uns außerdem versichert hatte, dass auf unserm Wege Flüsse lägen, so zweifelten wir nicht, dass uns die Reise dadurch sehr erleichtert würde, besonders wenn wir Mittel fänden, über den großen See oder das Binnenmeer zu kommen, das die Eingeborenen Koalmukoa nannten, und aus welchem der Sage nach der Nil entspringt. Aber wir machten die Rechnung ohne den Wirt, wie man im Verlaufe dieser Erzählung bald sehen wird.

Nun fragte sichs aber auch, wie unser Gepäck weiterzuschaffen wäre, ohne das wir unter keinen Umständen die Reise antreten konnten, da von demselben nicht nur die Sicherung gegen Hunger, sondern auch der Schutz gegen wilde Menschen und Tiere abhing. Dieser Punkt war um so wesentlicher, als sogar unser Pulvervorrat eine zu schwere Last für uns war in einer Gegend, wo die Sonne so heiß brannte, dass wir schon an uns selbst genug zu tragen hatten.

Wir hielten Nachfrage und fanden zu unserm großen Leidwesen, dass die Eingeborenen von Lasttieren: Pferden, Maultieren, Eseln oder Kamelen nichts wussten; das einzige Geschöpf, dessen sie sich zu diesem Zwecke bedienten, war eine Art Büffel oder zahmer Stier, wie wir auf der oben erwähnten Insel einen erlegt hatten. Aber wir wussten einen solchen Stier weder zu behandeln noch zu leiten.

Endlich brachte ich eine Methode in Vorschlag, welche nach einiger Überlegung für gut befunden wurde. Sie bestand darin, mit einigen Eingeborenen Streit anzufangen, zehn oder zwölf zu Gefangenen zu machen, sie als Sklaven zu binden, zur Mitreise zu zwingen und ihnen unser Gepäck aufzuladen, wodurch wir außerdem noch den doppelten Vorteil hatten, Wegweiser und Dolmetscher für unsern Verkehr mit den übrigen Bewohnern des Landes bei uns zu haben.

Der Vorschlag fand anfangs keinen Beifall, aber die Eingeborenen gaben uns bald selbst einen Grund und eine Gelegenheit ihn auszuführen. Denn obgleich unser kleiner Handel mit ihnen anfangs nur auf der Grundlage ihrer Gefälligkeit gegen uns beruhte, so fanden wir doch zuletzt, dass auch Spitzbüberei mit unterlief. Bei Gelegenheit eines Vieheinkaufs wurde einer unserer Leute, da er mit seinen Kunden nicht recht einig werden konnte, übermütig von ihnen behandelt, auch behielten sie das Spielzeug aus der Werkstätte unseres Künstlers, welches sie als Kaufschilling bereits hingenommen hatten, ließen durch ihre Landsleute das Vieh vor seinen Augen wieder forttreiben und lachten ihn aus. Der getäuschte Käufer schrie über Gewalttätigkeit und rief einige von uns, die in der Nähe waren, um Hilfe, weil ihm der Neger mit der Lanze zusetzte und auch wirklich einen so gut gezielten Stoß nach ihm führte, dass er wohl auf dem Platze geblieben wäre, hätte er nicht rasch einen Seitensprung gemacht und die Waffe mit der Hand abgewehrt. Er wurde dabei am Arm verwundet und geriet so in Zorn, dass er nach seinem Gewehr griff und den Neger auf der Stelle niederschoss.

Die in der Nähe stehenden Schwarzen gerieten in ein solches Entsetzen, dass sie anfangs wie versteinert dastanden. Sobald sie aber wieder ein wenig zu sich kamen, hob einer, der ziemlich entfernt stand, ein mörderisches Geschrei an, das ein Kriegsruf zu sein schien, denn alle übrigen stimmten ein und rannten nach dem Platze, an dem er stand, während wir, da wir die Bedeutung dieser Bewegung nicht kannten, ruhig blieben und uns wie ein Häuflein Blödsinniger gegenseitig ansahen.

Wir wurden jedoch bald unserer Ungewissheit entrissen, denn ehe drei Minuten verstrichen, hörten wir dasselbe Geschrei rasch von einem Orte zum andern durch alle die kleinen Dörfer sich verbreiten, ja es erschallte sogar von der andern Seite des Flusses herüber, und ehe wir uns versahen, gewahrten wir eine Menge nackter Wilder, die von allen Seiten der Stelle zuströmten, woher der erste Schreier das Signal gegeben hatte. In weniger als einer Stunde war nahezu eine Masse von fünfhundert Mann beisammen, deren einige Bogen und Pfeile, die meisten aber Lanzen trugen. Wir bildeten eine Linie und rückten beherzt auf unsere Feinde los, während die Eingeborenen, wahrscheinlich in der Meinung, uns mit ihren Lanzen leicht vernichten zu können, sich anschickten uns entgegenzugehen. Wir machten Halt, rückten weiter auseinander, um unsere Schlachtreihe zu verlängern, und begrüßten sie mit kräftigen Schrotladungen, sodass sechzehn unserer Gegner auf der Stelle niederstürzten und weitere drei sich nur zwanzig bis dreißig Schritte weit fortzuschleppen vermochten, die dann ebenfalls fielen. Wie viele leichter verwundet wurden, konnten wir natürlich nicht wissen.

Nachdem wir Feuer gegeben hatten, verhielten wir uns ganz ruhig, bis unsere Gewehre wieder geladen waren, und als wir bemerkten, dass sich die Feinde nicht von der Stelle rührten, schickten wir ihnen abermals eine Salve. Es stürzten neun Mann, denn da sie nicht mehr in so dichten Haufen standen, so gaben nicht alle unsere Leute Feuer, sondern sieben hatten Weisung erhalten, ihre Ladung nicht zu verbrauchen, sondern, sobald die andern ihre Gewehre abgeschossen hätten, vorzurücken, damit diese Zeit gewännen aufs Neue zu laden.

Nach unserm zweiten Feuer schrien wir, so laut wir konnten, und sobald die vorhin erwähnten sieben Mann dem Feinde um etwa zwanzig Schritte näher gerückt waren, schossen sie gleichfalls ihre Gewehre ab. Die Hinteren, die sich inzwischen schussfertig gemacht hatten, folgten in aller Behändigkeit, und sobald die Eingeborenen sahen, dass wir furchtlos auf sie zugingen, ergriffen sie wie behext mit wildem Geschrei die Flucht.

Als wir auf dem Wahlplatze anlangten, sahen wir eine große Anzahl Körper auf dem Boden liegen, mehr als wir möglicherweise getötet oder verwundet haben konnten, ja sogar mehr als wir Schrotkugeln in unsern Flinten hatten, und wir wussten nicht, was wir daraus machen sollten. Endlich fanden wir jedoch, dass der Schreck sie aller Besinnung beraubt, und wie ich glaube, einige sogar, ohne eine Wunde auf der ganzen Haut, getötet hatte.

Als etliche von diesen armen Wichten wieder zu sich kamen, krochen sie auf uns zu und beteten uns auf den Knien oder mit dem ganzen Leibe auf der Erde hingestreckt an, unter tausenderlei seltsamen Gebärden, die alle ihre Unterwürfigkeit ausdrücken sollten, denn sie schienen uns für Götter oder für Teufel zu halten. Es war uns indes gleichgültig, welcher von diesen Vorstellungen wir dieses Benehmen zu danken hatten, und ich kam sogleich auf den Gedanken Vorteil daraus zu ziehen, indem wir vermöge des Kriegsrechts nach Belieben Gefangene machen und sie zwingen konnten, mit uns zu gehen und unser Gepäck zu tragen. Alles billigte diesen Vorschlag einstimmig, und wir griffen sechzig rüstige junge Burschen auf, denen wir kundtaten, dass sie uns folgen müssten, worein sie sich bereitwillig zu fügen schienen.

Ehe ich weiter erzähle, muss ich dem Leser bemerken, dass ich von dieser Zeit an den Stand unserer Verhältnisse von einem ernsteren Gesichtspunkte aus zu betrachten und mich mehr um unsere Angelegenheiten zu bekümmern begann, denn obgleich ich der jüngste in der Gesellschaft war, so hatte ich mich doch nachgerade überzeugt, dass es meinen Kameraden gänzlich an Entschlossenheit und Geistesgegenwart gebrach, wenn es sich um die Ausführung einer Sache handelte. Den ersten Anlass zu dieser Überzeugung gab der letzte Kampf mit den Eingeborenen, denn obgleich sie sich rasch für den Angriff und den Gebrauch der Schießgewehre entschieden hatten, so begann doch ihr Mut zu sinken, als sie die Neger nicht gleich nach den ersten Schüssen fliehen sahen, und ich bin überzeugt, sie würden alle augenblicklich die Flucht ergriffen haben, wenn sie die Schaluppe zur Hand gehabt hätten.

Bei dieser Gelegenheit nahm ich es auf mich sie zu ermutigen und zu einer zweiten Salve aufzufordern, indem ich ihnen die Versicherung gab, wir würden die Neger bald genug zum Fortlaufen bringen, wenn sie meinen Weisungen Folge leisteten. Sie wurden nun beherzter, und so geschah es denn auf mein Geheiß, dass bei dem zweiten Feuer einige ihre Ladungen in der Reserve behielten, wie oben schon erwähnt wurde.

Nach der zweiten Salve sah ich mich in der Tat genötigt, durch ein eigentliches Kommando die weiteren Schritte zu leiten. Nun, meine Herren, sagte ich, lasst uns einen Schlachtruf erheben, und brüllte dann so kräftig los, wie es unsere englischen Matrosen bei ähnlichen Gelegenheiten zu tun pflegen. Und nun folgt mir zu den Sieben, die noch nicht gefeuert haben, fuhr ich fort, ich stehe euch dafür, wir werden kurze Arbeit haben. So erwies es sich auch in der Tat, denn sobald uns die Neger anrücken sahen, nahmen sie Reißaus.

Von diesem Tage an wollten sie mich nur noch Herr Kapitän nennen, aber ich verbat mir das Herr. Wohlan denn, sagte der Geschützmeister, der gut englisch sprach, so sollst du Kapitän Bob heißen, und mit diesem Titel wurde ich später immer angeredet.

Nichts ist für die Portugiesen, mag man das ganze Volk oder die einzelnen nehmen, bezeichnender als dieser Vorfall. Wenn sie jemand ermutigt und ihnen mit gutem Beispiel vorangeht, so benehmen sie sich ziemlich gut, wenn sie aber für sich selbst handeln sollen, so verzagen sie gar bald. Diese Männer wären sicherlich vor einer Bande nackter Wilder geflohen, obwohl die Flucht ihr Leben nicht hätte retten können, wenn ich nicht ein Hallo angefangen und dadurch eine Veränderung der Sachlage herbeigeführt hätte, die weit mehr geeignet war ihren Mut zu beseelen als das Getümmel des Kampfes.

Wir hatten indes auch zwei oder drei unermüdlich tätige Leute in unserer Gesellschaft, die durch ihren Mut und ihre Unverdrossenheit alle übrigen aufrecht erhielten und wirklich auch von Anfang an das Übergewicht behauptet hatten. Dies waren der Geschützmeister und der Schmied, den wir auch den Künstler nannten, der Dritte, einer der Zimmerleute, ging auch noch an, obgleich er den beiden vorgenannten weit nachstand. Diese waren in der Tat die Seele und das Leben aller übrigen, und nur ihnen war es zu danken, dass die andern einige Entschlossenheit zeigten. Als jene daher sahen, dass ich anfing, mich nützlich zu erweisen, wie dies bei dem eben genannten Anlass der Fall war, umarmten sie mich und behandelten mich nachher stets mit besonderer Liebe.

Der Geschützmeister hatte eine gute Schule genossen und war nicht weniger ein trefflicher Mathematiker als ein guter Seemann. Dem vertraulichen Verkehr mit ihm verdanke ich die Grundlage zu dem Wissen, das ich mir später in allen für das Seewesen nützlichen Kenntnissen, besonders aber in der Geografie erwarb.

Meine Lernbegierde und leichte Fassungsgabe sprach ihn an, und so brachte er mir die ersten richtigen Begriffe von der Gestalt der Erde und des

Meeres, der Lage der Landesteile, dem Lauf der Ströme und der Bewegung der Himmelskörper bei und gab mir dabei einen gewissermaßen systematischen Unterricht in der Astronomie, den ich später als sehr praktisch kennenlernte.

Besonders aber erfüllte er meinen Geist mit hochstrebenden Gedanken und dem eifrigen Verlangen, alles Wissenswerte zu erlernen, indem er mir bewies, dass es keine bessere Vorbereitung für große Unternehmungen gäbe als eine über die gewöhnlichen Kenntnisse des Seemanns gehende Bildungsstufe, und dass Unwissenheit dem Menschen immer nur eine niedrige Stellung anweise, während Wissenschaft die erste Sprosse zur Leiter des Ruhmes bilde. Er schmeichelte mir stets mit meinen Anlagen, und obgleich das auch meiner Eigenliebe wohltat, so verfehlte es doch nicht, da ich Ehrgeiz besaß, der eben in dieser Zeit in meiner Seele aufzukeimen begann, einen unersättlichen Durst nach Wissen in mir zu wecken, sodass ich fest entschlossen war, wenn ich je nach Europa zurückkäme und mir die Mittel dazu verschaffte, all das von Grund aus zu lernen, um mich zu einem vollkommenen Seemann zu machen. Doch was sind die Pläne des Menschen! Auch der Meinige wurde nicht ausgeführt, obgleich sich mir später Gelegenheit dazu bot.

Doch kehren wir wieder zu dem Gange unserer Erzählung zurück. Als der Geschützmeister sah, welchen wesentlichen Dienst ich in dem Treffen geleistet hatte, und von meinem Vorschlage, eine Anzahl Gefangener zu machen und sie zum Marsche zu verwenden, hörte, pflichtete er mir in Gegenwart aller andern bei: Bob, sagte er, ich denke, du musst unser Anführer sein, denn den ganzen Erfolg dieses Unternehmens haben wir dir zu danken.

Nein, nein, entgegnete ich. Ihr macht mir da ein Kompliment. Seid Ihr meinetwegen Kapitän oder General, ich bin zu jung dazu. Mit einem Worte, wir alle kamen überein, ihn zu unserm Anführer zu wählen. Er wollte jedoch diese Ehre nur unter der Bedingung annehmen, dass ich sie mit ihm teilte, und da die übrigen seinen Wunsch unterstützten, musste ich mich fügen.

Das erste Geschäft, welches mir in meinem neuen Kommando zufiel, war so schwierig als es sich nur denken lässt, nämlich die Behandlung der Gefangenen. Unter den Gefangenen befand sich ein großer schöner Jüngling, dem die übrigen große Verehrung zollten und der, wie wir später erfuhren, der Sohn eines ihrer Häuptlinge war. Sein Vater war, wie es schien, bei unserer ersten Salve gefallen, und er selbst hatte einen Schuss in den Arm und einen in die Hüfte erhalten. Die Hüftwunde ging tief ins Fleisch, sodass er stark blutete und infolge des Blutverlustes halb tot dalag. Der Armschuss hatte ihm das Ellenbogengelenk zersplittert, und er war durch diese beiden Wunden in einem so bedenklichen Zustande, dass wir schon im Begriffe standen ihn fortzuschaffen und dem Tode zu überlassen, den er sicherlich auch in wenigen Tagen erlitten haben würde. Als ich jedoch bemerkte, dass ihm die übrigen Ehrfurcht erwiesen, so kam mir auf einmal der Gedanke, er könnte uns dadurch nützlich werden, dass wir ihn gewissermaßen zum Befehlshaber über die übrigen machten. Ich übergab ihn daher den Händen unseres Wundarztes und bedeutete dem armen Teufel, so gut es durch Zeichen ging, dass wir ihn wieder gesund machen wollten.

Als ich ihn dem Wundarzt übergeben hatte, fand dieser, dass die Hüftwunde bloß von einem etwas tiefer gehenden Streifschusse herrührte, sodass sie bald geheilt werden könnte. An dem Arme war jedoch ein Knochen in der Nähe des Ellenbogengelenks zerbrochen. Er renkte denselben ein, versah den Bruch mit Schienen und einer Schlinge, die er dem Neger um den Hals hing und bedeutete ihm durch Zeichen, dass er den Arm nicht bewegen dürfe, was er denn auch so treulich befolgte, dass er sich niedersetzte und sich nicht rührte, bis ihm der Wundarzt die Erlaubnis dazu gab.

Ich hatte viele Mühe dem Neger begreiflich zu machen, was wir vorhätten und wie wir seine Leute zu benützen beabsichtigten. Besonders schwer hielt es, ihn die Bedeutung einiger unserer Worte, zum Beispiel des Ja und Nein, zu lehren und ihn überhaupt etwas mit unserer Sprache bekannt zu machen. Er war indes sehr willig und gab sich alle Mühe meinem Unterricht Ehre zu machen.

Leichter begriff er unsere Absicht, Mundvorrat mit uns zu nehmen, er bedeutete uns durch Zeichen, dies wäre unnötig, da wir vierzig Tagereisen weit überall auf unserm Wege hinreichend Lebensmittel finden würden.

Dann zeigten wir ihm unser Gepäck, welches sehr schwer war, besonders unser Pulver, Blei, Eisen, das Zimmermannsgerät, die Seemannsinstrumente und dergleichen. Er nahm einige von diesen Gegenständen in die Hand, um das Gewicht zu prüfen, schüttelte aber den Kopf darüber. Ich sagte daher unsern Leuten, sie müssten sich entschließen das Ihrige in kleinere Päckchen zu verteilen, um es tragbarer zu machen, was denn auch geschah und uns nötigte, elf unserer Koffer zurückzulassen.

Dann gab er uns durch Zeichen zu verstehen, dass er uns einige Büffel oder junge Stiere zum Tragen unserer Habe verschaffen wolle, indem er uns zugleich andeutete, dass sie auch uns tragen könnten, wenn wir müde wären. Doch dies schlugen wir nicht hoch an, obgleich uns sein Vorschlag wenigstens deshalb sehr einleuchtete, weil wir die Tiere in der Not schlachten konnten, wenn sie nicht mehr imstande wären, uns als Lastvieh zu dienen.

Wir hatten die Gefangenen in einem engen Raume, der mit Pfählen wie mit Palisaden umschlossen war, verwahrt und sie mit den aus Matten gedrehten Stricken gebunden. Wir führten den Häuptlingssohn zu ihnen und forderten ihn auf sie zu fragen, ob sie gutwillig mit uns ins Land der Löwen gehen wollten. Er hielt nun eine lange Rede an sie, aus der wir jedoch nichts weiter entnehmen konnten, als dass er ihnen erklärte, sie müssten uns willig begleiten. Sie schlugen darauf die Hände zusammen und blickten zur Sonne auf, ein Eid der Treue, wie uns der Häuptling erklärte. Dann hielt einer von ihnen eine lange Rede, die er mit wunderlichen Gebärden begleitete und damit anzudeuten schien, dass sie von uns wünschten, wir sollten gleichfalls die Hände gegen die Sonne zusammenschlagen, das heißt schwören, dass wir sie nicht töten, dass wir ihnen, damit sie nicht Hungers stürben, Chiaruck, nämlich Brot, zu essen geben, und dass wir sie nicht von den Löwen fressen lassen wollten. Als ich seinem Wunsche willfahrte, warfen sich die Gefangenen allesamt zur Erde, standen wieder auf und ließen ein so wildes und abscheuliches Freudengeschrei erschallen, wie ich es nie vorher gehört hatte.

Wir begannen nun zu überlegen, wie wir große Säcke, ungefähr nach Art der Militärtornister, verfertigen könnten, damit unsere Gefangenen das Gepäck leichter fortzuschaffen imstande wären. Zu diesem Zwecke ließ ich die Felle der geschlachteten Ziegen in der Sonne ausspannen, wodurch sie in zwei

Tagen so trocken wurden, als wir nur wünschen konnten, und wir ein Material erhielten, das sich leicht in die für unsere bewegliche Habe erforderlichen Tornister umarbeiten ließ. Als der schwarze Anführer sah, wozu sie dienen sollten, und wie bequem sie zu tragen wären, lächelte er und schickte den oben erwähnten Neger wieder fort, um Häute zu holen. Dieser kam auch mit zwei Eingeborenen zurück, alle drei schwer mit Fellen beladen, die weit besser als die Unsrigen hielten, und auch von andern Tierarten, denen wir keinen Namen zu geben wussten, genommen waren.

Die beiden Begleiter des Boten brachten ihrem schwarzen Anführer auch zwei Lanzen, wie sie die Eingeborenen im Kampfe zu brauchen pflegen, aber schöner als die gewöhnlichen, von einem glänzend schwarzen Holze, ähnlich unserm Ebenholz, und an der Spitze mit dem daumendicken Zahne eines uns unbekannten Tieres versehen, der so fest aufgesetzt, so stark und am Ende so scharf war, dass wir in keinem Teile der Welt wieder etwas Ähnliches zu Gesicht bekamen.

Als wir nun für unsern Marsch vorbereitet waren, kam der Häuptling zu mir, deutete nach den verschiedenen Himmelsgegenden und befragte mich in seiner Zeichensprache, welchen Weg wir einzuschlagen gedächten. Als ich hierauf nach Westen zeigte, tat er mir kund, es gäbe nicht weit im Norden einen großen Fluss, der unsere Schaluppe viele Stunden weit genau in westlicher Richtung ins Innere des Landes zu tragen vermöchte. Ich griff den Wink sogleich auf und fragte nach der Mündung dieses Flusses, den er mir als eine Tagereise entfernt angab, was, wie wir später fanden, unserer Schätzung nach ungefähr sieben Stunden betrug. Ich vermute, dass es derselbe Fluss war, den man auf der Karte an dem nördlichsten Teile der Küste von Mozambique unter dem Namen Onilloa verzeichnet findet.

Wir berieten uns über diese Andeutung und kamen zu dem Entschlusse, den Häuptling und so viele der Gefangenen, als sich unterbringen ließen, in unsere Schaluppe zu nehmen und nach dem genannten Flusse zu segeln, während acht von uns wohl bewaffnet den Landweg einschlagen und an dem Flusse wieder mit uns zusammentreffen sollten, denn der Häuptling hatte uns den Strom von einer Anhöhe aus, wie er sich durch das Land hinzog, ganz deutlich gezeigt, da er in der nächsten Richtung nicht über sechs Meilen entfernt lag.

Die Aufgabe, den Landweg zu nehmen und die ganze Karawane anzuführen, ward mir zuteil. Ich hatte acht Mann der unsrigen und siebenunddreißig Gefangene bei mir, alle ohne Gepäck, denn unsere gesamte Habe befand sich an Bord der Schaluppe. Wir trieben auch die Stiere vor uns her, die wir ungemein zahm und willig fanden, denn von den Negern setzten sich gleich vier zusammen auf ihren Rücken, ohne dass es ihnen beschwerlich wurde, auch fraßen sie uns aus der Hand, leckten uns die Füße und benahmen sich so zahm wie Hunde.

Der Landweg nach dem Flusse hin wurde uns nicht sauer, wir brauchten keinen Tag dazu, während die Schaluppe erst am fünften Tage anlangte, da sie in der Bai widrigen Wind und der vielen Krümmungen des Stromes wegen einen Weg von mehr als fünfzig Meilen auf demselben zurückzulegen hatte.

Der Fluss hatte ein schönes Fahrwasser, ungefähr von der Breite der Themse unterhalb Gravesend, eine starke Ebbe und Flut, die sich bis auf sechzig Meilen landeinwärts erstreckte, und da das Bett sehr tief war, so gebrach es uns lange Zeit nicht an Wasser. Kurz es ging lustig mit der Flut und einem frischen Ost- und Ostnordostwinde aufwärts, und wir kamen auch während der Ebbe wacker fort, da der Strom fortwährend breit und tief blieb. Als wir indes aus dem Bereiche der Ebbe und Flut kamen, und es bloß mit der Eigenströmung des Flusses zu tun hatten, fanden wir diese zu stark uns entgegenwirkend und wir dachten schon daran, unsere Schaluppe zu verlassen. Aber der Häuptling war nicht dieser Ansicht, denn er fand, dass wir eine ziemliche Anzahl von Tauen an Bord hatten, so forderte er alle am Ufer befindlichen Gefangenen auf, heranzukommen und das Fahrzeug vom Lande aus ins Schlepptau zu nehmen. Da wir außerdem unsere Segel aufhissten, um ihnen das Geschäft zu erleichtern, so brachten sie uns sehr schnell vorwärts.

In dieser Weise kamen wir nach unserer Berechnung fast zweihundert Meilen stromaufwärts, aber nun verengte sich der Fluss schnell und schmolz ungefähr zu der gewöhnlichen Breite der Themse zusammen. Den darauffolgenden Tag gelangten wir zu einem Wasserfalle, der ansehnlich genug war, um uns Schrecken einzuflößen, denn die ganze Wassermasse fiel, glaube ich, mit einem Male senkrecht über einen Absturz von ungefähr sechzig Fuß Höhe hinab und verursachte ein so wildes betäubendes Getose, dass wir es schon zehn Meilen weit hören konnten.

Wir mussten nun alle unsere Reise zu Lande fortsetzen, denn die Schaluppe ließ sich auf dem Flusse nicht weiterbringen und war zu schwer, um sie um den Wasserfall herumtragen zu können. Wir beratschlagten uns zwar mit den Zimmerleuten, ob sich aus unserm Fahrzeug nicht drei oder vier Boote machen ließen, um in ihnen unsere Fahrt auf dem Flusse fortzusetzen, sie erklärten jedoch, dass dies jedenfalls viel Zeit erfordern würde, abgesehen davon dass es an Pech und Teer, um sie wasserdicht zu machen, wie auch an Nägeln zur Befestigung der Planken fehlte. Einer von ihnen meinte er könnte uns, wenn wir in der Nähe des Flusses einen großen Baum fänden, in viermal kürzerer Zeit einen oder zwei Kähne zimmern, die für unsern Zweck recht gut die Dienste eines Bootes versehen und außerdem an Wasserfällen eine oder zwei Meilen auf den Schultern fortgeschafft werden könnten.

Wir gaben daher den Gedanken unser Fahrzeug weiter zu benutzen auf, zogen es in eine kleine Bucht, oder vielmehr in die Mündung eines Baches, wo wir es zu Nutz und Frommen solcher, die etwa nach uns an diese Stelle kämen, befestigten und marschierten weiter. Die Verfügungen über das Gepäck, das wir unsern zahmen Büffeln und den Negern aufluden, nahmen jedoch noch zwei Tage in Anspruch, da wir besonders den Schießbedarf aufs Sorgfältigste zu verwahren bedacht waren. Damit das Pulver nicht feucht würde, taten wir es in Säckchen aus getrockneten Fellen, deren Haare nach innen gekehrt waren, und legten sie sodann in größere Säcke von dicken und harten Büffelhäuten, hierbei die Haare nach außen, wodurch wir unsern Zweck so gut erreichten, dass sogar der heftigste Regen, wir hatten mehrere, die sehr lange andauerten, unser Pulver nicht zu verderben vermochte. Diese Säcke bildeten unser Hauptmagazin. Außer diesen führte noch jeder ein Viertelpfund Pulver und ein halbes Pfund Blei bei sich, was für den augenblicklichen Bedarf ausreichend war, denn wir wollten uns der Hitze wegen nicht mehr als unumgänglich notwendig war, belasten.

Nachdem wir uns mit Fleisch und Wurzeln, als wir füglicherweise fortschaffen konnten, vorgesehen hatten, verteilten wir diese Vorräte unter die Neger und wiesen jedem vierzig Pfund Last zu, was uns für eine so heiße Gegend hinreichend schien. Die Neger beschwerten sich auch nicht im geringsten darüber, vielmehr halfen sie einander, wenn der seltene Fall eintrat, dass einer müde wurde. Außerdem wurde ihr Gepäck auch, weil es vorzugsweise aus Mundvorrat bestand, wie Äsops Brotkorb mit jedem Tage leichter, bis wir wieder Gelegenheit fanden das verbrauchte zu ersetzen.

Am dritten Tage nach dem Aufbruche von unserm letzten Rastorte verlangte unser erster Zimmermann, dass wir haltmachen und Hütten aufschlagen sollten, denn er hatte einige Bäume gefunden, die sich nach seiner Ansicht zur Anfertigung von Kähnen eigneten. Er war der Meinung, wir wären jetzt weit genug zu Fuße gegangen, und es käme ihm nicht in den Sinn, den Weg länger zu Lande fortzusetzen, als gerade unumgänglich notwendig wäre.

Wir entschlossen uns daher ein Lager aufzuschlagen und enthoben unsere Schwarzen ihrer Bürde, welche sich alsbald anschickten unsere Hütten zu bauen, ein Geschäft, das sie mit einer überraschenden Schnelligkeit zustande brachten. Wir benutzten sie zum Teil als Handlanger der Zimmerleute, wobei sie sich recht anstellig benahmen, während wir andere aussandten, um in der Nähe Lebensmittel aufzusuchen, aber statt deren mit fünf Lanzen und zwei Bogen nebst Pfeilen zurückkamen. Wir konnten nur mit Mühe aus ihren Erklärungen klug werden: sie hatten ein paar Negerweiber in Abwesenheit ihrer Männer in ihren Höhlen überrascht und dort die Lanzen gefunden und sie mitgenommen, weil die Weiber und Kinder bei ihrem Anblick entflohen wären. Wir zeigten ihnen zornige Gesichter und ließen ihnen durch ihren Anführer sagen, sie hätten wahrscheinlich die Weiber und Kinder umgebracht, und wenn jemand ums Leben gekommen wäre, so würden wir sie gleichfalls töten. Sie beteuerten indes, nichts dergleichen getan zu haben, und wir schenkten ihnen Glauben. Sie händigten uns sofort Lanzen, Bogen und Pfeile ein, erhielten sie jedoch mit der Weisung zurück, auszuziehen und zu sehen, ob sie nicht irgendein Wild erlegen könnten, indem wir ihnen zugleich das Recht der Waffen, das heißt die Erlaubnis erteilten, sich ihrer Wehr gegen jeden, der sie angriffe oder Gewalt gegen sie brauchte, zu bedienen, wogegen sie sich aber streng zu enthalten hätten, gegen friedliche Personen und gegen solche, welche die Waffen niedergelegt, oder gegen Weiber und Kinder Gebrauch davon zu machen. Dies war bei uns Kriegsregel.

Nach acht Tagen waren drei Kähne fertig, in denen wir die weiße Mannschaft, das Gepäck, unsern Häuptling und einige der Gefangenen einschifften. Es mussten indes auch immer einige von uns am Ufer sein, nicht nur um die Neger zu beaufsichtigen, sondern auch um sie gegen Feinde und wilde Tiere zu verteidigen.

Am achten Tage dieser zweiten Stromfahrt kamen wir zu einem Negerdorfe, in dessen Nähe eine reisartige Pflanze wuchs, deren Frucht sehr angenehm zu essen war. Wir handelten uns davon von den Eingeborenen genug ein und buken Kuchen auf der Erde, die wir zuerst erhitzt und dann das Feuer weggekehrt hatten. Soweit hatte es uns also nie an Nahrungsmitteln, wie wir sie nur wünschen konnten, gefehlt.

Da die Neger unsere Kähne an Stricken weiterzogen, kamen wir ziemlich schnell vorwärts. Nach einer Fahrt von weiteren vier Tagen begann der Geschützmeister, der zugleich auch unser Lotse war, zu bemerken, dass wir etwas von der Richtung, die wir uns vorgenommen, abkämen, da der Strom ein wenig gegen Norden biege, ein Umstand, auf den er uns aufmerksam machen zu müssen glaubte. Wir wollten indes den Vorteil einer Wasserfahrt nicht aufgeben, wenigstens solange nicht, bis wir dazu genötigt würden, und so fuhren wir denn in Gottesnamen noch an zweihundert Meilen weiter. Aber jetzt wurde das Bett sehr schmal und seicht, wir kamen an den Mündungen mehrerer Flüsschen und Bäche vorbei und hatten zuletzt nichts mehr als einen großen Bach vor uns.

Wir ließen uns so weit ziehen, als unsere Kähne nur immer schwimmen wollten. Dies ging noch ein paar Tage an, weil wir das Gepäck ausluden und auf die Rücken unserer Neger legten, so hatten wir es allerdings noch eine kleine Weile bequem. Aber am zwölften Tage unserer Reise in diesem oberen Teile des Flusses schmolz das Wasser so zusammen, dass nicht einmal eine Londoner Jolle hätte darin schwimmen können.

Wir mussten nun die Reise zu Lande fortsetzen, ohne auf eine weitere Wasserfahrt rechnen zu dürfen. Ja, wir dachten nicht einmal mehr daran und wären froh gewesen, wenn wir nur gewusst hätten, ob wir auch immer genug Wasser zum Trinken haben würden. Wir erkletterten daher jede Bergspitze, der wir nahe kamen, um uns die Gegend zu betrachten und daraus entnehmen zu können, welchen Weg wir einschlagen müssten, um immer Wasser in der Nähe zu haben.

Wir marschierten indes dreißig Tage lang durch eine üppige, reichlich mit Wasser, Flüssen und Bächen versehene Landschaft, und es ging uns dabei recht gut.

Von hier aus ging es wieder fünfzehn Tage lang weiter, bis wir zu einer hohen und fürchterlich anzusehenden Bergkette, die erste derartige auf unserm Marsche, gelangten, welche wir übersteigen mussten, und da wir keinen andern Wegweiser als unsern kleinen Taschenkompass hatten, so gebrach es uns ganz und gar an Andeutungen über den geeigneten Weg, weshalb wir in die Notwendigkeit versetzt waren, uns durchzuschlagen so gut es eben ging. Ehe wir zu diesen Bergen kamen, stießen wir auf mehrere wilde nackte Völkerstämme, die wir jedoch viel umgänglicher und gefälliger fanden, als diejenigen, welche wir zu bekämpfen genötigt gewesen waren. Obgleich wir wenig von ihnen erfahren konnten, so war doch aus ihren Gebärden zu entnehmen, dass sich jenseits des Gebirges eine Wüste befände, wo es viele Löwen und Leoparden gäbe, auch bedeuteten sie uns, dass wir Wasser mit uns nehmen müssten. Bei dem letzten dieser Volksstämme versahen wir uns mit so viel Proviant, als wir nur mit uns führen konnten, natürlich ohne zu ahnen, was wir durchzumachen oder wie weit wir zu gehen hätten. Um uns jedoch soviel wie möglich über den besten Weg Gewissheit zu verschaffen, schlug ich vor, bei den letzten Eingeborenen, denen wir begegneten, einige Gefangene zu machen, die uns als Wegweiser durch die Wüste, zum Tragen unseres Mundvorrats und vielleicht auch als Hilfskräfte zur Herbeischaffung neuer Lebensmittel dienen sollten. Der Rat war für uns von zu wesentlichem Nutzen, als dass er verschmäht werden konnte, und als wir von den Bewohnern der Gegend durch Zeichensprache herausgebracht hatten, dass sich auch jenseits des Gebirges, noch ehe wir in die Wüste eintreten würden, Menschen fänden, so beschlossen wir, uns um jeden Preis Wegweiser zu verschaffen.

Nachdem wir mit unsäglicher Mühe die Berge erstiegen hatten, gewannen wir einen Blick in die jenseitige Landschaft, der allerdings hinreichend war, das kühnste Herz zaghaft zu machen. In unabsehbarer Ferne kein Baum, kein Fluss, kein Strauch, so weit das Auge reichte, nichts als glühender Sand, der, wenn der Wind blies, in so mächtigen Wolken trieb, dass sie wohl imstande waren Menschen und Vieh zu überwältigen, nirgends ein Ende, weder vor uns, noch rechts oder links, sodass unsern Leuten der Mut entsank und bereits vom Umkehren die Rede war, denn man durfte in der Tat kaum daran denken, sich über einen so schrecklichen Ort zu wagen, in dem uns nichts als der Tod vor Augen stand.

Der Anblick wirkte auf mich ebenso niederschlagend wie auf die übrigen, trotzdem war mir der Gedanke an eine Umkehr unerträglich. Ich sagte daher den Übrigen, wir hätten bereits siebenhundert Meilen zurückgelegt, und eine Rückkehr wäre schlimmer als der Tod, wenn sie daher glaubten, die Wüste wäre nicht zu bewältigen, so wollten wir lieber unsere Richtung ändern und den Weg nach Süden einschlagen, um das Kap der Guten Hoffnung zu erreichen, oder nordwärts gehen, bis wir in das Nilgebiet kämen, wo wir vielleicht auf die eine oder die andere Weise Gelegenheit finden würden, zu dem westlichen Meere zu gelangen, da sicherlich doch nicht ganz Afrika Wüste wäre.

Unser Geschützmeister, der, was die Ortslage betraf, unsere Autorität war, meinte, er wisse nicht, was er zu einer Kapreise sagen solle, denn es sei entsetzlich weit bis zu diesem Vorgebirge, der Weg könne von hier an nicht weniger als 1500 Meilen betragen, und seiner Berechnung nach hätten wir jetzt den dritten Teil des Marsches nach der Küste von Angola zurückgelegt, wo wir den westlichen Ozean und somit auch Wege genug finden würden, um wieder nach Hause zu kommen. Sein Vorschlag ging also dahin, es mit dieser Wüste zu versuchen, die vielleicht nicht so breit sei, als wir fürchteten, wir sollten uns daher gehörig mit Proviant und besonders mit Wasser versehen, wir könnten dann den Versuch so lange fortsetzen, bis die Hälfte unseres Wassers verbraucht wäre, sodass wir dann immer, wenn wir kein Ende absähen, wieder umkehren könnten.

Dieser Rat war so vernünftig, dass ihm alle beistimmten. Wir berechneten daher, dass wir für zweiundvierzig Tage Speise, aber für nicht mehr als zwanzig Tage Wasser mit uns führen konnten, obgleich wir auch voraussetzen mussten, dass es noch vor Ablauf dieser Zeit ungenießbar werden würde. Und so entschlossen wir uns, dass wir wieder umkehren wollten, wenn wir im Verlaufe von zehn Tagen zu keinem Wasser kämen, andernfalls aber gedachten wir noch elf Tage länger auszuhalten und erst nach Ablauf dieser Zeit an die Rückkehr zu denken, wenn sich inzwischen kein Ende der Wüste absehen ließe.

Wir versahen uns nun mit Fleisch und verschiedenartigen Wurzeln, die uns statt des Brotes dienten, nahmen so viel Wasser ein, dass wir für zwanzig Tage reichen konnten, und traten so beladen, alle in guter Gesundheit und frischen Mutes, den mühsamen Weg an. Freilich waren nicht alle der Anstrengung gleich gewachsen, und den Mangel an Wegweisern empfanden wir am schmerzlichsten.

Aber gleich beim Eintritt in die Wüste sank unser Mut beträchtlich, denn der Sand war so tief und sengte unsere Füße so sehr, dass wir nach einem Marsche oder vielmehr einem Waten von ungefähr sechs oder acht Meilen ganz erschöpft waren, selbst unsere Neger legten sich nieder und keuchten wie Tiere, die über ihre Kräfte angestrengt waren.

Wir lernten bald die Nachteile eines Aufenthaltes in der Wüste kennen, denn wir waren gewöhnt gewesen, alle Nächte Hütten aufzuschlagen, unter denen wir schliefen, um uns gegen die ungesunde Nachtluft dieses heißen Himmelsstriches zu schützen, aber hier fanden wir keinen Schutz, kein Unterkommen nach dem beschwerlichen Marsche, da weder Baum noch Strauch weit und breit zu sehen war.

Wir stellten jetzt Betrachtungen über unsere Unklugheit an, dass wir nicht wenigstens Pfähle mit uns genommen hatten, mit denen wir uns des Nachts hätten einigermaßen verpalisadieren und so unsern Schlaf vor etwaigen Störungen hätten schützen können.

Der schwarze Häuptling sagte uns daher am nächsten Morgen, wir würden alle auf diesem Zuge durch die Wüste umkommen, wenn wir uns nicht in der Nacht zu schützen vermöchten. Er riet uns, zu diesem Zwecke nach dem Bache zurückzukehren, wo wir das letzte Mal Nachtquartier gemacht hatten, und dort so lange zu bleiben, bis wir uns Häuser, wie er es nannte, verfertigt hätten, die wir mit uns führen und in denen wir die Nacht zubringen könnten. Da er unsere Sprache ein wenig zu verstehen anfing, und wir recht wohl seine Zeichen begriffen, so entzifferten wir leicht, dass er damit Matten meinte, um so mehr da wir an besagtem Orte viel Schilf und Röhricht gesehen hatten, aus denen die Eingeborenen solche Gewebe bereiten. Mit solchen großen Matten wollten wir dann unsere Hütten oder Zelte, die wir des Nachts als Schlafstellen aufschlugen, bedecken.

Da dieser Rat nicht zu verachten war, so stimmten wir alle dafür und entschlossen uns auf der Stelle umzukehren und einen Teil unseres Proviantgepäcks mit Matten, die uns als Schutz für die Nacht dienen sollten, zu vertauschen. Einige der behändesten unter uns legten diese Tagereise mit weit größerer Leichtigkeit zurück, als sie Tags zuvor bei der Herreise hatten blicken lassen, und da wir nicht gerade zu eilen hatten, so blieben die übrigen noch einmal in der Wüste über Nacht und langten erst am andern Tage an unserm früheren Rastplatze an.

Auf diesem Rückwege stieß den Säumigeren unter uns etwas ungemein Überraschendes zu, was ihnen Anlass gab, in Zukunft nicht so leicht wieder an eine Trennung zu denken. Am Morgen des zweiten Tages, als sie noch keine Meile gegangen waren, gewahrten sie beim Zurücksehen eine ungeheure Sand- oder Staubwolke, welche sich erhob, wie wir es zuweilen an heißen staubigen Sommertagen auf der Landstraße sehen können, wenn größere Viehherden einherziehen, nur viel größer, und man konnte deutlich bemerken, dass die Wolke mit einer Geschwindigkeit, welche die Ihrige bei Weitem überbot, hinter ihnen herkam. Sie war so groß, dass unsere Leute nicht sehen konnten, wodurch sie verursacht wurde, und vermuteten daher anfangs, es wäre eine Armee von Feinden, welche ihnen nachsetzte. Einer der Neger, welcher flinker als die übrigen war, ging ein wenig darauf zu, kam aber so schnell als der tiefe Sand zuließ, wieder zurück und gab durch Zeichen zu verstehen, dass es eine Herde ungeheurer Elefanten wäre.

Es waren riesige Tiere, zwanzig bis dreißig an der Zahl, und obgleich ihnen unsere Leute oft zeigten, dass sie nicht unbemerkt geblieben seien, so bogen sie doch nicht von ihrer Richtung ab und nahmen keine andere Notiz von ihnen, als dass sie ein wenig nach ihnen hinsahen.

Wir, die wir bereits tags zuvor den Bach erreicht hatten, sahen die Staubwolke gleichfalls, achteten jedoch wenig darauf, weil wir glaubten, sie rühre von unsern Gefährten her, aber da sich die Richtung derselben um einen oder zwei Striche des Kompasses nach Südosten hinzog, während wir genau nach Osten gegangen waren, so kam sie in ziemlicher Entfernung an uns vorbei, ohne dass wir etwas von den Bestien sahen, wie wir denn auch erst gegen Abend von unsern Nachzüglern erfuhren, was es damit für eine Bewandtnis hatte. Jedenfalls diente uns dieser Vorfall als eine Lehre für unser Verhalten bei unserm Wüstenzuge, wie wir später hören werden.

Wir gingen nun an unsere Arbeit, die der schwarze Häuptling, der selbst ein vortrefflicher Mattenmacher war, leitete. Da alle seine Leute sich gleichfalls auf diese Kunst verstanden, so hatten wir bald an hundert Matten beisammen. Jeder Neger nahm eine solche noch zu seinem Gepäck, weshalb wir nicht nötig hatten, die Mundvorratsbagage auch nur um eine Unze zu schmälern. Desto schwerer hielt es mit der Fortschaffung von sechs langen Stangen und einigen kürzeren Pfählen, aber die Neger wussten auch hierfür Rat, indem sie ihr Gepäck um das Gewicht der Stangen verminderten, es an diese festbanden und paarweise je zwei Stangen auf den Schultern trugen. Sobald wir dies sahen, zogen wir sofort einen kleinen Vorteil daraus, denn da wir drei Schläuche mehr hatten, als sie sonst tragen konnten, legten wir jedem Paar Stangenmänner einen derselben mit Wasser gefüllt dazu und gewannen dadurch für eine weitere Tagereise Wasser.

Als wir so unsere Arbeit zustande gebracht, nämlich die Matten angefertigt, unsere Vorräte wieder ergänzt und eine Masse kleiner Stricke aus Schilf für den gelegentlichen Gebrauch angefertigt hatten, setzten wir uns nach der achttägigen Unterbrechung unserer Reise wieder in Bewegung. Zu unserm großen Troste fiel die Nacht vor unserm Aufbruche ein tüchtiger Regen, dessen wohltätige Wirkung wir gar bald im Sande verspürten. Zwar reichte ein einziger Tag hin ihn wieder zu trocknen, der Grund blieb aber doch härter und fester, auch wurden unsere Füße weniger versengt, sodass wir an demselben Tage statt der früheren sieben Meilen mit weit größerer Leichtigkeit vierzehn zurücklegten.

Am neunten Tage unseres Wüstenzuges erreichten wir einen großen See. Man kann sich denken, mit welcher Freude uns dies erfüllte, da wir außer dem für unsere Rückkehr, falls diese notwendig werden sollte, bestimmten Wasser selbst bei der spärlichsten Verteilung nur noch einen Vorrat für zwei oder drei Tage hatten. Wir waren damit allerdings weiter gekommen, als sich voraussehen ließ, denn unsere Stiere hatten einige Tage lang in der Wüste eine flache distelartige Pflanze, jedoch ohne Dornen, gefunden, die ihnen Hunger und Durst stillte, wodurch uns soviel Wasser erspart wurde, dass es wohl auf zwei Tage weiter gereicht hätte.

Eine Tagereise weit vom See, und die ganze Zeit, die wir seinem Ufer folgten, und auch noch sechs oder sieben Tagemärsche nachher war der Grund mit einer unglaublichen Anzahl von Elefantenzähnen besät, und obgleich manche davon wohl schon einige hundert Jahre dort liegen mochten, so zeigten sie doch so wenig Spuren einer Verwitterung, dass sie vielleicht bis ans Ende der Zeiten dort liegen werden. Einige davon waren von ungeheurem Umfang, auch kann ich den Leser versichern, dass mehrere von ihnen schwer genug waren, um der Kraft des Stärksten unter uns, der sie heben wollte, Trotz zu bieten. Da wir die Wüste über achtzig Meilen weit mit solchen Knochen besät sahen und dies vielleicht ebenso weit oder nicht viel weiter zur Rechten und zur Linken der Fall sein mochte, so wären wohl tausend der größten Schiffe der Welt nicht imstande gewesen, sie fortzuschleppen. An einer Stelle trafen wir auf den Schädel eines Elefanten, in dem noch die Zähne steckten, die größten, die mir je zu Gesicht kamen. Das Fleisch und die übrigen Knochen mochten seit Jahrhunderten verwest sein, aber trotzdem waren drei unserer stärksten Leute nicht imstande, ihn von der Stelle zu rücken. Der größte Zahn mochte mindestens drei Zentner wiegen, und das Merkwürdigste dabei war, dass der Schädel, der im Ganzen vielleicht sechs Zentner wog, sowohl aus Elfenbein bestand als die Zähne. Aus diesem Beispiel schloss ich, dass wohl die übrigen Knochen des Elefanten dasselbe Material liefern mochten.

Wir verweilten hier fünf Tage, während welcher Zeit wir so viele vergnügliche Abenteuer unter den wilden Tieren der Wüste erlebten, dass ich sie hier nicht alle erzählen kann. Besonders merkwürdig war die Jagd einer Löwin nach einer großen Antilope, und obgleich diese nach der Natur ihrer Gattung sehr schnell auf den Beinen war und wie der Wind an uns vorbeiflog, so gab ihr doch, trotz ihres Vorsprungs von etwa dreihundert Schritt, an Muskelkraft und Lungenausdauer ihre Feindin nichts nach. Sie kamen in einer Entfernung von ungefähr fünf Minuten an uns vorbei, und wir sahen ihnen lange nach, bis wir sie aus dem Gesicht verloren. Wie wurden wir aber überrascht, als sie nach einer Stunde kaum dreißig oder vierzig Schritte voneinander aus einer andern Richtung wieder auf uns zukamen. Beide strengten ihre Kräfte aufs Äußerste an, als sich die Antilope plötzlich in den See stürzte und jetzt um ihr Leben schwamm, wie sie zuvor darum gelaufen war. Die

Löwin jagte ihr nach, schwamm gleichfalls eine Weile und kehrte indes bald um. Aber als sie ans Land kam, erhob sie in der Wut, ihre Beute verloren zu haben, ein so schreckliches Gebrüll, wie ich in meinem Leben nie etwas Ähnliches gehört habe.

Morgens und abends machten mir unsere Ausflüge, den übrigen Teil des Tages über blieben wir in unsern Zelten liegen. Eines Morgens waren wir Zeugen einer andern Jagd, die uns näher berührte als die vorige, denn unser Häuptling stieß auf einem Spaziergange an dem See auf ein ungeheures Krokodil, das aus dem Wasser heraus auf ihn zukam. Er war schnell auf den Beinen und flüchtete sich, so hurtig er konnte, in unsere Mitte. Aber jetzt wussten wir nicht was anfangen, denn wir hatten gehört, dass keine Kugel den festen Panzer einer solchen Bestie durchdringen konnte, was wir auch insofern bestätigt fanden, dass sich das Tier um drei oder vier Schüsse unserer Leute nicht im Mindesten kümmerte. Unser Geschützmeister jedoch, ein kühner, waghalsiger Mann, bewahrte seine Geistesgegenwart, ging so nahe auf den Feind los, dass er ihm die Mündung seines Gewehrs in den Rachen stecken konnte, feuerte ab, und machte sich, indem er die Flinte fallen ließ, aus dem Staube. Das Untier wütete noch lange, ließ seinen Grimm an der Waffe aus, deren Lauf es mit seinen Zähnen zerdrückte, und wurde dann allmählich schwächer, bis es endlich verendete.

Unsere Neger streiften an den Ufern des Sees nach Wildbret, und es gelang ihnen auch drei Antilopen, eine große und zwei kleinere, zu erlegen. Wir erjagten auch zwei oder drei Zibetkatzen, ihr Fleisch war jedoch ungenießbar. Elefanten sahen wir häufig in der Ferne und wir fanden, dass sie sich immer in großer Gesellschaft zeigten und stets in einer schönen Reihe wie zur Schlacht einherzogen, was, wie wir hörten, die Art und Weise ist, wie sie sich gegen ihre Feinde verteidigen, indem sie sich, wenn sie von Löwen, Tigern und andern reißenden Tieren mit einem Angriff bedroht werden, oft in fünf bis sechs Meilen langen Linien aufpflanzen und alles, was ihnen in den Weg kommt, unter ihre Füße treten oder mit ihren Rüsseln in die Luft schleudern. Wenn daher hundert Löwen oder Tiger daherkämen und auf eine Herde von Elefanten stießen, so müssten sie zurückweichen und sehen, wie sie rechts oder links um ihre Flanke kämen, da sie sonst unmöglich entrinnen könnten, denn obgleich der Elefant ein schwerfälliges Geschöpf ist, so ist er doch mit seinem Rüssel so schnell und gewandt, dass er nicht leicht verfehlt den schwersten Löwen damit aufzuheben, denselben in die Luft oder über seinen Rücken zu werfen und ihn dann mit seinen Füßen totzutreten.

Eines Abends wurden wir sehr überrascht. Die meisten von uns waren bereits unter ihre Matten gekrochen, als unsere Schildwache herbeieilte, erschreckt von dem plötzlichen Brüllen mehrerer Löwen ganz in ihrer Nähe, welche sie der Dunkelheit wegen nicht eher gesehen hatte, bis sie sich dicht neben ihr befanden. Es war, wie sich herausstellte, ein alter Löwe von ungeheurer Größe mit seiner ganzen Familie, der Löwin und drei ziemlich herangewachsenen Jungen. Eines der Jungen stürzte unversehens auf einen Wache stehenden Neger los, worüber dieser ungemein erschrak, laut aufschrie und in das Zelt eilte. Die andere Schildwache, die ein Gewehr besaß, hatte nicht Geistesgegenwart genug Feuer zu geben, sondern schlug mit dem Gewehr auf das Tier los, worauf es ein wenig winselte und sodann fürchterlich zu heulen begann. Der Mann flüchtete sich hierauf ins Zelt und brachte alles in Bewegung. Drei von den Unsrigen nahmen ihre Gewehre auf und eilten nach der Tür, wo sie den alten Löwen an den Feuerrädern seiner Augen erkannten. Sie schossen, verfehlten jedoch das Tier oder trafen es mindestens nicht so, dass es getötet wurde, denn die Bestien liefen alle davon und erhoben dabei ein grässliches Brüllen, als riefen sie um Hilfe, sodass sich eine große Anzahl von Löwen und anderen wilden Tieren, die wir nicht zu unterscheiden vermochten, um sie sammelte. Von allen Seiten vernahmen wir aber eine so entsetzliche Musik, als ob alle Ungetüme der Wüste unsern Lagerplatz umgäben, um uns zu verschlingen,

Wir fragten den Häuptling, wie wir mit denselben zurechtkommen könnten. Er nahm zwei oder drei von unsern schlechtesten Matten, hing sie auf einen Pfahl und zündete sie, nachdem er sich von einem unserer Leute hatte Feuer geben lassen, an, dass sie lustig aufloderten und eine Weile fortbrannten – ein Anblick, bei dem das Raubgesindel die Flucht ergriff, wie wir aus dem sich immer mehr entfernenden Brüllen, Heulen und Bellen entnahmen. Nun, wenns das tut, sagte unser Geschützmeister, so haben wir nicht nötig, die Matten, die uns als Betten und Zeltdecken dienen, zu verbrennen. Ich will da eine gehörig wirksame Vorkehrung treffen. Er kam in unser Zelt zurück und begann einiges künstliches Feuerwerk anzufertigen, womit er unsere Schildwachen versah, um gelegentlich Gebrauch davon machen zu können. Dann heftete er auch noch ein Feuerrad an den Pfahl, an dem die Matten verbrannt worden waren, und zündete es an, worauf es so lange fortsprühte, bis von den Tieren der Wildnis nichts mehr zu sehen und zu hören war.

Eine solche Nachbarschaft kam uns indes etwas unheimlich vor, und um sie möglichst bald los zu werden, brachen wir um zwei Tage früher auf, als wir beabsichtigt hatten. Wir fanden nunmehr, obgleich die Wüste kein Ende nehmen wollte, dass sich die Erde mit vielen grünen Gewächsen bedeckte, und unser Vieh daher keinen Mangel litt, auch stießen wir auf mehrere kleine Flüsse, die sich in den See ergossen, sodass es uns in der Niederung nicht an Wasser gebrach. Dies kam unserer Reise ungemein zustatten, und wir wanderten weitere sechzehn Tage. Jetzt begann die Ebene etwas anzusteigen, und da wir nun gewahrten, dass das Wasser aufhören würde, so füllten wir, das schlimmste befürchtend, unsere Schläuche wieder. Die leichte Ansteigung des Bodens dauerte drei Tage ohne Unterlass fort, bis wir plötzlich innewurden, dass wir uns auf dem Kamme einer hohen Bergkette – freilich nicht so hoch wie die an dem andern Ende der Wüste – befanden, die wir ganz allmählich, und ohne dass wir es wahrgenommen hatten, hinangestiegen waren. Als wir auf die andere Seite des Gebirges hinabsahen, bemerkten wir zu unserer aller großen Freude, dass die Wüste ein Ende hatte. Die Gegend war mit anmutigem Grün bekleidet, und wir zweifelten keinen Augenblick, dass wir auch auf Menschen und Vieh treffen würden. Unser Geschützmeister berechnete, dass wir in den vierunddreißig Tagen, die wir uns in diesem Wohnsitze des Schreckens aufgehalten, etwa vierhundert Meilen zurückgelegt hatten, sodass also unser ganzer Landmarsch ungefähr elfhundert Meilen betragen haben mochte.

Nach einem dreitägigen Marsche kamen wir zu einem Flusse, den wir bereits von dem Gebirge aus gesehen hatten. Sein Lauf war gegen Norden gerichtet, was wir bisher noch bei keinem andern Strome bemerkt hatten. Die Strömung war äußerst rasch, und unser Geschützmeister versicherte mich, indem er seine Landkarte herausnahm, dass es entweder der Nil oder ein Fluss sei, der seinen Weg in den großen See nähme, aus dem der Sage nach der Nil entspringt. Er erläuterte dies mittels einer Karte, die ich jetzt, da ich seinen Unterricht fleißig genutzt hatte, besser zu verstehen anfing, und bewies mir die Richtigkeit seiner Ansicht mit so einleuchtenden Gründen, dass ich ganz seiner Meinung wurde.

Freilich waren es mehr die materiellen als die theoretischen Gründe, die bei mir Anklang fanden, denn im Verlaufe seiner Beweisführung folgerte er: und wenn dies wirklich der Nil ist, was hindert uns, einige Baumkähne zu zimmern und darin stromabwärts zu fahren, was doch jedenfalls besser ist, als dass wir uns aufs Neue den Wüsten und ihrem sengenden Sande aussetzen, um eine Küste zu erreichen, von wo aus die Wahrscheinlichkeit einer glücklichen Nachhausekunft ebenso zweifelhaft ist als von Madagaskar aus?

Diese Vermutung wäre wohl richtig gewesen, hätten sich ihr nicht Einwürfe entgegengestellt, denen keiner von uns zu begegnen wusste. Man hielt nämlich den ganzen Vorschlag aus mehreren Gründen für unausführbar, und einen Hauptgegner fand derselbe in unserm Wundarzte, der, obgleich er nichts von dem Seewesen verstand, eine gute Schule genossen hatte und sehr belesen war. Er sagte unter anderm, soviel ich mich noch erinnere, einmal, dass die Länge des Weges infolge der Krümmungen des Flusses mindestens tausend Meilen betragen müsse, was der Geschützmeister zugab; dann, dass wir kaum hoffen dürften, der Menge von Krokodilen, welche im Nil lebten, zu entrinnen, ferner machte er auf die schrecklichen Wüsten, die wir durchziehen müssten, aufmerksam, und endlich deutete er auf die herannahende Regenzeit als weiteren Grund der Bedenklichkeit hin, in welcher die Wasser des Nils so gewaltig anschwöllen und die umliegende Gegend so weit überschwemmten, dass wir in keinem Falle mehr unterscheiden könnten, ob wir auf dem eigentlichen Bett des Flusses führen oder nicht, unsere Fahrzeuge müssten daher notwendig sich verirren, umgeworfen werden oder so oft auf den Grund laufen, dass es schlechterdings unmöglich wäre, auf einem so überaus gefahrvollen Fluss vorwärtszukommen.

Den letzten Grund wusste er uns so einleuchtend zu machen, dass jeder seine Triftigkeit zu würdigen begann. Wir gaben daher diesen Gedanken auf und beschlossen, unsere Richtung, wie bisher, nach Westen zu behalten. Dessen ungeachtet zögerten wir aber, als schieden wir nur ungern von der Stelle, noch zwei Tage an dem Flusse, um uns von unsern Strapazen zu erholen. Während dieser Zeit erging sich unser Häuptling gern in Streifzügen durch die Umgegend und brachte uns eines Abends einige kleine Stückchen von einem Mineral, das er nicht kannte, mit; er hatte indes gefunden, dass es schwer von Gewicht sei und blank aussähe, weshalb er es mir als eine Rarität zeigen wollte. Ich tat, als ob ich seinem Funde keine besondere Aufmerksamkeit schenkte, begab mich aber sogleich auf die Seite, rief den Geschützmeister zu mir und teilte ihm meine Ansicht darüber mit, ich glaubte nämlich zuverlässig, dass das Mineral Gold wäre. Er stimmte mir bei, und so kamen wir überein, am andern Tage den Häuptling mitzunehmen und uns die Stelle, wo er es gefunden, zeigen zu lassen, denn wir hatten im Sinne, den übrigen nur in dem Falle eine Mitteilung davon zu machen, wenn sich dasselbe in Menge vorfände, wäre jedoch nur wenig vorhanden, so gedachten wir das Geheimnis für uns zu behalten und es in unserm eigenen Interesse auszubeuten.

Wir vergaßen jedoch den Häuptling mit ins Interesse zu ziehen, der in seiner Einfalt soviel gegen unsere Gefährten ausplauderte, dass sie wohl erraten konnten, worum es sich handelte, und zu uns kamen, um unsern Fund in Augenschein zu nehmen. Als wir nun sahen, dass die Sache verraten war, mussten wir ernstlich Bedacht darauf nehmen, ihren Argwohn, als hätten wir eine Unterschlagung beabsichtigt, zu beseitigen, und erklärten ihnen daher offen unsere Ansicht, indem wir zugleich unsern Künstler zurate zogen, der das Material ebenfalls auf der Stelle für Gold erklärte. Ich machte jetzt den Vorschlag, dass wir gemeinschaftlich nach dem Fundorte gehen, und wenn sich noch mehr Gold fände, eine Weile an dem Flusse liegen bleiben und sehen wollten, wie viel wohl auszubeuten wäre.

Dieser Verabredung zufolge traten wir alle den Weg an, denn niemand wollte bei einer solchen Entdeckung zurückbleiben. Der Häuptling führte uns an eine Stelle auf der Westseite des Flusses, wo ein anderes Wasser, das von Westen kam, in den Hauptstrom einmündete. Wir wühlten in dem Sande herum, und selten nahmen wir eine Handvoll auf, ohne einige Körner von der Größe eines Stecknadelkopfes, hin und wieder auch so groß wie Traubenkerne, nach der Wäsche in den Händen zu behalten. Nach einer Arbeit von zwei bis drei Stunden hatte jeder ein mäßiges Häuflein zusammengebracht, und wir beschlossen nun das Geschäft aufzugeben und zu unserm Mittagstisch zurückzukehren. Während des Essens kam mir der Gedanke, ob nicht vielleicht gerade das Gold, um dessentwillen wir uns jetzt so sehr abmühten, früher oder später Anlass geben könnte, dass unsere Gesetze vernachlässigt, das gute Einvernehmen gestört, und vielleicht eine Trennung der Gesellschaft, wo nicht gar etwas noch Schlimmeres herbeigeführt würde, da bekanntermaßen gerade dieses Metall der größte Störenfried in der Welt ist. Ich sagte deshalb meinen Gefährten, dass ich zwar der jüngste in der Gesellschaft sei, sie hätten mir indes bei allen Angelegenheiten immer eine Stimme zugestanden, und bisweilen auch für gut befunden meinem Rate zu folgen, sodass ich mir wohl die Freiheit nehmen dürfte, ihnen einen Vorschlag zu machen, den ich als förderlich für das Gesamtwohl erachtete, und der sicherlich auch den Beifall der Gesellschaft finden würde. Nach dieser Einleitung sagte ich ihnen, wir wären nun in einem Lande, wo es Gold in Menge gäbe, und wohin bekanntermaßen die ganze Welt Schiffe schicke, um es zu holen, freilich wüssten wir aber den Fundort nicht und könnten daher auch nicht vorausbestimmen, ob wir viel oder wenig bekommen würden, sie möchten daher in Erwägung ziehen, ob es nicht besser und für die Erhaltung der Eintracht, die bisher unter uns geherrscht und von der allein unsere Sicherheit abhinge, geeigneter wäre, das aufgefundene zusammenzulegen und am Ende zu gleichen Teilen zu verteilen, als uns den Gefahren von Zwistigkeiten auszusetzen, die leicht daraus erwachsen könnten, wenn der eine auf eine reichere Ausbeute als der andere stieße. Weiter stellte ich ihnen vor, dass wir alle bei gleicher Verteilung des Besitzes uns auch mit gleichem Eifer der Arbeit widmen würden, wie wir dann auch außerdem noch unsere Neger für uns in Bewegung setzen und ebenso gut die Früchte ihrer wie unserer eigenen Bemühungen genießen könnten, auf diese Weise ließe sich jeder Anlass zu Neid und Hader unter uns vermeiden.

Dieser Vorschlag fand allgemeine Billigung, alle gaben einander die Hände und taten den gemeinschaftlichen Schwur, auch nicht das kleinste Goldkorn vor den übrigen geheim zu halten: im Falle einer nur der geringsten Verhehlung überwiesen würde, sollte ihm allgemeiner Übereinkunft zufolge alles, was auf seinen Teil käme, entzogen und auf die übrigen umgelegt werden. Von unserm Geschützmeister wurde noch der in jeder Hinsicht zweckmäßige und billige Punkt hinzugefügt, dass jeder, der während unserer Reise, bis wir nach Portugal gelangten, durch Spiel, Wetten und dergleichen von einem anderen Gold, Geld oder Geldeswert gewänne, zum Wiederersatze desselben verpflichtet sei unter Androhung der Entwaffnung, des Ausschlusses aus der Gesellschaft und der Versagung jeglichen Beistandes von unserer Seite. Dies sollte dem Wetten und den Glücksspielen vorbeugen, mit denen sich unsere Leute gar gern unterhielten, obgleich sie weder Würfel noch Karten hatten.

Nachdem wir diesen heilsamen Vertrag geschlossen hatten, gingen wir mit Heiterkeit ans Werk und wiesen unsern Negern ihre neue Beschäftigung an. Wir selber suchten in dem einmündenden Flusse aufwärts an beiden Ufern wie auch auf dem seichten Grunde desselben und brachten auf diese Weise drei Wochen mit Wasserwaten zu. Je weiter wir kamen, desto mehr Gold trafen wir, bis wir endlich an der Seite eines Hügels wahrnahmen, dass dieses Metall plötzlich aufhörte und jenseits dieser Stelle auch nicht ein Korn mehr zu finden war. Augenblicklich kam mir hier der Gedanke, dass das Gold von der Seite dieses kleinen Hügels den Fluss abwärts getrieben würde.

Wir kehrten daher nach demselben zurück und begannen unsere Nachforschungen. Die Erde war locker und von gelblicher Lehmfarbe, auch trafen wir hin und wieder auf ein weißes, hartes Gestein, welches von den Gelehrten, denen ich es später beschrieb, als Spat erkannt wurde, der den Mantel der Goldminen bildet. Wäre aber auch alles dieses Gold gewesen, so fehlte es uns doch an Werkzeugen, es herauszuarbeiten, weshalb wir uns nicht viel damit abgaben, sondern das Wühlen in der lockeren Erde vorzogen. Wir kamen bei dieser Gelegenheit zu einer Stelle, wo sich die Erde bei der leichtesten Berührung in eine Masse von zwei Scheffeln und darüber abbröckeln ließ, und zu unserer aller Verwunderung fanden wir in derselben einen sehr ergiebigen Goldgehalt. Wir wuschen den Sand daher sorgfältig aus, wobei uns das Gold in den Händen blieb, und machten endlich, als wir mit dem Erdhaufen zu Ende waren und an den Felsen oder das harte Gestein kamen, die merkwürdige Entdeckung, dass auch nicht eine Spur von Gold weiter aufzufinden war.

Des Abends setzten wir uns zusammen, um zu sehen, wie viel wir erbeutet hatten, und es stellte sich heraus, dass dieser einzige Erdhaufen an fünfzig Pfund Goldsand geliefert hatte. Weitere dreiundvierzig Pfund hatten wir unsern übrigen Arbeiten in dem Flusse zu danken.

Es war eine glückliche Art von Missgeschick für uns, dass hier unserm Goldsuchen Halt geboten wurde, denn ich weiß nicht, ob wir es aufgegeben haben würden, solange sich noch eine Spur vorgefunden hätte. Da wir aber nun diesen Platz durchwühlt hatten und nichts mehr fanden, die aufgelockerte Erde ausgenommen, so gingen wir in dem kleinen Fluss wieder ganz hinunter, suchten und suchten, solange es sich auch nur im Mindesten verlohnte, und erzielten durch diese Nachlese weitere sechs oder sieben Pfund.

Als wir nun alles gefundene Gold zusammenhatten, ergab sich auf der Wage und den Gewichten, welche unser Künstler aufs Geratewohl angefertigt hatte, dass jedem drei und ein halbes Pfund zufiel – eine Angabe, welche der besagte Künstler, der nur aus dem Gedächtnis gearbeitet, eher für zu niedrig als zu hoch hielt, was sich denn auch später bei einer Vergleichung mit justierten Gewichten als richtig herausstellte, da jedes Pfund fast vier Lot mehr wog. Außerdem waren noch sieben oder acht Pfund Überschuss vorhanden, die wir dem Künstler mit der Weisung überließen, Spielereien aus demselben anzufertigen, von denen wir dachten, sie könnten uns Mundvorrat und Freundschaft von den Volksstämmen erkaufen, mit denen wir in Berührung kämen. Auch dem Häuptling schenkten wir ein Pfund, der sich nun von unserm Schmied einige Werkzeuge borgte und seinen Schatz mit eigener Hand unermüdlich zu etwas unregelmäßigen Kügelchen hämmerte und Löcher hineinbohrte, vorauf er sie an eine Schnur reihte und um seinen schwarzen Hals hing. Er sah in der Tat recht stattlich darin aus, die Arbeit hatte ihn aber auch viel Zeit und Mühe gekostet. So endete unsere erste Gold-Expedition. Wir begannen aber nun zu entdecken, dass wir uns nicht allzu viele Gedanken über unsere Zukunft gemacht hatten, und dass wir nun eine geraume Zeit unsere Reise unterbrechen müssten. Die Jahreszeit fing an zu wechseln und es begann zu regnen. Wir hielten daher eine allgemeine Beratung, in welcher wir über unsere gegenwärtige Lage und vornehmlich über die Frage ratschlagten, ob wir unsern Marsch fortsetzen oder ein passendes Plätzchen an den Ufern des Goldflusses, der uns schon soviel Glück gebracht hatte, zum Winterquartier aussuchen sollten.

Das Ergebnis lief darauf hinaus, dass wir bleiben wollten, wo wir waren, und es war ein Glück für uns, dass wir uns hierzu entschlossen, wie sich bald zeigen wird.

Zuerst wurden nun unsere Neger in Tätigkeit gebracht, welche uns Hütten bauen mussten, was sie auch mit großer Geschicklichkeit ausführten. Die Quartiere hatten das Aussehen einer kleinen Stadt, in der unsere Hütten den Mittelraum einnahmen. Dieser hatte im Mittelpunkt ein großes Zelt, nach welchem unsere Hütten ihren Ausgang hatten, sodass keiner von uns anders als durch dieses Zelt, dem gemeinschaftlichen Sammelorte für Mahlzeiten, Beratungen und gesellige Unterhaltungen, in seine Wohnung gelangen konnte. Außerdem verfertigten uns unsere Zimmerleute noch Tische, Stühle und Bänke, soviel wir nur brauchten. Dann gingen sie ans Werk, da es keineswegs an Holz fehlte, unser Lager ringsherum mit langen Pfählen zu umgeben. Dies geschah indes in etwas unregelmäßiger Weise, denn die Pfähle, deren einige höher, andere niedriger, aber alle scharf zugespitzt waren und höchstens einen Fuß voneinander entfernt standen, bildeten einen zwei Ellen breiten Gürtel, sodass ein Tier, wenn es nicht gänzlich darüber hinwegsprang, was nicht gut möglich war, sich notwendig auf den Holzzacken aufspießen musste.

Der Eingang in unsere Festung hatte dickere Pfähle, die so voreinandergesetzt waren, dass sie drei oder vier Windungen bildeten, welche kurz genug waren, um kein vierfüßiges Tier, größer als ein Hund, durchzulassen. Damit wir außerdem nicht durch einen Haufen auf einmal angegriffen und so in unserm Schlafe gestört würden, wie es schon einmal der Fall gewesen, so zündeten wir zur Ersparnis unseres Pulvervorrates jede Nacht vor dem Eingange unserer Umzäunung ein großes Feuer an und erbauten für unsere Schildwachen nahe dabei, jedoch noch innerhalb des Palisadenwerkes, eine Hütte, in der sie gegen den Regen geschützt waren.

Einmal in einer stürmischen Nacht, die auf einen sehr regnerischen Tag folgte, war eine solche Unzahl dieser abscheulichen Bestien unterwegs, dass unsere Wache in der Tat glaubte, sie führten einen Überfall im Schilde. Sie zeigten sich nicht auf der Seite, wo das Feuer war, und ob wir uns gleich nach allen Richtungen hin geschützt glaubten, so machten wir uns doch alle auf die Beine und griffen zu den Waffen. Es war beinahe Vollmond, aber der Himmel hing voller jagender Wolken und ein fürchterlicher Sturm erhöhte die Schrecken der Nacht. Als ich nach unserm Lager zurücksah, kam es mir so vor, als sähe ich eines der Untiere in dem Innenraume unserer Befestigung. Und so war es auch, aber nur nicht ganz; wahrscheinlich hatte es mit einem tüchtigen Sprunge über unsere Palisaden weggesetzt, war aber von dem letzten Pfahle, der höher als die übrigen war, gefasst worden: seine Schwere trieb dann die Pfahlspitze durch seinen Hinterschenkel, und da hing es heulend, vor Wut das Holz zerbeißend. Ich nahm einem in meiner Nähe stehenden Neger die Lanze weg und stieß sie dem Ungetüm ein paar Mal in den Leib, worauf es verendete. Ich war nämlich nicht willens es zu erschießen, da ich im Sinne hatte, die übrigen, welche so dicht standen, wie Ochsen auf einem Viehmarkt, mit einer vollen Salve zu begrüßen. Ich zeigte nun unsern Leuten die Stelle, wo die Bestien am dichtesten standen, und alle feuerten ihre Flinten dahin ab, die meist mit zwei oder drei Kugeln geladen waren. Dieses wirkte, sie nahmen Reißaus, nur taten es einige, die durch das Knallen und das Feuer weniger erschreckt waren, soviel wir bemerken konnten, mit mehr Würde und Majestät, etliche blieben im Todeskampfe auf dem Platz liegen, aber wir durften es nicht wagen, auf das Schlachtfeld hinauszugehen.

Die Ungetüme waren zwar geflohen, aber wir hörten doch von dem Platze aus, wo sie standen, die ganze Nacht ein fürchterliches Geheul, das, wie wir vermuteten, von einigen verwundeten Tieren her-rühren mochte. Sobald der Tag graute, verließen wir unser Lager, um den Kampfplatz zu besichtigen, und fanden auch in der Tat drei getötete Tiger und zwei Hyänen, das Tier, das ich in der Umzäunung erlegt hatte und das ein Mittelding zwischen Tiger und Leopard zu sein schien, nicht mitgerechnet. Außer diesen trafen wir auch noch einen lebenden edlen alten Löwen, dem die Vordertatzen durchschossen waren, sodass er sich nicht von der Stelle rühren konnte. Er hatte sich die ganze Nacht durch fast bis auf den Tod abgemüht, und wir überzeugten uns nun, dass dieser verwundete Held es gewesen war, der uns die ganze Nacht über mit seinem Geheul be-unruhigt hatte. Unser Wundarzt sah ihn lächelnd an und sagte, wenn er überzeugt wäre, dass dieser Löwe gegen ihn so dankbar sein würde, wie einer von Sr. Majestät Vorfahren gegen den römischen Sklaven Androklus war, so wollte er ihm wohl seine Beine einrenken und ihn kurieren. Ich hatte noch nichts von der Geschichte des Androklus gehört, weshalb mir sie der Wundarzt der Länge nach erzählte; aber als wir ihm sagten, man könne so etwas unmöglich voraus-wissen, weswegen er zuerst mit der Kur anfangen und auf das Ehrgefühl Sr. Majestät bauen sollte, da hatte er doch keinen rechten Glauben daran. Er schoss daher das Tier, um seine Qual zu verkürzen, durch den Kopf, dass es alsbald tot umsank, und diesem Umstände verdankte der Wundarzt für die Folge den Namen »Königsmörder«.

Das Wetter begann sich nach und nach aufzu-klären, der Regen ließ nach, das Wasser zog sich in das Flussbett zurück, und als die Sonne wieder ihren höchsten Punkt erreicht hatte und sich gegen Süden wandte, da traten wir unsern Weitermarsch wieder an.

Als wir diesen Fluss, der ebenfalls nach Norden strömte, im Rücken hatten, trafen wir auf unserm Wege eine große Bergkette, vor der sich ein schönes Flachland nach Norden und Süden ausdehnte. Wir waren jedoch nicht geneigt, unsere westliche Richtung um einiger Berge willen – vielleicht auf lange – zu unterbrechen und so gingen wir rüstig weiter. Aber man denke sich unsere Überraschung, als einer unserer Leute, der nebst zwei Negern uns vorausgeeilt war, ehe wir noch die Höhen erreicht hatten, plötzlich mit dem Ausrufe: das Meer! Das Meer! zu hüpfen und zu tanzen anfing, um die Freude seines Herzens dadurch an den Tag zu legen.

Der Geschützmeister und ich waren am meisten überrascht, denn wir hatten erst denselben Morgen ausgerechnet, dass wir noch über tausend Meilen von der Küste entfernt wären und daher wenigstens noch eine Regenzeit auf dem afrikanischen Festlande zubringen müssten, weshalb denn auch der Geschützmeister unwillig wurde und den schreienden Burschen für toll erklärte.

Aber wie groß war erst unser Erstaunen, als wir den Gipfel des Berges erreichten, und obgleich derselbe sehr hoch war, doch nichts als Wasser erblickten – vor uns, nach rechts und nach links ein weites Meer, ohne eine andere Grenze als den Horizont!

Wir stiegen nicht wenig verwirrt talwärts und konnten gar nicht begreifen, wo wir wären und was für ein Meer das sein könnte, da wir nach unsern Karten noch weit vom Atlantischen Ozean entfernt waren.

Ein Weg von drei Meilen führte uns von dem Flusse des Gebirges nach dem Gestade dieser See, aber wie wurden wir hier aufs Neue überrascht, als wir fanden, dass das Wasser frisch und angenehm zu trinken war. Wir wussten jetzt in der Tat nicht, welche Richtung wir einschlagen sollten, da uns dieses Meer, denn für ein solches hielten wir es, unserer westlichen Richtung Halt gebot. Die erste Frage war, ob wir uns nach rechts oder nach links wenden sollten, was indes bald ausgemacht war, denn da wir die Ausdehnung dieses Gewässers nicht kannten, so musste der Weg nach Norden eingeschlagen werden, indem wir durch eine südliche Richtung immer weiter von dem vorgesteckten Ziele – der Heimat – abkamen. Nachdem wir daher einen großen Teil des Tages mit Verwunderung über diese Erscheinung und mit Beratungen verbracht hatten, setzten wir uns nach Norden in Bewegung.

Wir zogen volle dreiundzwanzig Tage an den Ufern dieses Sees entlang, ehe wir daraus klug werden konnten, was wir daraus machen sollten, bis endlich eines Morgens einer unserer Leute Land ansagte. Es war kein falscher Lärm, denn wir sahen in weiter Entfernung deutlich einige nach Westen hin liegende Bergspitzen jenseits des Wassers. Aber obgleich wir jetzt wussten, dass wir nicht den Ozean, sondern nur einen ungeheuren See oder ein Binnenmeer vor uns hatten, so konnten wir doch gegen Norden das Ende desselben nicht erblicken, sondern mussten noch weitere acht Tage oder über eine Strecke von nahezu hundert Meilen wandern, ehe wir dessen oberen Rand erreichten, wo wir denn gewahr wurden, dass er in einen sehr großen Strom auslief, der wie der bereits früher erwähnte seine Richtung nach Norden oder nach Nordost nahm.

Mein Freund, der Geschützmeister, glaubte jetzt nach einer näheren Untersuchung der Sache, dass er sich früher geirrt hätte, und dass wohl jetzt der Nil vor uns läge, obgleich er nicht mehr daran dächte, eine Fahrt nach Ägypten vorzuschlagen. Wir entschlossen uns nun über den Fluss zu setzen, was übrigens nicht so leicht ging wie früher, denn das Wasser war sehr reißend und das Bett breite

Zu einigem Troste gereichte es uns übrigens, dass wir während unseres ganzen Zuges an diesem Gestade von keinem Raubtier beunruhigt wurden, wogegen uns jedoch in den feuchten Gründen, welche in der Nähe des Sees lagen, eine hässliche giftige Schlange belästigte. Wenn wir nach ihr schlugen oder ihr mit Steinen zusetzten, so richtete sie sich auf und zischte so laut, dass man es weithin hören konnte. Das Aussehen und der Ton des Gewürms waren abscheulich und unsere Leute hätten es sich nicht nehmen lassen, dass es der leibhaftige Teufel selber wäre, wenn sie sich nur halbwegs hätten erklären können, was Meister Satan wohl an einem Orte zu tun haben mochte, wo es keine Menschen gab.

Nachdem wir nicht ohne große Mühe den Fluss gekreuzt hatten, kamen wir in eine seltsam wilde Gegend, welche uns ein wenig Furcht einzuflößen begann, denn obgleich sie aus keiner dürren Sandwüste bestand, wie wir bereits eine zurückgelegt hatten, so mussten wir doch jetzt mit einer anderen Mühseligkeit, mit einem gebirgigen, unfruchtbaren Gelände kämpfen, das von reißenden Tieren wimmelte. Der Boden trug nichts als verkümmertes herbes Gras, hin und wieder einen Baum oder vielmehr einen Strauch. Auch trafen wir auf keine Bewohner und wir fingen an des Mundvorrats wegen besorgt zu werden, denn wir hatten seit langer Zeit kein Wild mehr erlegt, und auch die Fische und Wasservögel, die uns an dem Seeufer genährt hatten, gingen zu Ende. Wir waren daher in um so größerer Verlegenheit, als an ein Füllen unseres beweglichen

Magazins nicht zu denken war, und da wir nicht wussten, wieweit es so gehen würde, so blieb uns kein anderer Ausweg als die Lebensmittel recht zurate zu halten und das Weitere dem Geschick anheimzugeben.

Unsere getrockneten Vögel und Fische konnten bei sparsamer Wirtschaft noch für fünf Tage ausreichen. Wir entschlossen uns solange noch auszuharren und wanderten rüstig weiter in der Hoffnung, nach Ablauf dieser Zeit in eine wirtlichere Gegend zu kommen. Aber diese ganze Zeit über trafen wir weder Fisch noch Vogel noch sonst irgendein genießbares Tier, und die Furcht verhungern zu müssen griff um sich. Den sechsten Tag brachten wir mit Fasten zu oder vielmehr wir genossen nichts weiter als die noch vorhandenen Brocken und legten uns des Abends ohne Nachtessen und mit schwerem Herzen auf unsere Matten.

Am achten Tage mussten wir einen unserer treuen Diener, einen von den Stieren, die unser Gepäck trugen, schlachten. Das Fleisch dieses Tieres war sehr gut, wir gingen aber so sparsam damit um, dass es für drei und einen halben Tag für uns alle ausreichte, und nach Ablauf dieser Zeit waren wir schon im Begriff einen Zweiten zu töten, als wir einer Landschaft ansichtig wurden, die besser zu werden versprach, da sich nunmehr hohe Bäume und ein großer Fluss, der sich zwischen ihnen hinzog, blicken ließ.

Dies ermutigte uns, und wir beschleunigten unsern Marsch trotz unserer leeren Mägen und unserer Ermattung, um möglichst bald das Flussufer zu erreichen.

Als wir an dem Flusse anlangten, fanden wir, dass er gleichfalls nach Norden lief wie die früheren. Der Fluss entsprach unserer Hoffnung, ihn für einen Kahn benutzen zu können, nicht und wir mussten noch weitere fünf Tage an seinem Ufer hinwandern, bis er sich so weit verstärkte, dass es unsere Zimmerleute passend fanden, die Zelte aufzuschlagen und ans Werk zu gehen. Es wurde nun rüstig gearbeitet und man hatte bereits fünf Tage auf die Behauung eines Baumstammes verwendet, als einige unserer Leute, welche den Fluss abwärts untersucht hatten, mit der Nachricht zurückkamen, dass die Tiefe des Bettes eher ab- als zunähme, da sich das Wasser wahrscheinlich im Sande verliere oder in der Hitze verdunste. Da wir nun bald zu der Überzeugung gelangten, dass der Fluss nicht imstande wäre, auch nur den leichtesten Baumkahn weiter zu bringen, sahen wir uns genötigt, unser Vorhaben aufzugeben und unsere Wanderung zu Fuß fortzusetzen.

Wir zogen drei Tage gerade nach Westen, da die Gegend im Norden außerordentlich bergig und der Boden so ausgedorrt und zerrissen war, wie wir es noch nie gesehen hatten. Dagegen fanden wir in westlicher Richtung einen lieblichen Talgrund, der eine lange Strecke zwischen zwei hohen Gebirgsreihen hinlief. Die Berge hatten allerdings ein unheimliches Aussehen, denn sie waren ganz von Gras und Bäumen entblößt und erschienen wegen ihres dürren Sandbodens fast weiß, aber in dem Tale fanden sich Bäume, auch Gras zur Nahrung für die Tiere und einiges Wild.

Wir kamen hin und wieder an Hütten von Eingeborenen vorbei und sahen auch Leute in ihrer Nähe, aber sie flüchteten sich in die Berge, sobald sie unser ansichtig wurden. Am Ende dieses Tales trafen wir auf einen mehr bevölkerten Landstrich, und wir waren anfangs im Zweifel, ob wir unsern Zug durch denselben richten oder ob wir uns mehr nördlich an die Berge halten sollten. Da jedoch unser Hauptziel der Weg nach dem Niger war, so entschieden wir uns für das Letztere, wodurch der Nordweststrich des Kompasses unsere Richtung wurde. Wir marschierten so sieben Tage ohne Unterbrechung weiter, als uns eine überraschende Erscheinung aufstieß, die noch weit verlassener und trostloser als wir war.

An dem jenseitigen Ufer dieses Baches bemerkten wir ein paar Negerhütten, in einer kleinen Niederung war Mais oder indianisches Korn angepflanzt, was uns sogleich auf den Gedanken brachte, dass dort weniger barbarische Bewohner hausen müssten als diejenigen, die wir auf unserer bisherigen Wanderung getroffen hatten.

Als unsere Karawane geschlossen vorrückte, riefen unsere Neger, welche den Vortrab bildeten, dass sie einen weißen Mann sähen. Wir waren anfangs nicht sonderlich darüber aufgeregt, denn wir dachten, der Lärm beruhe auf einer Täuschung, weshalb wir sie auch nur fragten, was sie damit sagen wollten. Nun trat aber einer derselben auf mich zu und deutete nach der andern Seite des Berges, wo ich zu meinem nicht geringen Erstaunen einen ganz nackten weißen Menschen sah, der in der Nähe der Tür seiner Hütte ganz emsig damit beschäftigt war, mit einem Werkzeug in der Hand den Boden zu bearbeiten. Da er gebückt dastand und uns den Rücken zukehrte, so konnte er uns nicht sehen.

Ich bedeutete den Negern keinen Lärm zu machen und wartete, bis mehr von den Unsrigen herangekommen wären, um uns durch den Augenschein zu überzeugen, dass hier von keiner Täuschung die Rede sein könne, wovon sich alsbald alle um so mehr überzeugten, als jetzt der Mann, der uns gehört haben mochte, sich umwandte und, wohl ebenso überrascht wie wir, zu uns hersah – ob in Furcht oder in

Hoffnung, konnten wir jetzt freilich noch nicht wissen.

Sobald er uns bemerkt hatte, sahen die übrigen Bewohner der Hütte gleichfalls her und drängten sich, die neugierigen Blicke nicht von uns abwendend, auf einen Haufen zusammen. Eine kleine Strecke, in deren Mitte der Bach floss, lag zwischen uns, und der weiße Mann wusste, wie er uns später erzählte, nicht, ob er und die um ihn waren bleiben oder davonlaufen sollten. Es fiel mir jedoch augenblicklich ein, dass es uns einem Weißen gegenüber viel leichter würde, eine Verständigung einzuleiten, als dies bei den Negern der Fall war, und so sandten wir denn zwei unserer Schwarzen mit einem weißen Lappen an einem Stabe als Friedenszeichen an den Bach, indem wir ihnen die Weisung gaben, die Flagge so hoch wie möglich zu tragen. Das Zeichen wurde alsbald verstanden, und der Weiße kam nun mit zwei Negern an die andere Seite des Baches. Ich ging daher, wie sich leicht denken lässt, mit aller Hast nach dem Bache und fand in dem Nackten einen Engländer, worauf wir uns herzlich umarmten, dass ihm die Tränen übers Gesicht rannen. Seine Überraschung mag sich jeder vorstellen, wenn er den kurzen Bericht liest, den er uns später über seine höchst elende Lage gab, und damit die unerwartete Hoffnung einer endlichen Erlösung verbindet, die unter Umständen eintrat, wie sie vielleicht nie einem andern Menschen begegnet waren, denn es war eine Million gegen einen Heller zu wetten, dass der Arme auf jede Rettung hätte verzichten müssen. Nur ein Abenteuer, wie schwerlich vorher eines gehört oder gelesen worden, konnte diesen glücklichen Fall für ihn herbeiführen, wenn nicht etwa der Himmel sich durch ein unerwartetes Wunder ins Mittel legte.

Es stellte sich heraus, dass er ein Mann von Stand und weit über die Bildung des gewöhnlichen Matrosen oder Arbeiters erhaben war, was schon im ersten Augenblicke unserer Begegnung, trotz der Nachteile seiner erbärmlichen Lage, aus seinem Benehmen hervorging.

Er mochte nicht über siebenunddreißig oder achtunddreißig Jahre zählen, obgleich sein Bart außerordentlich lang war und die Haare seines Kopfes ihm bis auf die Mitte des Rückens und der Brust herunterfielen. Seine Haut war sehr zart, obgleich missfarbig und an einigen Stellen von einem harten bräunlichen Blasenschorfe bedeckt, der eine Wirkung der sengenden Sonne war. Er trug gar keine Kleider und musste sich, wie er uns sagte, schon seit Jahren ohne sie behelfen.

Er war über unser Erscheinen so entzückt, dass er an diesem Tage sich in kein eigentliches Gespräch einzulassen vermochte, und wenn er ein wenig von uns abkommen konnte, so sahen wir ihn auf einem einsamen Spaziergange die ausschweifendsten Merkmale einer nicht zu bewältigenden Freude kundgeben. Selbst einige Tage nachher noch blieb sein Auge nie tränenleer, so oft von uns auch nur die mindeste Andeutung auf seine Lage oder von ihm auf seine Befreiung gemacht wurde.

Wir fanden sein Benehmen sehr gewinnend, und in allem, was er tat oder sagte, sprach sich die feine Bildung und die gute Erziehung des Mannes aus, weshalb auch unsere Leute ungemein für ihn eingenommen waren. Er hatte die Universität besucht, war ein guter Mathematiker, und obwohl er nicht portugiesisch verstand, sprach er doch lateinisch mit unserm Wundarzt, und Französisch und Italienisch mit einem oder dem andern aus unserer Gesellschaft.

Die Fülle seiner Gedanken ließ ihm keine Zeit uns zu fragen, woher wir kämen, wohin wir gingen, und wer wir wären, da er mit der Antwort hierauf schon im Reinen war; denn für ihn konnten wir natürlich nirgends anders herkommen als vom Himmel und mussten ausdrücklich mit dem Auftrage abgesandt worden sein, ihn aus seiner jammervollen Lage zu erretten.

Als unsere Leute auf der andern Seite des Baches die Zelte aufschlugen, fragte der Engländer, was für Vorräte wir hätten und in welcher Weise wir dieselben zu ergänzen gedächten. Auf unsere Mitteilung, dass sie nur sehr gering wären, sagte er, er wolle mit den Eingeborenen verhandeln und sie veranlassen, uns Proviant in zureichender Menge herbeizuschaffen, denn sie wären die gefälligsten und gutmütigsten Leute unter allen Bewohnern dieser Landstriche, was sich schon aus dem Umstande entnehmen ließe, dass er so lange ungefährdet unter ihnen gelebt hätte.

Wir verdankten diesem Manne wesentliche Vorteile, denn erstlich unterrichtete er uns genau über die Ortslage, in der wir uns befanden, und über die Richtung, welche wir einzuschlagen hätten, dann setzte er uns in den Stand, uns genügend mit Lebensmitteln zu versehen, und endlich übernahm er die Dienste eines Dolmetschers und Vermittlers zwischen uns und den Eingeborenen, die jetzt sehr zahlreich und weit kriegerischer und disziplinierter zu werden begannen, auch waren sie nicht so leicht durch unsere Schießwaffen einzuschüchtern und nicht so unwissend, um ihre Mundvorräte für den Tand, welchen unser Künstler verfertigte, wegzugeben, denn ihr Verkehr mit den Europäern an der Küste oder mit Negern, die mit diesen in Berührung gekommen, hatte sie über manches aufgeklärt und ihnen die allzu große Furcht benommen, sodass von ihnen auf dem Wege des Tausches nur für solche Dinge etwas zu bekommen war, die ihnen besonders gefielen.

Ich spreche hier von den Eingeborenen, mit welchen wir demnächst in Berührung kommen sollten, denn diejenigen, unter denen wir vor der Hand lebten, waren, da sie über dreihundert Meilen von der Küste entfernt wohnten, nicht sehr mit solchen Dingen bekannt, da ihr ganzer Verkehr mit den Europäern darin bestand, von dem Gebirge im Norden Elefantenzähne sechzig bis siebzig Meilen abwärts zu schaffen, wo sie dieselben an andere Neger gegen Muschelgeld, Korallenschnüre, Spiegel, Glöckchen und sonstige Spielgeräte, welche die Engländer, Holländer und andere Europäer bei ihrem Verkehr mit den Schwarzen als Tauschmittel benutzten, verkauften.

Wir wurden nachgerade mit unsern neuen Bekannten vertrauter, und obgleich wir in unserm Anzug selber nur eine klägliche Figur spielten, da wir weder Schuhe noch Strümpfe, geschweige denn Handschuhe oder Hüte, und auch nur sehr wenige Hemden besaßen, so kleideten wir ihn doch so gut, als es gehen mochte. Unser Wundarzt, der mit Rasiermesser und Schere versehen war, nahm ihm den Bart ab, schnitt ihm die Haare, und statt des Hutes verfertigten wir ihm aus einem Stück Leopardenhaut eine ganz artige Mütze. Was die Schuhe und Strümpfe anbelangte, so hatte er dieselben lange genug entbehren müssen, sodass er sich nicht einmal etwas aus unsern Halbstiefeln oder Fußhandschuhen, wie wir sie nannten, machte.

So neugierig er allmählich wurde, die Geschichte unserer Abenteuer zu vernehmen, deren Bericht er mit großem Vergnügen anhörte, so begierig waren wir zu erfahren, wie er an diesem fremden Orte in die Lage gekommen war, in der wir ihn angetroffen hatten. Seine Geschichte wäre lang und unterhaltend genug, um damit ebenso viele Blätter zu füllen als mit meiner eigenen, da in ihr viele höchst merkwürdige und außerordentliche Erlebnisse vorkommen, ich kann jedoch hier nicht allzu weit abschweifen und gebe deshalb das Wesentlichste derselben in einem kurzen Umrisse.

Er war Geschäftsleiter bei der englischen Guineakompanie auf Sierra Leone oder einer andern englischen Niederlassung gewesen, die aber in die Hände der Franzosen fiel, ein Unfall, der ihn sowohl seiner eigenen Habe als der ihm von der Gesellschaft anvertrauten Summen beraubte. War es nun, dass die Gesellschaft ihn ungerecht behandelte und ihm den Ersatz seiner Verluste verweigerte, oder dass sie ihn nicht weiter beschäftigen wollte – kurz er verließ ihren Dienst und trieb ein ähnliches Geschäft auf eigene Rechnung. Als er sich einmal unvorsichtigerweise in eine Niederlassung der Gesellschaft wagte, fiel er entweder infolge von Verrat oder infolge eines gelegentlichen Überfalls in die Gewalt eines Negerhaufens. Da sie ihn nicht töteten, so fand er mit der Zeit Mittel, ihnen zu entkommen und sich zu einem andern Negerstamme zu flüchten, der ihn freundlich behandelte und unter sich wohnen ließ. Die Gegend sowohl als die Gesellschaft sagte ihm indes wenig zu, und so flüchtete er aufs Neue, wobei er zu verschiedenen Malen seine Wirte wechselte, bald durch Gewalt, bald durch Furcht zu solchen Schritten veranlasst, bis er endlich so weit ins Innere des Landes gekommen war, dass er an eine Rückkehr nicht mehr denken konnte. Er hatte sich an dem Orte, wo wir ihn fanden, niedergelassen, da ihn der Häuptling des dortigen Stammes freundlich aufnahm, wogegen er die Eingeborenen über den Wert der Landesprodukte belehrte und ihnen Anweisungen für den erfolgreichen Betrieb ihres Elfenbeinhandels gab.

Wie es ihm an Kleidern fehlte, so arm war er auch an Schutzwaffen, denn er hatte weder Flinte noch Säbel, kurz kein Werkzeug, nicht einmal einen Stock, womit er auch nur den Angriff eines wilden Tieres, deren es in dieser Gegend eine Menge gab, hätte abwehren können. Wir fragten ihn, wie es käme, dass er gar so wenig Rücksicht auf seine Sicherheit nähme, worauf er uns erwiderte, dass er bei seiner Sehnsucht nach dem Tode das Leben keiner Verteidigung wert erachtet habe, auch würde das Vertrauen der Neger, deren Gnade er anheimgegeben war, durch den Besitz einer Waffe, womit er sie hätte beschädigen können, geschmälert worden sein. Vor wilden Tieren hätte er sich indes nicht zu fürchten brauchen, da er sich äußerst selten und dann jedes Mal in Gesellschaft des Häuptlings und seiner Begleiter von seiner Hütte entfernte, die stets mit Bogen, Pfeilen und Lanzen bewaffnet, jedem Tiere, den Löwen nicht ausgenommen, Trotz bieten könnten. Außerdem ließen sich die Raubtiere selten bei Tage blicken, und wenn die Neger bei ihren Wanderungen die Nacht über im Freien zubrächten, so schlügen sie immer eine Hütte zu ihrem Schutze auf, an deren Tür sie ein Feuer brennen ließen, welches hinreichende Sicherheit gewährte.

Wir fragten ihn, was wir zunächst tun sollten, um die Küste zu erreichen, worauf er uns erklärte, wir wären ungefähr hundertundzwanzig Tage von dem Teile derselben entfernt, wo sich die meisten europäischen Niederlassungen und Faktoreien befänden, und der den Namen Goldküste habe, es lägen aber so viele verschiedene Negerstämme auf dem

Wege, dass wir entweder fast ohne Unterlass kämpfen oder aus Mangel an Vorräten Hungers sterben müssten. Es gäbe indes noch zwei andere Wege, die er versucht haben würde, wenn ihm durch Gesellschaft die Flucht erleichtert worden wäre: der eine ginge geradenwegs nach Westen, er wäre zwar länger, führte aber durch weniger bewohnte Gegenden – jedenfalls wäre die Bevölkerung umgänglicher oder leichter zu bezwingen – der andere wäre, den großen Fluss aufzusuchen, auf dem man, wenn man ihn erreichte, auf Baumkähnen stromabwärts fahren könnte. Wir sagten ihm, wir hätten das Letztere, schon ehe wir ihn getroffen, beabsichtigt, worauf er uns mitteilte, dass wir bis dahin eine große Wüste und eine nicht geringere Waldwildnis zu durchqueren hätten, was zum Mindesten zwanzig starke Tagemärsche erfordern dürfte.

Wir fragten ihn sodann, ob es in der Gegend wohl Pferde, Esel oder auch nur Stiere gäbe, die sich bei der Reise verwenden ließen, und zeigten ihm dabei unser eigenes Lastvieh, aber da war nichts von der Art in dem Lande, wo wir waren, zu finden.

Er sagte uns, in dem erwähnten großen Walde wimmele es von Elefanten, und in der Wüste von Löwen, Tigern, Panthern, Leoparden und dergleichen, auch holten aus diesen beiden Bereichen die Neger ihre Elefantenzähne und dürften darauf rechnen, nie ohne eine schöne Ausbeute zurückzukommen.

Wir erkundigten uns noch weiter über den Weg nach der Goldküste und namentlich, ob sich keine Flüsse vorfänden, die uns die Reise erleichtern könnten, indem wir ihm zugleich sagten, dass uns die Kämpfe mit den Negern nicht besonders anfechten würden, und wir auch keine Angst vor dem Verhungern hätten, denn sobald nur die Eingeborenen etwas zu essen hätten, wären wir wohl überzeugt, auch einen Teil davon zu bekommen. Wenn er sich also getraute, uns den Weg zu zeigen, so trügen wir kein Bedenken, die Reise zu unternehmen, wie wir denn auch für ihn sorgen und mit ihm leben und sterben wollten.

Er versicherte uns seiner Willfährigkeit, denn wenn wir entschlossen wären das Wagestück zu bestehen, so dürften wir auch auf ihn bauen, dass er unser Schicksal teilen und sich Mühe geben würde uns einen Weg zu führen, auf dem wir einigen gutmütigen Negerstämmen begegneten, von denen wir uns nicht nur einer freundlichen Behandlung, sondern vielleicht auch ihres Beistandes gegen andere weniger umgängliche zu versehen hätten. Und so entschieden wir uns sämtlich für den Zug nach der Goldküste.

Am nächsten Morgen kam er wieder zu uns, und da wir alle gerade zur Beratung versammelt waren, so begann er eine sehr ernste Rede. Nachdem wir nach einer langen Wanderung endlich zu der Aussicht einer baldigen Beendigung aller unserer Mühseligkeiten gekommen wären, und ihm das freundliche Anerbieten gemacht hätten, ihn mitzunehmen, sagte er, so hätte er die ganze Nacht darüber nachgedacht, wie wir es angreifen müssten, um uns für die ausgestandenen Beschwerden und Gefahren einigermaßen zu entschädigen. So wild und verödet die Gegend, in der wir uns befänden, aussähe, so wäre sie doch eine der reichsten Teile der Erde, denn es gäbe hier keinen Bach, der nicht Gold führte, und keine Wüste, die nicht ohne Pflug eine reiche Ernte von Elfenbein böte. Man könne nicht wissen, welche Minen und welche unermesslichen Goldvorräte die Gebirge, von welchen diese Flüsse kämen, oder die Ufer, welche dieselben umsäumten, enthielten, aber man dürfe aus der Tatsache ihres ungeheuren

Reichtums einen Schluss ziehen, dass die Wasser hinreichende Mengen abwüschen, um so viele
europäische Handelsschiffe an die Küste zu locken.
Wir fragten ihn, wieweit sich dieser ergiebige Bereich
erstrecke, da der Verkehr der Schiffe doch nur auf die
Küstenstriche beschränkt sei, worauf er uns mitteilte,
dass die Neger die Flüsse bis auf hundertundfünfzig
und zweihundert Meilen landeinwärts durchsuchten
und oft mehrere Monate ausblieben, aber stets mit
reicher Ausbeute zurückkämen. Unser derzeitiger
Aufenthaltsort sei jedoch noch immer unbesucht geblieben, obgleich sich Gold in Menge vorfinde. Er
sagte uns ferner, dass er seit seiner Ankunft in dieser
Gegend wohl hundert Pfund Gold hätte zusammenbringen können, wenn er darauf ausgegangen wäre,
da er aber nichts damit anzufangen gewusst hätte, so
habe er es gänzlich versäumt, weil er bereits jede
Hoffnung auf Errettung aus seiner traurigen Lage
aufgegeben. Von welchem Vorteil wäre es für mich
gewesen, fügte er hinzu, oder wie würde es zu
meinem Glücke beigetragen haben, wenn ich auf einer
ganzen Tonne Goldsand hätte liegen und mich darauf
wälzen können? Alle diese Schätze hätten mich nicht
froher machen noch meinen traurigen Zustand verbessern können. Ja, ich hätte mir dafür nicht einmal
Kleider für meinen Leib oder einen Trunk für die
verschmachtende Zunge kaufen können. Hier hat
Gold keinen Wert, und es gibt keinen unter allen Bewohnern dieser Hütten, der es nicht händevollweise
für ein paar Glasperlen, eine Strahlmuschelschale
oder für eine Handvoll Muschelgeld hergeben würde.

Nach diesen Worten stellte er einen tönernen Topf,
der in der Sonne getrocknet war, vor uns hin und
sagte: Hier ist etwas, und ich hätte mir, wenn ich gewollt, ganze Haufen davon verschaffen können. Das
Gefäß mochte ungefähr zwei oder drei Pfund Gold-

sand von derselben Form und Farbe wie der früher gefundene, enthalten, und nachdem wir denselben eine Weile betrachtet hatten, fuhr er lächelnd fort, dass alles, was er besitze, ja sogar sein Leben, seinen Befreiern zu Gebote stünde, dieses Gold werde uns von einigem Nutzen sein, wenn wir in unsere Heimat gelangt sein würden, weshalb er wünsche, dass wir es unter uns teilten, in diesem Augenblicke bedaure er indes zum ersten Male, nicht mehr gesammelt zu haben.

Ich verdolmetschte meinen Kameraden seine Worte und dankte ihm in ihrem Namen, riet jedoch den Ersteren in portugiesischer Sprache, die Annahme des Geschenks auf den morgigen Tag zu verschieben, und da ihnen dies genehm war, so sagte ich ihm, wir wollten hierüber das weitere morgen besprechen, worauf wir uns trennten.

Als er fort war, fand ich meine Begleiter höchlich erbaut von den Worten meines Landsmannes, von der Großmut desselben und dem hohen Werte seines Geschenks, das unter anderen Verhältnissen allerdings ein außerordentliches gewesen wäre. Um indes nicht weitläufig zu werden, teile ich dem Leser mit, dass wir in Betracht des Umstandes, dass er jetzt zu den Unsrigen gehörte, und obgleich wir ihm zu einem Entkommen aus seiner grauenhaften Lage behilflich waren, er uns als Wegweiser durch den übrigen Teil des Festlandes als Dolmetscher, als Berater, wie wir die Eingeborenen zu behandeln hätten, und als Führer nach den Plätzen, wo die Reichtümer der Gegend aufgestapelt lagen, nützlich werden konnte – in Anbetracht dieser Umstände kamen wir überein, sein Gold in unsern gemeinschaftlichen Schatz zu legen und ihn an demselben gleichen Anteil nehmen zu lassen, wogegen er, da nun sein Schicksal eins mit dem Unsrigen wäre, wie jeder der Gesellschaft die feierliche Verbindlichkeit eingehen sollte, kein Körnchen von dem noch aufzufindenden Golde vor den übrigen geheim zu halten.

In den ersten anderthalb Tagen brachten unsere Leute ungefähr sechsunddreißig Lot Gold zusammen, und da wir fanden, dass der Goldgehalt des Flusssandes sich vermehrte, je weiter wir kamen, so folgten wir der Wasserrichtung, bis wir an ein anderes kleines Flüsschen kamen, welches in das Erstere einmündete, und in dem wir, als wir es stromaufwärts untersuchten, gleichfalls Gold fanden. An dem durch diese beiden Flüsse gebildeten Winkel schlugen wir nun, um Gold zu waschen und um unsere Proviantmagazine wieder zu füllen, unser Lager auf.

Wir blieben hier weitere dreizehn Tage, und in dieser Zeit begegneten uns manche lustige Abenteuer mit den Wilden, die ich hier aber übergehe; weil sie zu weit von dem Gange unserer Geschichte abführen und den Leser nicht durch den Reiz der Neuheit bestechen würden.

In der Zwischenzeit betrieben wir unter Beihilfe der Neger emsig unsere Goldwäscherei, und unser kunstreicher Schmied, der durch die Übung so gewandt geworden war, dass er das Metall in alle Formen zu zwängen wusste, hämmerte und feilte wacker darauf los. Er bildete Elefanten, Tiger, Zibetkatzen, Strauße, Adler, Kraniche, sonstige Vögel, Fische, kurz alles, was ihm einfiel, in dünnen Goldblechen, denn Silber und Eisen waren fast gänzlich verbraucht.

In einem der Orte dieser wilden Volksstämme wurden wir sehr freundlich von dem König aufgenommen, und da er eine große Freude an dem von unserm Schmied verfertigten Tand hatte, so verkaufte ihm derselbe einen aus dünnem Goldblech geschnittenen Elefanten zu einem ungeheuren Preise, indem die Negermajestät in ihrem Entzücken nicht eher ruhig war, bis er fast eine Handvoll Goldstaub, wie sie es nannten, dafür gegeben hatte. Diese mochte ungefähr 24 Lot wiegen, während der goldene Elefant kaum für einen Louisdor, eher weniger als mehr, Gold enthielt. Unser Künstler war so ehrlich all dies Gold in den gemeinschaftlichen Schatz zu legen, obgleich seine Kunst und seine Mühe ihn für solche Erwerbungen billigerweise bevorzugt hätte, aber wir hatten in der Tat auch nicht den mindesten Grund, bei solchen Anlässen knickerig zu sein, denn unser Führer sagte uns, wir wären stark genug, um uns zu verteidigen, und da wir hier bleiben könnten, solange es uns gut dünkte, so könnten wir mit der Zeit jeder wohl hundert Pfund Gold zusammenbringen, wenn wir nur wollten. Er fügte noch hinzu, dass er sich wohl ebenso sehr nach der Heimat sehne als irgendeiner von uns, wenn wir aber unsern Marsch etwas nach Südost richteten und einen geeigneten Platz für unser Hauptquartier aussuchten, so würden wir Mundvorrat in Menge finden, sodass wir uns von dort aus in den Flüssen der Gegend verteilen konnten, ein Aufenthalt von zwei oder drei Jahren müsste uns einen unberechenbaren Gewinn abwerfen.

So verführerisch auch dieser Vorschlag war, so sagte er doch keinem von uns zu, denn es war uns mehr darum zu tun nach Hause zu kommen als reich zu werden, da uns die über ein Jahr dauernde Reise durch Wüsten und Horden von wilden Bestien aufs Äußerste erschöpft hatte.

Die Zunge unseres neuen Bekannten barg jedoch eine Art von Zauber, dem sich nicht widerstehen ließ, denn seine Gründe waren schlagend und seine Beredsamkeit hinreißend. Er sagte uns, es wäre unklug, die Früchte unserer Mühen nicht einzuheimsen, nun die

Ernte da wäre. Wir sollten nur bedenken, welchen Gefahren und Kosten die Europäer sich mit Schiffen und Mannschaft unterzögen, um ein bisschen Gold zu holen, und es wäre unverantwortlich, wenn wir mitten im Reichtum der Erde mit leeren Händen davongehen wollten. Wir wären stark genug, um uns durch ganze Volksstämme durchzukämpfen, und könnten später nach jedem Teile der Küste kommen, der uns anstünde. Wir würden es uns aber nie vergeben, wenn wir nur mit fünfhundert Guinees Gold unsere Heimat erreichten, während wir ebenso leicht, wenn wir nur gewollt, fünftausend oder gar zehntausend oder soviel uns beliebte, hätten mitbringen können. Er sei zwar nicht begehrlicher als wir, da es aber einmal in unserer Macht stünde, Ersatz für all unser Ungemach zu bekommen und uns für unser ganzes Leben eine behagliche Existenz zu sichern, so würde er sich nicht treu und dankbar für die Wohltat, die wir ihm erzeigt, erweisen, wenn er uns nicht auf die Vorteile aufmerksam machte, die wir zur Hand hätten. Er hoffe es auch unserm Verstande einleuchtend zu machen, dass wir in einer Frist von zwei Jahren bei gehörigem Fleiße und unter Mitwirkung unserer Neger für jeden der unsrigen hundert Pfund Gold und im Ganzen vielleicht zweihundert Tonnen Elfenbein gewinnen könnten, während wir – einmal an der Küste angelangt und getrennt – ebenso wenig in die Lage kommen würden je wieder diesen Ort zu sehen, als der Gottlose den Himmel zu schauen bekäme, so sehr er sich auch danach sehnte.

Unser Wundarzt war der Erste, der auf diese Beweisführung einging, und der Geschützmeister folgte seinem Beispiele. So großen Einfluss aber auch diese beiden sonst auf die übrigen ausübten, so hatte doch keiner Lust zu bleiben, nicht einmal ich, denn ich konnte mir keine Vorstellung von dem Werte einer so großen Summe machen und wusste nicht, was ich damit anfangen sollte, wenn ich sie einmal hätte. Ich meinte, ich besäße bereits jetzt genug, und meine einzige Sorge wäre, wie ich, wenn ich wieder nach Europa käme, Kleider kaufen und mit dem Rest so schnell als möglich fertig werden könnte, um sodann wieder auf See zu gehen und neue Abenteuer aufzusuchen. Dessen ungeachtet gelang es meinem Landsmanne endlich, uns durch lockende Worte zu einem halbjährigen Aufenthalt in der Gegend zu bereden, indem er uns sodann gern gewähren lassen wollte, wenn wir auf unserm Entschlusse beharrten.

Wir haben dann unsere Zeit recht gut benützt, denn in den fünf Monaten unseres dortigen Aufenthaltes sammelten wir außer dem, was wir schon früher besaßen, so viel Goldsand, dass bei der Teilung auf jeden Einzelnen fünf Pfund und acht Lot trafen, und für die Werkstatt unseres Künstlers noch sechs bis sieben Pfund übrig blieben. Wir gedachten nun die Reise nach der Küste anzutreten, um endlich unserm Wanderleben ein Ende zu machen, aber unser Führer lachte uns aus und meinte, wir würden das wohl bleiben lassen, denn mit dem nächsten Monat begänne die Regenzeit, und dann könne von einem Aufbruch nicht die Rede sein. Dies war in der Tat ein sehr begründeter Einwurf, und so entschlossen wir uns denn, uns hinreichend mit Proviant zu versehen, um nicht im Regen weit danach gehen zu müssen.

Nun brach die Regenzeit an, die uns über zwei Monate fast gänzlich auf unsere Hütten beschränkte. Die Wasser schwollen in einem Grade an, dass sich die kleinen Bäche und Flüsse kaum mehr von großen, schiffbaren Strömen unterscheiden ließen.

Sobald sich das Wetter wieder aufklärte, sagte uns der Engländer, er wolle uns nicht drängen länger zu bleiben, da wir uns ja doch nicht darum kümmerten, ob wir noch mehr Gold bekämen oder nicht, wir wären freilich die ersten Europäer, von denen er je gehört, dass sie gesagt hätten, sie besäßen genug von diesem Metall, und von denen sich in Wahrheit behaupten ließe, sie möchten sich nicht einmal die Mühe nehmen sich danach zu bücken, obgleich es vor ihren Füßen läge. Er habe uns indes einmal das Versprechen gegeben, nicht weiter in uns zu dringen, und wolle es auch halten, trotzdem aber müsse er bemerken, dass nach der Zeit der Überschwemmungen das meiste Gold gefunden würde und dass wir nach einem Monat Tausende von Wilden das Gebiet durchziehen sehen würden, um für die europäischen Schiffe, welche die Küsten besuchten, Gold aus dem Sande zu waschen. Sie wählten diese Zeit besonders deshalb, weil die Gewalt der Fluten stets eine große Menge Goldes aus den Bergen spüle, und wenn wir ihnen den Vorrang abliefen, so könnten wir wohl außerordentliche Dinge finden.

Dies klang so eindringlich und überzeugend, dass sich die Nachgiebigkeit auf allen Gesichtern aussprach. Wir sagten ihm daher, dass wir bleiben wollten, denn so gern wir auch alle gegangen wären, so ließe sich doch der augenscheinlichen Aussicht auf so großen Gewinn nicht auf die Dauer widerstehen. Er sei jedenfalls sehr im Irrtum, wenn er glaube, wir wünschten nicht unsere Goldvorräte zu vergrößern, und er möge dies daraus entnehmen, dass wir nunmehr fest entschlossen wären, die Vorteile, die sich uns böten, nicht von der Hand zu weisen, sondern sie aufs Beste zu nutzen und so lange dazubleiben, als Gold zu finden wäre, sollten wir auch noch ein zweites Jahr auf dem afrikanischen Kontinent zubringen müssen.

Er war über diesen Entschluss über die Maßen erfreut, und mit dem Eintritt der günstigeren Witterung begannen wir nach seiner Anweisung die Bäche und Flüsse aufs Neue nach Gold zu durchsuchen. Anfangs lohnte sich dieses Geschäft wenig, denn das Wasser war noch nicht ganz gefallen und in sein gewohntes Bett zurückgekehrt, aber nach einigen Tagen wurde unser Bemühen mit einem schönen Erfolge gekrönt, da wir das Gold in größeren Mengen und in gröberen Körnern als je zuvor fanden. Einer unserer Leute wusch ein Stückchen von der Größe einer kleinen Nuss aus dem Sande, welches unserer Schätzung nach wohl drei Lot schwer sein mochte.

Dieser Erfolg steigerte unsern Fleiß, und im Verlaufe eines Monats brachten wir an sechzig Pfund zusammen. Nach dieser Zeit bedeckte sich jedoch, wie uns der Engländer vorausgesagt hatte, die Gegend mit wilden Männern, Weibern und Kindern, welche den Flüssen und Bächen nachgingen und selbst in dem trockenen Lande nach Gold spähten, sodass unsere nunmehrige Ausbeute durchaus keinen Vergleich mehr mit der früheren aushielt.

Dagegen fand unser Künstler ein Mittel, andere Leute für uns arbeiten zu lassen, ohne dass wir einen Finger zu rühren brauchten, denn noch ehe diese Leute erschienen, hatte er eine beträchtliche Menge seiner Spielsachen zu ihrem Empfange vorbereitet. Der Engländer war der Dolmetscher und zeigte ihnen die Raritäten, was unserm Schmied zu einem sehr einträglichen Handel verhalf, denn er verkaufte seine Waren zu wirklich unerhörten Preisen. So erhielt er zum Beispiel für ein Stückchen Silber, kaum von dem Werte eines Groschens, zwei, zuweilen auch vier Lot Gold, und seine Eisenwaren wurden ihm ebenso teuer bezahlt, wogegen sie die goldenen Kunstprodukte viel niedriger einschätzten. Es war in der Tat unglaublich, welche Massen von Gold er durch diesen Handel gewann.

Mit einem Worte, jedem unserer Leute erblühte aus dem weiteren dreimonatlichen Aufenthalte in dieser Gegend ein neuer Zuwachs von ungefähr fünf Pfund Gold, und nun setzten wir uns nach der Goldküste in Bewegung, um zu sehen, wie wir wieder nach Europa kommen könnten.

Nach einer Stromfahrt von elf Tagen erreichten wir eine der holländischen Niederlassungen an der Goldküste, wo wir in guter Gesundheit und seelenvergnügt unsere Kähne verließen. Unser Elfenbein verkauften wir an die holländische Faktorei, die uns auch mit Kleidern und mit sonstigem Bedarf für uns und diejenigen der Neger versah, welche wir mitzunehmen gedachten. Ich bemerke beiläufig, dass uns nach Beendigung unserer Reise noch vier Pfund Schießpulver übrig blieb. Den Negerhäuptling setzten wir in Freiheit, kleideten ihn aus unserer gemeinschaftlichen Kasse, gaben ihm anderthalb Pfund Gold, das er recht geschickt zu bearbeiten gelernt hatte, und nun trennten wir uns in der freundlichsten Weise. Unser Engländer blieb noch eine Weile in der holländischen Faktorei, und später hörte ich, dass er dort aus Kummer gestorben sei, denn er hatte tausend Pfund Sterling über Holland nach England geschickt, um sich ein leidliches Auskommen unter seinen Verwandten in der Heimat zu sichern, aber das Schiff wurde von den Franzosen genommen, und so ging all sein sauer Erworbenes verloren.

Der Rest meiner Kameraden ging in einer kleinen Barke nach den zwei portugiesischen Faktoreien in der Nähe von Gambia zu Schiffe; ich begab mich mit zwei Negern, die ich bei mir behielt, an Bord eines englischen Seglers, auf dem ich im September in England anlangte. So endigten meine Flegeljahre.

Obgleich England mein Vaterland war, so hatte ich doch dort weder Freunde noch Verwandte noch Bekannte. Ich wusste daher nicht, wem ich mein Eigentum anvertrauen oder wen ich zu dessen Erhaltung um Rat angehen sollte. Ich übergab daher einen großen Teil meines Goldes einem Wirte, brachte das übrige rasch mit leichtsinnigen Kameraden durch, und es währte nicht viel länger als zwei Jahre, so war die ganze große Summe, die ich unter so vielen Mühen und Gefahren mir erworben hatte, in alle vier Winde verflogen. Jetzt noch bringt mich der Gedanke an die Art, wie ich das Geld durchbrachte, fast zum Rasen, weshalb ich darüber hier weiter nicht reden will.

Als ich auf den Boden meiner Vorratskammer sehen konnte, war es Zeit, an weitere Abenteuer zu denken, denn meine Verführer, wie ich sie nennen muss, begannen mich wissen zu lassen, dass mit der Abnahme meines Geldes auch ihre Achtung zur Neige ginge, und dass ich nichts von ihnen zu erwarten hätte. Über das hinaus, was sie sich mit meinem Golde bezahlen ließen, taten sie auch nicht einen Schritt für mich.

Das war freilich eine bittere Erfahrung, die mich mit gerechtem Abscheu gegen ihren Undank erfüllte. Doch auch solche Gefühle legen sich, denn ich begegnete nirgends einer Seele, die mir wegen der Verschwendung einer so großen Summe, wie ich sie nach England gebracht hatte, auch nur das Mindeste Bedauern oder auch nur eine Spur von Teilnahme entgegengebracht hätte.

Ich nahm nun – gewiss zur schlimmen Stunde – Dienste an Bord eines nach Cadix bestimmten Schiffes, das »Der Kreuzer« hieß. Widrige Winde, die uns an der spanischen Küste trafen, nötigten uns jedoch, in Corunna vor Anker zu gehen.

Auf dem Schiffe machte ich die Bekanntschaft einiger Hauptunheilstifter, von denen mich einer, der tollste von ihnen, mit einer so innigen Freundschaft beehrte, dass wir uns Brüder nannten und uns gegenseitig alle unsere Schicksale und Pläne mitteilten. Dieser Bursche, der Harris hieß, kam eines Morgens zu mir und fragte mich, ob ich nicht an Land gehen wollte. Wir holten die Erlaubnis des Kapitäns ein wegen des Bootes, worauf wir zusammen ans Ufer ruderten. Als wir allein waren, fragte er mich, ob ich wohl Lust zu einem Abenteuer hätte, das uns für all unser vergangenes Unglück entschädigen könnte. Ich hatte nichts zu verlieren, ließ nichts hinter mir, und so war es mir gleichgültig, wohin es immer gehen mochte.

Er fragte mich sodann, ob ich schwören wolle verschwiegen zu sein und ihn nicht zu verraten, selbst wenn ich nicht Lust hätte auf seinen Vorschlag einzugehen, und nun ließ ich mich unter den schrecklichsten Schwüren, wie sie nur der Teufel und wir beide ersinnen konnten, einweihen.

Er erzählte mir, es gäbe einen wackeren Burschen auf dem andern Schiffe – dabei zeigte er auf ein englisches Schiff, das im Hafen lag – welcher am nächsten Morgen mit einigen von der Mannschaft eine Meuterei beginnen und mit dem Schiffe davongehen wolle; wenn wir nun auf unserem Fahrzeug Leute genug für uns gewinnen könnten, so wollten wir ein gleiches tun. Der Vorschlag gefiel mir nicht übel, und so zog er noch weitere acht Mann ins

Geheimnis, denen er erklärte, sie sollten sich, sobald sein Freund das große Werk begonnen und sich zum Herrn des Schiffes gemacht hätte, bereithalten, seinem Beispiele zu folgen. Ich ließ mich ohne Bedenken, trotz der Verruchtheit des Verbrechens und der Schwierigkeit seiner Ausführung, in die Verschwörung ein.

An dem bezeichneten Tage brach die Meuterei auf dem andern Schiffe aus, und der Rädelsführer, der Wilmot hieß, gab uns, nachdem er die andern Offiziere festgenommen hatte, das Zeichen. Es waren jedoch nur elf eingeweihte auf unserem Schiffe, denn einer größeren Anzahl durften wir nicht trauen, und so verließen wir denn in einem Boote das Schiff und vereinigten uns mit den Empörern.

Auf dem Meutererschiffe ging es lustig und in Freuden her, und da ich selbst kühn und verwegen genug zu jedem tollen Streiche war, ohne auch nur die mindeste Gewissensregung zu spüren oder mir über die Folgen Gedanken zu machen, so führte mich die Gesellschaft mit Kapitän Wilmots Bande bald in eine Verbindung mit den berüchtigtsten Seeräubern jener Zeit, von denen einige die Reise ihres Lebens mit einer Fahrt nach dem lichten Galgen beschlossen haben. Da ich schon früher einen Hang zum Seeräuber in mir verspürt hatte, so fühlte ich mich jetzt ganz zu Hause.

Nachdem sich der Kapitän in den Besitz eines Schiffes gesetzt, hatte er, wie sich leicht denken lässt, nichts mehr im Hafen zu suchen und wartete daher nicht erst ab, bis vom Lande aus Schritte gegen ihn geschähen oder vielleicht Misshelligkeiten unter der Bemannung des genommenen Fahrzeuges ausbrächen. Er lichtete daher noch mit derselben Flut die Anker, stach in die See und hielt auf die Kanarischen

Inseln zu. Unser Schiff hatte zweiundzwanzig Kanonen, konnte jedoch dreißig führen, wie es denn überhaupt, da es nur ein Kauffahrer war, weder mit Munition, noch mit Waffen so versehen war, wie es uns für den Fall eines Kampfes nottat. Wir legten daher vor Cadix an, das heißt, wir warfen in der Bai Anker. Der Kapitän nebst unserm Geschützmeister, den wir den jungen Kapitän nannten, und einige andere von der Mannschaft, denen wir besser trauen konnten, darunter mein Freund Harris, dem die Ehre eines Kapitänsmaaten, und ich selbst, dem die Würde eines Leutnants übertragen worden war, sollten nun einige Ballen englischer Güter zum Verkaufe ans Land bringen. Aber Harris, der ein durchtriebener Bursche war, schlug einen besseren Weg vor, indem er sagte, er sei schon früher einmal in der Stadt gewesen und wolle für uns Pulver, Kugeln, Waffen und sonstigen Bedarf aufkaufen, den wir erst dann in englischen Waren zu bezahlen brauchten, wenn alles bereits an Bord wäre. So war es allerdings weit bequemer, und er begab sich nun mit dem Kapitän an Land, wo sie, so gut es sich machen ließ, abschlossen und nach zwei Stunden mit einem Fass Wein und fünf Fässern Branntwein zurückkamen.

Des andern Morgens legten zwei schwer beladene Barken, mit fünf Spaniern an Bord, an unser Schiff an. Der Kapitän verkaufte an sie seine Waren und erhielt anstatt der Zahlung sechzehn Fässer grobes und zwölf Fässer feines Schießpulver, sechzig Musketen, zwölf Karabiner für die Offiziere, siebzehn Tonnen Kanonenkugeln, fünfzehn Fässer Musketenkugeln, einige Säbel und zwanzig Paar gute Pistolen. Dazu kamen noch dreizehn Fässer Wein – denn da wir jetzt Herren geworden waren, so verschmähten wir es Schiffsbier zu trinken – sechzehn Fässer Branntwein, zwölf Fässer Rosinen und zwanzig Kisten Zitronen –

das alles wurde mit englischen Gütern bezahlt, außerdem erhielt der Kapitän noch sechshundert Dollar bares Geld. Die Spanier versprachen wieder zu kommen, aber uns war es nicht ums Bleiben zu tun.

Von hier aus segelten wir nach Westindien, und auf dieser Fahrt nahmen wir den Spaniern einigen Mundvorrat ab und machten einige Beute, die aber von keinem großen Werte war. Nachdem wir an der Küste von Kartagena eine spanische Schaluppe genommen hatten, machte mir Harris den Vorschlag, den Kapitän Wilmot darum anzugehen, dass er uns mit einem entsprechenden Munitions- und Waffenvorrat in das genommene Fahrzeug setze und uns gestatte zu sehen, was sich damit ausrichten ließe, denn es war für unser Gewerbe weit geeigneter und auch ein schnellerer Segler als das große Schiff. Wilmot willigte ein, indem er zugleich die Insel Tabago als den Ort der nächsten Zusammenkunft bezeichnete und die Bestimmung traf, dass alles, was eines der Schiffe erbeutete, unter die Mannschaft beider Schiffe verteilt werden sollte. Nach dieser Verfügung wurde auch, als sich unsere Schiffe nach ungefähr fünfzehn Monaten bei Tabago wieder trafen, genau gehandhabt.

Wir kreuzten an zwei Jahre in diesen Meeren, wobei wir es vornehmlich auf die Spanier abgesehen hatten, nicht, weil wir uns ein Bedenken daraus machten, englische, holländische oder französische Schiffe zu nehmen, denn dies geschah gleichfalls, wenn sie uns in den Weg kamen. Namentlich kaperte Kapitän Wilmot ein neuenglisches Schiff, das von Madeira nach Jamaika segeln wollte, und ein anderes mit Mundbedarf beladenes, das von Neuyork nach Barbados ausgelaufen war, von denen uns insbesondere das Letztere sehr zustattenkam. Der Grund indes, warum wir uns weniger gern mit englischen

Schiffen befassten, lag darin, dass dieselben stärker gerüstet waren und daher stärkeren Widerstand zu leisten vermochten, auch boten sie weniger Beute als die spanischen, die gewöhnlich Geld an Bord führten – eine Beute, mit der wir am allerbesten umzugehen wussten. Der Kapitän war gegen die Bemannung genommener englischer Schiffe besonders grausam, damit man nicht allzu bald in England von ihm Kunde erhielte, aber gerade deshalb hatten die königlichen Kreuzer besonders strengen Befehl auf ihn zu lauern. Doch lassen wir vor der Hand diesen Teil unserer Geschichte.

Unsere Beute nahm in diesen zwei Jahren beträchtlich zu: wir hatten 60000 Dollars auf dem einen und 10000 auf dem andern unserer Schiffe, und da wir nun reich waren, so entschlossen wir uns unsere Macht zu verstärken. Wir hatten nämlich eine in Virginien gebaute Brigantine – ein ausgezeichnetes Fahrzeug, das ein sehr guter Segler war und zwölf Kanonen führen konnte – und eine spanische Fregatte, die ebenfalls unvergleichlich segelte und die wir nachher durch geschickte Zimmerleute für 22 Knoten einrichten ließen, genommen. Nun bedurften wir aber weiterer Hände, wir steuerten deswegen nach der Campeachbay, wo wir unsere Schiffe nach Belieben bemannen zu können hofften, wie es denn auch wirklich geschah.

Hier verkauften wir die Schaluppe, auf der ich bisher gefahren war, und da Kapitän Wilmot sein eigenes Schiff beibehielt, so wurde mir das Kommando der spanischen Fregatte mit dem Titel eines Kapitäns übertragen, während mein Freund Harris, der verwegenste und unternehmendste Bursche, den die Welt aufzuweisen vermochte, die Stelle des ersten Offiziers bekleidete. Die Brigantine wurde mit weiterem Geschütz versehen, und so waren wir nun im Besitze von drei gut bewaffneten, stark bemannten und auf zwölf Monate mit Proviant versehenen Schiffen. Denn wir hatten einige Schaluppen von Neuengland und Neuyork, die mit einer Ladung Mehl, Erbsen und Pökelfleisch nach Jamaika und Barbados gehen wollten, genommen und uns mit weiterem Rindfleisch an der Küste von Kuba versehen.

Bei den Erbeutungen, die wir nun machten, sahen wir es hauptsächlich auf Pulver, Kugeln, Flinten und Säbeln ab, und von der besiegten Mannschaft lasen wir uns stets den Wundarzt und den Zimmermann aus als Leute, die uns bei vielen Anlässen nützlich werden konnten. Oft war denselben diese Einverleibung nicht einmal unlieb, da sie ja, im Falle uns ein Ungemach betraf, sich mit der Gewalt, die man ihnen angetan hatte, entschuldigen konnten, wovon ich dem Leser sogleich ein ergötzliches Beispiel mitteilen will.

Wir kamen bei Gelegenheit des Abfangens einer nach Barbados bestimmten pennsylvanischen Schaluppe zu einem gar lustigen Burschen, einem Quäker, der William Walker hieß und Wundarzt war, weshalb wir ihn den Doktor nannten. Er war nicht der Schaluppe als ärztlicher Beistand beigegeben, sondern hatte die Absicht, sich in Barbados ein Unterkommen zu suchen. Da er aber sein chirurgisches Besteck an Bord hatte, so war er uns ein willkommener Fund. Er war ein drolliger Kamerad, ein Mann von gesundem Verstand und ausgezeichnet in seiner Kunst. Was uns aber über alles ging: er war auch ein stets heiterer angenehmer Gesellschafter und ein so wagehalsiger, tatkräftiger Bursche wie nur einer unter uns.

Es schien mir, als sei William nicht sehr abgeneigt an unsern Fahrten teilzunehmen, obschon er so tat, als sei er mit Gewalt dazu gezwungen worden. Er kam daher zu mir und sagte: Freund, du[1]erklärst, ich müsse mit dir gehen, und es steht nicht in meiner Macht, dir Widerstand zu leisten, wenn ich es auch wollte. Ich bitte dich aber, mir gegen den Herrn der Schaluppe, an deren Bord ich mich befand, zu bezeugen, dass ich mit Gewalt und wider meinen Willen weggeschleppt worden bin. Er sagte dies mit einem so heiteren Zuge im Gesicht, dass mir der Grund dieser Aufforderung nicht länger unklar sein konnte.

Sehr gern, erwiderte ich, mag es nun ohne deinen Willen geschehen oder nicht, so will ich dir doch vor ihm und allen, die bei ihm sind, dieses Zeugnis geben, und wenn sie es nicht glauben wollen, so sollen sie so lange auf den Meeren mit mir herumstreichen, bis sie sich bekehren. Ich stellte sofort ein schriftliches Zeugnis aus, dass William mit Gewalt von einem Piratenschiff zum Gefangenen gemacht worden sei, dessen Mannschaft zuerst die chirurgischen Instrumente fortgenommen und dann den Wundarzt mit gebundenen Händen in ihr Boot geschleppt habe. Dieses Zeugnis ließ ich sodann von dem Herrn der Schaluppe und der ganzen Mannschaft unterschreiben. Ich fiel nun zankend über ihn her, forderte meine Leute auf, ihm die Hände auf den Rücken zusammenzubinden, und ließ ihn sofort in unser Boot schaffen. Als ich ihn an Bord hatte, rief ich ihn zu mir und sagte zu ihm: Nun, mein Freund, ich habe dich allerdings jetzt mit Gewalt weggenommen, aber ich bin der Meinung, dass es doch nicht so ganz gegen deinen Willen geschehen ist, als sich jene wohl einbilden mögen. Doch sei dem, wie ihm wolle, du wirst uns nützlich sein können und sollst dich über schlechte Behandlung unter uns nicht zu beklagen

---

[1] Die Quäker pflegen einen jeden mit Du anzureden.

haben. Ich löste ihm nun seine Bande und befahl, ihm all sein Eigentum zurückzuerstatten, worauf ihn Kapitän Wilmot mit Branntwein bewirtete.

Du bist freundlich gegen mich gewesen, sagte der Quäker, und so will ich denn ehrlich gegen dich verfahren, mag ich nun gern oder ungern zu dir gekommen sein. Ich will mich dir nämlich so nützlich erweisen, als ich kann, aber du weißt, dass ich mich nicht in deine Händel mischen darf, wenn es zum Kampfe geht.

Nein, nein, sagte der Kapitän, damit wollen wir dich nicht behelligen, höchstens mit einem bischen von den Beutegeldern, wenn es zum Teilen kommt. Etwas Derartiges passt recht gut dazu, deinen Instrumentenkasten im gehörigen Stand zu erhalten, fügte Wilmot lächelnd hinzu, aber du darfst ruhig sein, es soll nicht übermäßig ausfallen.

William war wie gesagt ein ungemein angenehmer Gesellschafter. Freilich stand ihm aber auch diese Rolle weit besser an als uns, denn wenn wir gefangen wurden, so durften wir darauf rechnen gehangen zu werden, während er des Loskommens sicher war, was er wohl wusste. Sein reger Geist hätte ihn übrigens weit mehr als irgendeinen von uns für die Stelle des Kapitäns geeignet gemacht. Ich werde im Verlaufe dieser Geschichte noch öfter Anlass nehmen von ihm zu erzählen.

Unser Kreuzen in diesen Meeren begann allmählich so ruchbar zu werden, dass man nicht nur in England, sondern auch in Frankreich und Spanien unsere Abenteuer in öffentlichen Blättern las und sich viele Geschichten erzählte, wie wir die Mannschaft der genommenen Schiffe mit kaltem Blute umbrächten, indem wir sie Rücken an Rücken bänden und in die See würfen, wovon freilich mehr als die

Hälfte gelogen war, obgleich wir böse Taten genug ausübten – mehr als ich in den gegenwärtigen Blättern zu erzählen für passend erachte.

Die Folge davon war, dass mehrere englische Kreuzer mit dem Auftrage nach Westindien geschickt wurden, vorzugsweise die Bai von Mexiko, den Golf von Florida und die Bahamainseln im Auge zu behalten und uns wo möglich zu nehmen. Wir waren nicht so unklug, um nicht nach einem so langen Aufenthalt in diesen Meeren auf solche Schritte gefasst zu sein, aber die erste zuverlässige Kunde davon erhielten wir erst bei Honduras, wo uns ein Schiff, das von Jamaika kam, mitteilte, dass zwei englische Kreuzer unmittelbar von Jamaika auf dem Wege hierher wären, um uns aufzusuchen.

Wir entschlossen uns daher, der brasilianischen Küste einen Besuch abzustatten und von da aus nach dem Kap der Guten Hoffnung und nach Ostindien zu segeln. Kapitän Harris wendete indes für seine Person ein, die Brigantine wäre zu klein für eine so lange Reise, er wolle aber, wenn Kapitän Wilmot seine Zustimmung gäbe, die Gefahr eines neuen Kaperzuges auf sich nehmen und uns in dem ersten tauglichen Schiffe, das er erbeuten würde, nachfolgen. Wir bestimmten daher auf mein Anraten Madagaskar als den Ort des Zusammentreffens, weil ich wusste, dass dort Mundvorrat in Fülle zu finden war.

Harris trennte sich von uns zu einer schlimmen Stunde, denn statt ein Schiff zu nehmen und uns zu folgen, wurde er, wie wir später hörten, von einem englischen Kreuzer genommen und in Ketten gelegt. Er starb aus Gram und Verdruss, noch ehe er in England anlangte, und sein Leutnant wurde, dem Vernehmen nach, dort als Seeräuber aufgehängt. Dies war das Ende des Mannes, der mich zuerst zu diesem unseligen Gewerbe verlockt hatte. Wir verließen Tabago drei Tage später und steuerten der Küste von Brasilien zu.

Es währte lange, ehe wir eines Segels ansichtig wurden, aber als dies endlich geschah, machten wir alsbald Jagd darauf. Die gehoffte Beute segelte jedoch sehr schnell, und da sie seewärts stand, so sahen wir deutlich, dass sie sich auf ihre Fersen, vielmehr auf ihre Segel, verließ. Dessen ungeachtet gewannen wir ihr, obgleich nur langsam, den Vorsprung ab und würden sie, wenn wir den Tag vor uns gehabt hätten, auch sicher genommen haben, aber da die Nacht hereinbrach, so wussten wir wohl, dass wir sie aus dem Gesicht verlieren mussten.

Als unser lustiger Quäker bemerkte, dass wir dem Schiffe in der Dunkelheit nahezukommen versuchten, obgleich wir nicht wussten, welchen Weg es nahm, so kam er auf mich zu und sagte ganz trocken: Freund Singleton, weißt du auch, was du tust?

Jawohl, entgegnete ich, wir jagen jenem Schiffe nach – oder tun wir das etwa nicht?

Wie kannst du das so genau wissen, fragte er ganz ernsthaft.

Du hast nicht unrecht, antwortete ich, für gewiss weiß ich es freilich nicht.

Ich fürchte, fuhr er fort, du bist ein Quäker geworden und scheust dich Gewalt zu gebrauchen, oder du bist ein Hasenherz und fliehst von deinem Feind.

Was willst du damit sagen, erwiderte ich gereizt, was sollen diese Hohnworte? Du kannst es ruhig bleiben lassen deinen Spott an uns zu üben.

Ist es nicht klar genug, sagte er, dass das Schiff nur nach Osten abfällt, um uns aus dem Gesicht zu kommen? Denn sicher hat es dort nichts zu suchen.

Was sollte es wohl an der afrikanischen Küste unter dieser Breite wollen, wo bekanntermaßen dort Kongo oder Angola liegt? Gewiss wird es, sobald es dunkel geworden und wir es nicht mehr sehen können, umgekehrt sein und jetzt der brasilianischen Küste und der Bai zusteuern, und laufen wir nicht jetzt gerade von ihm weg? Ich lebe sehr der Hoffnung, mein Freund, dass du ein Quäker werden willst, fügte der Spötter hinzu, denn ich sehe, du bist kein Freund von Kämpfen.

Es scheint, dann würde ich erst recht einen trefflichen Korsaren abgeben, entgegnete ich. Da aber William recht hatte, so stimmte ich ihm augenblicklich bei, und Kapitän Wilmot, der krank in der Kajüte lag und uns zuhörte, gab dem Quäker ebenfalls recht. Das Beste, was wir daher vornehmen konnten, war eine Änderung unseres Kurses nach der Richtung, die uns mit größter Wahrscheinlichkeit hoffen ließ, das Schiff am nächsten Morgen wieder zu finden.

Demgemäß wandten wir unsere Fregatte um, setzten die Bramsegel bei und liefen auf die Allerheiligenbai los, in der wir, gerade außerhalb Schussweite der Befestigung, Anker warfen.

Zwei Stunden nachher sahen wir unser Wild mit vollen Segeln auf die Bai zusteuern, wobei es ganz unbefangen recht in die Schusslinie unserer Kanonen lief, denn wir blieben ruhig liegen, bis es sich uns gerade auf Schussweite genähert hatte. Sie waren so überrascht, dass sie wenig oder gar keinen Widerstand leisteten, sondern sich schon nach der ersten vollen Lage ergaben.

Wir überlegten eben, was wir mit dem Fahrzeug anfangen sollten, als William zu mir kam. Höre, Freund, sagte er, du machst da ein sauberes Stück Arbeit, indem du dir das Schiff deines Nachbars gerade vor des Nachbarn Türe ausleihst, ohne ihn um Erlaubnis zu fragen. Meinst du, es seien nicht einige Kreuzer im Hafen? Du hast hinreichend Geräusch gemacht, und verlass dich darauf, sie werden dir noch vor Abend auf dem Nacken sitzen, um dich zu fragen, was du damit gemeint hattest.

Ganz richtig, William, erwiderte ich – denn es konnte mir nicht entgehen, dass er recht haben mochte – aber was sollen wir zunächst tun?

Er antwortete: Da gibt es nur zwei Wege – entweder du gehst hin und nimmst sie, oder du machst dich davon, ehe sie herauskommen und dich nehmen, denn ich sehe, sie hissen auf jenem großen Schiffe schon einen Fetzen auf, um alsbald in die See zu stechen, und es wird nicht lange dauern, bis sie mit dir ein Gespräch anfangen. Was willst du ihnen sagen, wenn sie dich fragen, warum du ein Schiff ohne Erlaubnis genommen hast?

Es verhielt sich so, wie William sagte. Wir konnten durch unsere Fernrohre bemerken, dass alles sich beeilte, ein paar Schaluppen und einen großen Kreuzer, die im Hafen lagen, zu bemannen, und es war augenscheinlich, dass sie uns bald auf den Fersen sein würden. Wir waren indes über das, was wir zu tun hatten, nicht in Verlegenheit. Das genommene Schiff hatte nicht viel geladen, was für unsern Zweck brauchbar war, da seine Ladung außer etwas Kakao, etwas Zucker und zwanzig Fässern Mehl nur aus Häuten bestand. Wir nahmen deshalb, was uns gut dünkte, unter anderm auch das Pulver, die Kanonenkugeln und die Gewehre, und ließen das Fahrzeug laufen, nachdem wir uns auch noch ein Ankertau, seine drei Anker und einige seiner Segel zugeeignet hatten – es blieben ihm deren immer noch genug, um den Hafen zu erreichen.

Sofort steuerten wir südlich auf die brasilianische Küste zu, bis wir an die Mündung des Flusses Janeiro kamen. Da wir aber zwei Tage scharfen Südost- und Südsüdostwind hatten, so wurden wir genötigt, unter einer kleinen Insel die Anker auszuwerfen und auf bessern Wind zu warten. Mittlerweile hatten die Portugiesen, wie es scheint, zu Lande den dortigen Gouverneur benachrichtigt, dass ein Pirat an der Küste liege. Als wir daher in Sehweite des Hafens kamen, sahen wir zwei Kriegsschiffe gerade außerhalb der Schranke vor Anker liegen, und das eine davon, dass rasch die Anker lichtete, in aller Eile auf uns zusteuern, das andere schickte sich, obgleich nicht so behände, ebenfalls an uns zu folgen. In weniger als einer Stunde steuerten sie mit ihrer vollsten Segelkraft hinter uns her. Wäre nicht die Nacht dazwischen gekommen, so würden Williams Worte in Erfüllung gegangen sein: sie hätten uns gewiss gefragt, was wir hier machten, denn wir fanden, dass das vorderste Schiff uns überholte. Wir wichen ihnen zwar immer windwärts aus, da sie uns aber in der Dunkelheit aus dem Gesicht kamen, so beschlossen wir unsere Richtung zu ändern und geradeaus in die offene See zu stechen, denn wir zweifelten nicht, dass wir sie in der Nacht verlieren würden.

Ob nun der portugiesische Kommandant unsere Absicht erriet oder nicht, kann ich nicht sagen, doch morgens, als das Tageslicht hereinbrach, hatten wir ihn keineswegs verloren, sondern sahen ihn etwa eine Seemeile hinter uns herjagen. Zu unserer großen Freude erblickten wir indes nur eines der beiden Schiffe. Übrigens war es ein großes Schiff mit 46 Kanonen und ein ausgezeichneter Segler, wie schon daraus hervorging, dass es uns nahegekommen war, denn unser Schiff segelte, wie ich bereits bemerkt habe, vortrefflich.

Ich sah nun leicht ein, dass hier nicht zu entkommen, sondern ein Kampf unvermeidlich war, und
da wir wussten, dass wir von diesen Schuften von
Portugiesen – einer Nation, vor der ich ohnehin eine
natürliche Abneigung hatte – keine Gnade erwarten
durften, so ließ ich den Kapitän Wilmot wissen, wie
die Sache stünde. Der Kapitän, krank wie er war,
hinkte in die Kajüte herein und verlangte auf das
Verdeck geführt zu werden, um sich mit eigenen
Augen von der Sachlage zu überzeugen. Gut, sagte er,
wir wollen den Kampf bestehen. Unsere Leute waren
schon vorher so beherzt als man es sich nur wünschen
konnte, als sie aber den Kapitän, der seit zehn oder elf
Tagen an einem hitzigen klimatischen Fieber dar-
niedergelegen hatte, wieder einigermaßen munter
sahen, verdoppelte es ihren Mut, und sie legten rasch
Hand an, um sich schlagfertig zu machen. William,
der Quäker, kam mit einer Art Lächeln zu mir und
sagte. Freund, warum verfolgt uns wohl das Schiff
dort?

Warum, entgegnete ich, ohne Zweifel, weil es mit
uns kämpfen will?

Gut, versetzte er, und was meinst du, wird es uns
wohl angreifen?

Ja, sagte ich, du siehst, dass dies seine Absicht ist.

Warum nun, mein Freund, entgegnete der
trockene Bursche, warum nimmst du denn noch
immer Reißaus, da du doch siehst, dass es dich ein-
holen wird. Wird es wohl besser für uns sein, etwas
weiter weg als hier angegriffen zu werden?

Zum Henker, erwiderte ich, was sollen wir denn
anderes tun?

Was tun, rief er, jedenfalls dem armen Kerl nicht
mehr Mühe machen als notwendig ist, wir wollen auf
ihn warten und hören, was er uns zu sagen hat.

Er wird mit Pulver und Blei zu uns sprechen, sagte ich.

Das ist ganz gut, meinte er, wenn dies seine Landessprache ist, so müssen wir wohl in derselben mit ihm reden, nicht wahr? Oder wie sollte er uns sonst verstehen?

Sehr wohl, William, sagte ich, ich verstehe dich. Und der Kapitän, so krank er war, rief: William hat wieder recht, ebenso gut hier als eine Meile weiter.

Sofort gab er das Kommandowort: Das Schönfahrtsegel aufgeholt! Wir wollen vor ihm die Segel kürzen!

Darauf zogen wir die Segel zusammen, und da wir den Portugiesen auf unserer Leeseite erwarteten, so brachten wir achtzehn von unsern Kanonen auf das Backbord in der Absicht, ihm mit einer vollen Lage warm zu machen. Er brauchte etwa noch eine halbe Stunde, um uns zu erreichen, und inzwischen luvten wir auf, um ihm den Wind abzugewinnen, wodurch er genötigt wurde, unter unsere Leeseite zu laufen. Als wir ihn vor unserer Windvierung hatten, gingen wir auf ihn los, während er fünf bis sechs Kanonen auf uns abfeuerte. Man kann sich denken, dass in der Zwischenzeit alle unsere Hände sehr geschäftig waren. Wir richteten das Steuer luvwärts, ließen die Leebrassen des größten Mastsegels niedergehen, legten es an den Mast, und so fiel unser Schiff quer in die Klüse des portugiesischen. Sodann gaben wir ihm plötzlich eine volle Ladung, setzten ihm von vorn und hinten zu und töteten ihm eine große Menge Leute.

Die Portugiesen waren, wie wir sehen konnten, in der größten Verwirrung, und da sie unsere Absicht nicht hatten bemerken können, so rannte ihr Bugspriet gegen den vorderen Teil unserer Wand, sodass sie sich nicht leicht wieder losmachen konnten, und wir sie auf diese Art festhielten: der Feind konnte nicht mehr als zwei oder drei Kanonen und sein Kleingewehrfeuer gegen uns brauchen, während wir unsere ganze Batterie gegen ihn spielen ließen.

Mitten in der Hitze dieses Gefechts, als ich eben auf dem Halbdeck sehr beschäftigt war, rief der Kapitän, der uns nicht von der Seite ging: Was zum Teufel macht denn unser Freund William dort? Hat er auf dem Verdeck etwas zu tun?

Ich trat etwas vor und erblickte unsern William, wie er mit zwei oder drei handfesten Burschen das Bugspriet des Schiffes an unsern großen Mast festband, damit sie uns nicht entrinnen könnten, dabei zog er von Zeit zu Zeit eine Flasche aus der Tasche und ließ seine Leute einen Schluck Branntwein nehmen, um ihnen neuen Mut zu machen. Die Kugeln sausten ihm um die Ohren herum, wie man es sich bei einem solchen Kampfe wohl denken kann, denn die Portugiesen taten ihr Möglichstes und fochten sehr wacker, da sie sich im Anfang ihrer Sache ganz sicher glaubten und fest auf ihre überlegene Macht vertrauten. William aber war so kaltblütig und ruhig bei der Gefahr, als säße er bei einer Punschbowle, und sorgte immer nur dafür, dass ein Schiff mit 46 Kanonen einem andern mit 28 nicht entrinnen möchte.

Das Gefecht war zu hitzig, um lange dauern zu können. Unsere Leute hielten sich tapfer, unser Stückmeister, ein sehr tüchtiger Bursche, jubelte laut auf und goss einen solchen Kugelregen auf das feindliche Schiff, dass die Portugiesen anfingen ihr Feuer einzustellen. Wir hatten mehrere ihrer Kanonen dadurch unbrauchbar gemacht, dass wir in ihr Vorderkastell schossen und ihnen, wie schon gesagt, von vorn und von hinten zusetzten. Da kam William zu mir und sagte sehr ruhig: Was denkst du, Freund, warum machst du deinem Nachbarn keinen Besuch, da dir doch die Türe offen steht?

Ich verstand ihn sogleich, denn unsere Kanonen hatten ihren Rumpf durchlöchert: wir hatten zwei Stückpforten hineingeschlagen und die Scheidewand des Sterns zertrümmert, sodass sie sich nicht dahin zurückziehen konnten. Ich gab nun sogleich Befehl zum Entern. Unser zweiter Leutnant drang mit etwa dreißig Mann in einem Nu in das Vorderkastell ein, der Oberbootsmann mit einigen weiteren folgte ihm. Sie hieben etwa fünfundzwanzig Mann, die sich auf dem Deck befanden, zusammen, warfen einige Granaten in den hinteren Raum des Schiffes und drangen auch da ein, worauf der Portugiese auf einmal um Quartier bat und wir uns des Schiffes gänzlich bemächtigten – wahrhaftig gegen unsere Erwartung. Sie waren trotz ihrer sechsundvierzig Kanonen nicht imstande gewesen dieselben gehörig zu benutzen, denn wie schon gesagt, wir warfen sie sogleich von ihren Kanonen fort ins Vorderkastell und töteten ihnen eine Menge Leute zwischen den Verdecken, sodass sie, als wir eindrangen, kaum noch Leute genug hatten, um Faust gegen Faust auf ihrem Deck mit uns zu kämpfen.

Die Freude und Überraschung, die Portugiesen um Gnade rufen zu hören und ihre Flagge niederlassen zu sehen, wirkte so mächtig auf unsern Kapitän, der durch sein hitziges Fieber sehr geschwächt war, dass sie ihm neues Leben gab. Die Natur siegte über die Krankheit, und das Fieber verließ ihn noch in derselben Nacht, sodass er nach zwei oder drei Tagen sich sichtlich besser befand, allmählich wieder zu Kräften kam und imstande war, bei allen wichtigen Angelegenheiten wieder Befehle zu erteilen. In etwa zehn Tagen war er vollkommen wiederhergestellt und konnte seinen Posten wieder einnehmen.

Mittlerweile nahm ich Besitz von dem portugiesischen Schiff, und Kapitän Wilmot oder vielmehr ich selbst machte mich vorläufig zum Kapitän desselben. Ungefähr dreißig von ihren Matrosen, worunter einige Franzosen und einige Genuesen waren, nahmen Dienste bei uns, die übrigen setzten wir am andern Tage auf einer kleinen Insel an der brasilianischen Küste an Land, bis auf einige Verwundete, die nicht fortgeschafft werden konnten, und die wir daher an Bord behalten mussten. Später jedoch hatten wir Gelegenheit sie auf dem Kap loszuwerden, wo wir sie auf ihre eigene Bitte an Land setzten.

Kapitän Wilmot wollte, sobald das Schiff gewonnen und die Gefangenen wohl verwahrt waren, wieder in den Rio Janeiro fahren, da er nicht zweifelte, dass wir dort dem andern Kriegsschiff begegnen würden, welches, da es uns nicht gefunden und seinen Kameraden verloren hatte, seiner Meinung nach umgekehrt sein und durch das Schiff, das wir gewonnen hatten, das portugiesische Farben trug, leicht in unsere Hände geraten müsste. Unsere Mannschaft war ebenfalls ganz dafür.

Unser Freund William aber gab uns besseren Rat. Er kam zu mir: Freund, sagte er, ich höre, der Kapitän will wieder in den Janeiro-Fluß segeln in der Hoffnung, mit dem andern Schiff zusammenzutreffen, welches gestern Jagd auf dich machte. Ist es wahr, hast du das im Sinn?

Allerdings, William, versetzte ich, warum denn nicht?

Nun, sagte er, du kannst es tun, wenn du willst.

Das weiß ich selbst, William, entgegnete ich, aber der Kapitän ist ein Mann, der auf vernünftige Gründe eingehen wird, was hast du dagegen einzuwenden?

Ei, meinte William bedeutungsvoll, ich möchte nur wissen, was eigentlich dein Geschäft und das Geschäft all der Leute ist, die du bei dir hast. Nicht wahr, doch Geld zu gewinnen?

Ja, William, so ist es, und zwar auf unsere ehrliche Weise.

Und willst du, sagte er, lieber Geld ohne Gefecht haben als ein Gefecht ohne Geld? Ich meine, was du würdest wählen, wenn es dir frei stünde?

Natürlich das Erstere, erwiderte ich.

Was für einen großen Gewinn hast du an der Beute, die du jetzt bekommen hast, obgleich sie dich dreizehn von deinen Leuten kostete und hier noch obendrein allerhand beschädigte? Es ist wahr, du hast das Schiff und einige Gefangene bekommen, aber du würdest auf einem Kauffahrteischiff die doppelte Beute gemacht haben, ohne ein solch schweres Gefecht; und wie kannst du wissen, wie zahlreich oder wohlgerüstet die Mannschaft auf dem andern Schiffe sein wird, welchen Verlust du dabei erleiden kannst und was du gewinnst, wenn du dich seiner bemeisterst? Ich dächte wahrhaftig, es wäre weit besser, du ließest es in Ruhe.

Das ist wahr, William, versetzte ich, ich will dem Kapitän deine Meinung mitteilen und dir dann wieder die Seine sagen.

Sofort ging ich zum Kapitän und trug ihm Williams Gründe vor. Der Kapitän war ebenfalls der Meinung, dass das Kämpfen nur dann unsere Sache sein könne, wenn wir es nicht anders machen könnten, und dass wir mit so wenig Opfern wie nur möglich Geld zu bekommen suchen müssten. Der Kampfplan wurde somit beiseitegelegt, und wir fuhren wieder südlich gegen den Laplatafluss, in der Hoffnung, in dieser Gegend einige Beute zu finden. Hauptsächlich hatten wir unser Augenmerk auf einige spanische Schiffe von Buenos Aires gerichtet, welche in der Regel sehr reich an Silber sind, und mit einem einzigen solchen Raube wären wir recht wohl zufrieden gewesen. Wir segelten also beinahe einen Monat lang südlich dorthin, ohne dass uns etwas begegnete, und nun begannen wir uns zu beraten, was wir zunächst tun wollten, denn wir waren noch zu keinem Entschluss gelangt. Meine Meinung war immer, wir sollten uns nach dem Kap der Guten Hoffnung und von da nach Ostindien wenden. Ich hätte gern Williams Rat darüber vernommen, wohin wir uns jetzt begeben sollten, aber er fertigte mich immer mit irgendeiner quäkerischen Witzelei ab und ließ es sich durchaus nicht angelegen sein uns eine Richtung anzugeben. Ob es nun Gewissenssache bei ihm war, oder ob er die späteren Folgen nicht auf sich nehmen wollte, weiß ich nicht – kurz wir mussten uns zuletzt ohne ihn entschließen.

Gleichwohl berieten wir uns ziemlich lange und richteten unsere Gedanken geraume Zeit auf den Laplatafluss. Zuletzt spähten wir windwärts ein Schiff aus und zwar eines, wie gewiss in diesem Teile der Welt lange keines gesehen worden war. Es fürchtete sich nicht vor uns, denn es segelte mit voller Macht gerade auf uns los, was indes hauptsächlich dem Winde zuzuschreiben war, denn wenn dieser irgendwie gewechselt hätte, so hätte es sich danach richten müssen. Ich überlasse es jedem, der etwas von der Schiffskunst versteht, zu beurteilen, was für eine Figur dieses Schiff machte, als wir es zuerst sahen, und was wir von ihm denken sollten. Die

Hauptmarsstande fiel etwa sechs Fuß über dem Eselshaupt vorwärts, die Spitze des Bramsegelmastes hing in den vorderen Wandtauen, an der Kreuzraa war zufällig etwas gewichen, die Kreuzbramsegelbrassen, deren stehenden Teile an der Wand des großen Marssegels befestigt waren, drückten das Basanmarssegel und die Raen herab, sodass über einem Teile der Schanze gleichsam eine Zeltdecke ausgebreitet war, das vordere Marssegel war etwa an zwei Drittel von der Masthöhe aufgehisst, aber die Schoten waren fort, die vordere Rae war auf das Vorderkastell herabgelassen, das Segel war locker, und ein Teil davon hing über Bord – auf diese Art kam das Schiff auf uns zu. Mit einem Wort, die Figur, welche es machte, war höchst auffallend, sogar für Leute, die sich auf alle möglichen Erscheinungen auf See verstanden. Es hatte kein Boot, auch hing keine Flagge heraus.

Als wir ihm näher kamen, feuerten wir eine Kanone ab, um es aufmerksam zu machen. Es nahm keine Notiz davon, sondern steuerte wie bisher vorwärts. Wir feuerten abermals, aber wieder ohne Erfolg. Endlich kamen wir auf Pistolenschussweite aneinander, aber niemand antwortete oder zeigte sich; wir dachten nun, es sei vielleicht ein gestrandetes Schiff, das von der Mannschaft verlassen und von der hohen Flut wieder auf See getrieben worden sei. Aber als wir näher kamen und ganz dicht an seiner Seite hinfuhren, konnten wir darin ein Geräusch hören und die Bewegung mehrerer Leute im Innern beobachten.

Daraufhin bemannten wir zwei Boote mit wohlbewaffneten Leuten und befahlen denselben, sich alsbald an das Schiff zu machen und es von zwei Seiten zu entern. Sobald sie an die Seite des Schiffes kamen, zeigte sich eine erstaunliche Menge schwarzer Leute auf dem Deck, die unsern Leuten eine solche

Angst einjagten, dass das Boot, welches gerade entern wollte, plötzlich von seinem Vorhaben abstand und keinen Angriff wagte, die Mannschaft des andern Bootes aber, welche bereits geentert hatte, sprang, da sie die Leute vom ersten Boot zurückgeschlagen glaubte und das Schiff so voll sah, sämtlich wieder ins Boot zurück und segelte davon, ohne zu wissen, was an der Sache war. Jetzt trafen wir Anstalten, eine Salve auf das Schiff abzugeben, aber unser Freund William setzte uns abermals den Kopf zurecht, denn, wie es scheint, hatte er früher als wir erraten, was von der Sache zu halten war. Er näherte sich mir, denn mein Schiff war es, welches näher dem fremden lag, und sagte: Freund, ich bin der Meinung, du hast hier unrecht, und deine Leute haben die Sache auch nicht recht angegriffen. Ich will dir sagen, wie du dieses Schiff nehmen kannst, ohne von den Dingern da, welche man Kanonen nennt, Gebrauch zu machen.

Wie kann das sein, William, sagte ich. Ei, entgegnete er, du kannst es mit deinen Rudern bekommen. Du siehst, dass sie kein Steuer haben, und bemerkst auch die Lage, in welcher sie sind, greife sie mit deinem Schiff auf der Leeseite an und entere so von deinem Schiff aus. Ich bin überzeugt, du wirst es ohne Gefecht bekommen, denn diesem Schiff muss irgendein Unglück, das wir nicht kennen, zugestoßen sein.

Da die See ruhig war, und nur ein sanfter Wind blies, so nahm ich seinen Rat an und machte mich an die Seite des Fahrzeugs. Unsere Leute drangen sogleich ein, und wir fanden ein großes Schiff mit mehr als sechshundert Negern: Männern, Weibern und Kindern, aber nicht einen einzigen Christen oder weißen Menschen an Bord.

Bei diesem Anblick schauderte ich, denn ich dachte mir sogleich, wie es teilweise auch der Fall war, dass diese Schwarzen sich befreit, alle Weißen ermordet und in die See geworfen hatten. Kaum hatte ich diese Ansicht gegen meine Mannschaft ausgesprochen, als der Gedanke daran sie so wütend machte, dass ich sie kaum abhalten konnte, alle zusammen in Stücke zu hauen. William beschwichtigte sie endlich mit vieler Überredungskunst, indem er ihnen sagte, dies sei nichts anderes als was sie selbst in der Lage der Neger ebenfalls tun würden, wenn sie könnten; man habe den Negern die größte Ungerechtigkeit zugefügt, indem man sie ohne ihre Einwilligung als Sklaven verkaufte, das Gesetz der Natur habe ihnen dies eingegeben, man sollte sie deswegen nicht töten, denn eine solche Tat wäre ein mutwilliger Mord.

Diese Zureden fanden Eingang bei ihnen und kühlten ihre erste Hitze ab, sie schlugen daher nur zwanzig oder dreißig von ihnen nieder, und alle die übrigen rannten zwischen den Verdecken an ihre ersten Plätze zurück, indem sie wahrscheinlich glaubten, wir seien ihre früheren Herren und wiedergekommen, um Rache an ihnen zu üben.

Wir waren jetzt in der seltsamsten Verlegenheit, denn wir konnten uns mit keinem Worte verständlich machen und ebenso wenig ein Wort von ihnen verstehen. Wir bemühten uns durch Zeichen zu fragen, woher sie kämen, allein sie konnten nicht verstehen, was wir meinten. Ihrerseits deuteten sie auf unser Boot und auf ihr Schiff, fragten ebenfalls, so gut sie konnten, sagten tausend Dinge und drückten sich mit großer Ernsthaftigkeit aus, aber wir konnten kein Wort von allem verstehen noch begreifen, was sie mit ihren Zeichen meinten.

Das sahen wir aber wohl, dass sie als Sklaven an Bord genommen sein mussten und zwar von irgendeiner europäischen Mannschaft. Wir konnten leicht sehen, dass das Schiff ursprünglich in Holland gebaut worden war aber viele Änderungen erlitten hatte und zwar, wie wir glaubten, in Frankreich, denn wir entdeckten zwei oder drei französische Bücher an Bord und nachher auch Kleider, Leinwand, Schnüre, einige alte Schuhe und mehrere andere Sachen. Unter dem Mundvorrat fanden wir einige Tonnen irisches Ochsenfleisch, einige Neufundländerfische und mehrere andere Beweise, dass Europäer an Bord gewesen sein mussten, aber von ihnen selbst konnten wir nirgends einen entdecken. Auch fanden wir keinen einzigen Säbel, kein Gewehr, keine Pistole oder sonst eine Waffe außer einigen Kurzsäbeln, welche die Neger unter ihrem Lager verborgen hatten. Wir fragten sie, was aus all den kleinen Waffen geworden sei, indem wir auf unsere eigenen deuteten und auf die Plätze, wo die dem Schiff angehörenden gehangen haben mussten. Einer der Neger verstand mich sogleich und winkte mir auf das Verdeck zu kommen, wo er nach meiner Flinte griff, die ich, nachdem wir uns des Schiffes bemeistert hatten, nicht aus der Hand gegeben hatte, und eine Bewegung machte, als wollte er sic in die See schleudern, woraus ich schloss, dass sie sämtliche Waffen, Pulver, Geschütze, Schwerter usw. über Bord geworfen hatten, ohne Zweifel in der Meinung, diese Dinge würden sie töten, wenn auch die Leute nicht mehr da wären.

Nun zweifelten wir nicht mehr daran, dass die Mannschaft des Schiffes, von diesen verzweifelten Schuften überfallen, denselben Weg gegangen und ebenfalls über Bord geworfen worden war. Wir durchsuchten das ganze Schiff, ob wir Blut finden könnten, und glaubten auch wirklich an mehreren Stellen welches zu bemerken, aber die Sommerhitze, welche das Pech und den Teer auf den Verdecken schmolz, machte es uns unmöglich, es genau zu erkennen, ausgenommen in der Kajüte, wo wir deutlich sehen konnten, dass viel Blut geflossen war. Wir fanden die große Luke offen und schlossen daraus, dass sich der Kapitän und seine Leute in die große Kajüte zurückgezogen und sich von dort geflüchtet haben mussten.

Was uns aber die beste Gewissheit über das Vorgefallene verschaffte war, dass wir bei weiteren Nachforschungen sieben oder acht von den Negern schwer verwundet fanden und zwar zwei oder drei von ihnen durch Schusswaffen: einem von ihnen war das Bein zerschmettert, und er befand sich in einem elenden Zustande, da das Fleisch bereits brandig war. Unser Freund William sagte, ohne unsere Hilfe würde er in zwei Tagen gestorben sein. William war ein äußerst geschickter Wundarzt und bewies es bei dieser Kur, denn obgleich sämtliche Wundärzte auf unsern beiden Schiffen – wir hatten ihrer nicht weniger als fünf, welche sich studierte Chirurgen nannten, und überdies zwei sogenannte Gehilfen – obgleich alle diese ihre Meinung dahin abgaben, dem Neger müsse sein Bein abgenommen werden, sonst sei er unrettbar verloren, der Brand habe bereits das Mark im Beine angegriffen, die Sehnen seien brandig, und er könne sein Bein jedenfalls nie mehr gebrauchen, wenn es auch kuriert würde, so sagte William, er habe eine andere Ansicht von der Sache, er wolle die Wunde erst einmal genau untersuchen und dann werde er sich weiter darüber aussprechen. Sofort machte er sich an das Bein, und da er den Wunsch ausdrückte, einige von den Chirurgen möchten ihm dabei behilflich sein, so bezeichneten wir ihm zwei von den geschicktesten, die ihm halfen, während wir den übrigen bedeuteten zuzusehen.

William ging nach seiner eigenen Methode zu Werke, und einige seiner Kollegen wollten diese anfangs fehlerhaft finden. Er ließ sich indes nicht stören und untersuchte genau alle Teile des Beines, wo seiner Vermutung nach der Brand angefangen hatte, er schnitt viel von dem brandigen Fleisch ab, wobei der arme Bursche keine Schmerzen empfand. William fuhr in seinem Geschäfte fort, bis Blut floss und der Schwarze einen lauten Schrei tat, sodann nahm er die Splitter aus dem Beine heraus, renkte es mithilfe eines andern Wundarztes ein, verband es und legte den Kranken, der sich um ein gut Teil erleichtert fühlte, zur Ruhe.

Bei der ersten Abnahme des Verbandes begannen die Chirurgen zu triumphieren, der Brand schien um sich zu greifen, und ein langer rotunterlaufener Streifen zeigte sich von der Wunde aufwärts bis an den mittleren Teil des Schenkels, sodass die Chirurgen zu mir sagten, der Mann werde in wenigen Stunden sterben. Ich ging hin es zu sehen und fand meinen Freund William selbst ein wenig überrascht. Als ich ihn aber fragte, wielange der arme Kerl nach seiner Ansicht noch zu leben hätte, blickte er mich ernsthaft an und sagte: Solange als du selbst, ich fürchte durchaus nicht für sein Leben, aber ich möchte ihn gern kurieren, ohne einen Krüppel aus ihm zu machen.

Er war im Augenblick nicht mit der Behandlung des Beines beschäftigt, sondern bereitete etwas zum Einnehmen für den armen Menschen, ohne Zweifel um weiterem Umsichgreifen vorzubeugen und fieberische Zufälle, welche sich im Blute einstellen könnten, zu schwächen oder zu verhindern; sodann ging er wieder ans Werk, öffnete den Schenkel an zwei Stellen über der Wunde und schnitt eine Menge brandiges Fleisch aus. Da das ausgetrocknete Blut jetzt mehr als gewöhnlich Anlage zum Brandigwerden hatte, so suchte er es zu zerteilen.

Kurz unser Freund William beseitigte den um sich greifenden Brand, sodass der rote Streifen wieder verschwand und das Fleisch gesunden Eiter zu bilden begann. In wenigen Tagen sammelten sich die Lebensgeister des Burschen, sein Puls schlug wieder regelmäßig, er hatte kein Fieber mehr, wurde mit jedem Tage kräftiger und in etwa zehn Wochen war er vollkommen gesund, wir behielten ihn bei uns und machten ihn zu einem tüchtigen Matrosen.

Um aber auf das Schiff zurückzukommen, so konnten wir keine sichere Kunde darüber erhalten.

Wir fragten mit allen erdenklichen Zeichen und Bewegungen, was aus der Mannschaft geworden sei, konnten aber schlechterdings nichts aus ihnen herausbringen. Unser zweiter Offizier war der Ansicht, man sollte ihnen durch die Folter ein Geständnis abzwingen, als aber William hörte, dass darüber beraten wurde, kam er zu mir und sagte: Freund, ich ersuche dich, dass du keinen von diesen armen Menschen auf die Folter spannen lässest.

Warum nicht, William, fragte ich, du siehst, dass sie keine Auskunft darüber geben wollen, was aus den Weißen geworden ist.

Ich glaube, entgegnete William, sie haben dir sehr genaue Auskunft über alle Einzelheiten gegeben.

Wieso, fragte ich, sind wir denn durch all ihr Geschnatter um ein Haar klüger geworden?

Nein, sagte William, aber das ist, wenn ich die Sache recht bedenke, nur dein Fehler gewesen. Du wirst doch die armen Leute nicht dafür strafen wollen, dass sie nicht Englisch sprechen können, vielleicht haben sie in ihrem ganzen Leben kein englisches Wort gehört. Ich glaube also bestimmt, dass sie dir einen ausführlichen Bericht über alles gegeben haben, denn du weißt, mit welcher Ernsthaftigkeit und wielange einige von ihnen zu dir gesprochen haben, wenn du ihre Sprache nicht verstehst und sie nicht die Deinige, wie können sie es anders machen? Du vermutest bloß, dass sie dir nicht die ganze Wahrheit mitteilen, ich glaube aber, sie haben es getan, und wie willst du die Frage entscheiden, ob du recht hast oder ob ich recht habe? Überdies was können sie dir sagen, wenn du ihnen auf der Folter eine Frage vorlegst und sie dieselbe nicht verstehen? Ja, kannst du überhaupt nur wissen, ob sie Ja oder Nein sagen?

Ich will meine Mäßigung nicht rühmen, wenn ich bemerke, dass ich mich durch diese Gründe überzeugen ließ. Gleichwohl hatten wir viel zu tun, unsern Leutnant zurückzuhalten, der gleichwohl einige von ihnen niedermachen wollte, um die andern zum Sprechen zu bringen. Was sie auch sagten, er verstand kein Wort davon, aber er wollte sich den Glauben nicht nehmen lassen, dass die Neger ihn notwendig verstehen müssten, wenn er sie fragte, ob das Schiff wie das unsrige ein Boot gehabt hätte oder nicht, und was aus demselben geworden wäre.

Es blieb nun einmal kein anderes Mittel als in Geduld zu warten, bis wir diese Leute im Englischen unterrichtet hätten. Wo sie an Bord des Schiffes gekommen waren, konnten wir nicht erfahren, weil sie die englischen Namen, welche wir diesen Küsten gegeben hatten, nicht kannten, und ebenso wenig konnten wir herausbringen, welcher Nation das Schiff angehört hatte, weil sie keine europäische Sprache von der andern zu unterscheiden vermochten. Soviel aber der Neger, den ich ins Verhör nahm, derselbe, dessen Bein William kuriert hatte, uns sagte, so redeten sie nicht dieselbe Sprache wie wir, und auch nicht diejenige, die unsere Portugiesen sprachen, es waren also aller Wahrscheinlichkeit nach Franzosen oder Holländer gewesen.

Der Inhalt seiner weiteren Andeutungen war der Hauptsache nach folgender: die weißen Männer waren barbarisch mit den Negern umgegangen und hatten sie unbarmherzig geschlagen. Einer von den Negern hatte ein Weib, zwei Neger hatten Kinder und einer eine Tochter von etwa sechzehn Jahren, ein Weißer missbrauchte des Negers Weib und nachher das Mädchen, und das machte alle Neger rasend. Besonders war der Mann des Weibes in großer Wut, darüber wurde der Weiße so ergrimmt, dass er drohte, ihn umzubringen; aber in der Nacht machte sich der Neger los, nahm ein Brecheisen, und als der nämliche Franzose – wenn es ein Franzose war – sein Weib wiederum missbrauchen wollte, schlug ihm der Schwarze mit dem Brecheisen das Hirn aus dem Kopfe, darauf nahm er ihm den Schlüssel ab, mit welchem die Handschellen aufgeschlossen wurden, und setzte etwa hundert von ihnen in Freiheit. Diese gingen hierauf durch dieselbe Luke, durch welche der Weiße zu ihnen hereingekommen war, auf das Verdeck, nahmen den Hirschfänger des getöteten Mannes sowie andere Waffen, die in der Nähe waren und fielen über die Männer auf dem Verdeck her, töteten sie alle und danach auch diejenigen, welche sie auf dem Vorderkastell fanden. Der Kapitän und seine Leute, welche sich in der Kajüte befanden, verteidigten sich mit großem Mute und schossen aus den Öffnungen auf sie, wodurch der Erzähler und mehrere Neger verwundet wurden, endlich aber drangen sie nach langem Streit in die Kajüte ein und streckten zwei von den Weißen nieder, die am Eingange standen. Aber elf von den Negern wurden getötet, ehe diese einbrechen konnten, sodann zogen sich die übrigen durch die Luke in die große Kajüte zurück, wobei noch drei Neger verwundet wurden.

Danach rettete sich der Geschützmeister in die Pulverkammer, einer von seinen Leuten holte das große Boot am Hinterteil des Schiffes herbei und brachten alle Waffen nebst dem Geschütz, welches sie bekommen konnten, hinein, dann stiegen alle in das Boot und holten hierauf den Kapitän und diejenigen, die bei ihm waren, aus der großen Kajüte. Als sie so alle eingeschifft waren, beschlossen sie, das Schiff aufs Neue anzugreifen, um es wieder in ihre Hände zu bringen. Sie kamen mit verzweifeltem Mute heran und töteten zuerst alles, was im Wege war, aber inzwischen waren die Neger alle los geworden, hatten sich einiger Waffen bemächtigt, und obgleich sie nichts von Pulver oder Kugeln oder Kanonen verstanden, so konnten doch die Weißen sie nicht mehr bemeistern. Gleichwohl legten sie sich unter den Bug des Schiffes und holten alle Männer heraus, welche in der Küche geblieben waren, sich dort trotz der größten Anstrengungen der Neger behauptet und mit ihren kleinen Waffen zwischen dreißig und vierzig Neger getötet hatten, am Ende aber doch sich gezwungen sahen, das Schiff zu verlassen.

Die Neger konnten uns keine Auskunft geben, in welcher Gegend dies vorgefallen, ob in der Nähe der Küste von Afrika oder weit davon oder wie lange vorher es geschehen, ehe das Schiff in unsere Hände fiel, sie wussten nur im Allgemeinen, es sei eine lange Zeit her, aber nach allem, was wir in Erfahrung bringen konnten, waren es zwei oder drei Tage, nachdem sie von der Küste abgesegelt waren. Sie sagten uns, sie hätten etwa zwanzig von den weißen Männern getötet, indem sie dieselben mit Knütteln, Brecheisen und andern solchen Dingen, welche sie bekommen konnten, auf den Kopf geschlagen, ein starker Neger habe drei von ihnen mit einer eisernen Stange umgebracht, nachdem er zweimal durch den Leib geschossen worden sei, nachher aber sei er von dem Kapitän selbst an der Tür der Hütte, die er mit dem Brecheisen aufgesprengt, durch den Kopf geschossen worden, woher vermutlich das viele Blut rührte, das wir daselbst gesehen hatten.

Derselbe Neger erzählte uns, dass sie alles Pulver und alle Geschütze, welche sie auffinden konnten, in die See geworfen und gern auch mit den großen Kanonen ein gleiches getan hätten, wenn sie dieselben hätten fortheben können. Auf die Frage, wie es gekommen sei, dass sich ihre Segel in solchem Zustande befänden, war seine Antwort, sie hätten es nicht verstanden, sie wüssten nicht, was die Segel tun, das heißt, sie wussten nicht einmal, dass die Segel es waren, die das Schiff trieben. Als wir ihn fragten, wohin er gewollt habe, sagte er, sie hätten es nicht gewusst, sondern wären eben der Meinung gewesen, sie würden wieder in ihr eigenes Land zurückkommen. Ich fragte ihn namentlich auch, für wen er uns gehalten habe, als wir zum ersten Male in ihre Nähe gekommen seien. Er sagte, sie seien fürchterlich erschrocken gewesen, denn sie hätten geglaubt, wir seien dieselben weißen Männer, die auf ihren Booten davongegangen, und seien wieder in einem großen Schiff gekommen samt den zwei Booten, deshalb hätten sie erwartet, wir würden sie alle zusammen umbringen.

Dies war der Bericht, den wir von ihnen bekamen, nachdem wir sie gelehrt hatten englisch zu sprechen und die Namen und den Gebrauch der zum Schiffe gehörenden Dinge, von denen oft geredet wurde, zu verstehen. Dass die Neger uns die Wahrheit sagten, konnten wir daraus schließen, dass sie alle in den Einzelheiten übereinstimmten und immer bei derselben Geschichte blieben.

Nachdem wir das Schiff erbeutet hatten, war unsere erste Verlegenheit, was wir mit den Negern beginnen sollten. Die Portugiesen in Brasilien würden sie uns alle abgekauft haben und mit dem Handel wohl zufrieden gewesen sein, wenn wir uns dort nicht als Feinde gezeigt hätten und nicht als Seeräuber bekannt wären. Aber wie die Sachen standen, durften wir es nicht wagen, in dieser Gegend irgendwo an Land zu gehen oder mit einem der Pflanzer zu unterhandeln, weil wir das ganze Land gegen uns aufgebracht hatten. Wären Kriegsschiffe in einem dortigen Hafen gewesen, so hätten wir ganz sicher darauf rechnen dürfen, von ihnen und von der ganzen schlagfertigen Bande angegriffen zu werden.

Ebenso wenig konnten wir auf einen besseren Erfolg hoffen, wenn wir uns nördlich nach den Pflanzungen wandten. Einen Augenblick beschlossen wir sie alle nach Buenos Aires zu führen und dort an die Spanier zu verkaufen, aber es waren ihrer wirklich zu viele, als dass wir dort alle hätten unterbringen können. Und sie auf der Südsee herumzuführen, was das einzige Mittel war, das uns übrig blieb, kostete soviel Zeit, dass wir nicht imstande gewesen wären, sie auf einer so langen Reise zu unterhalten.

Endlich half uns unser alter nie verlegener Freund William abermals, wie er uns schon so oft aus schweren Nöten geholfen hatte. Sein Vorschlag war: er selbst wollte mit etwa zwanzig Mann der zuverlässigsten Leute als Schiffsherr fortgehen und die Schwarzen auf der brasilianischen Küste unter der

Hand an die Pflanzer zu verkaufen suchen, jedoch nicht in den Haupthäfen, weil es dort nicht gestattet wäre.

Wir stimmten alle bei und beschlossen uns nach dem Laplatafluss zu wenden, wohin wir schon vorher hatten segeln wollen.

Mittlerweile begab sich William nach dem Norden und landete am Vorgebirge St. Thomas. Zwischen diesem und den Tuberonischen Inseln fand er Gelegenheit alle seine Neger, sowohl Männer als Weiber, zu sehr guten Preisen zu verkaufen; denn William, der vorzüglich Portugiesisch sprach, erzählte ihnen eine recht hübsche Geschichte, wie das Schiff schlecht mit Lebensmitteln versehen und sie von ihrem Kurse abgekommen wären, und dass sie sich jetzt nördlich nach Jamaika wenden oder hier auf der Küste ihre Sklaven verkaufen müssten. Dies war eine recht wahrscheinliche Erzählung, die auch leicht Glauben fand, und wenn man die Art, wie die Neger segelten, und das, was ihnen auf ihrer Fahrt begegnete, in Betracht zog, so war auch jedes Wort daran wahr.

Auf diese Art, und da niemand ihm widersprach, galt William für das, was er eigentlich war, nämlich für einen ganz ehrlichen Burschen, und mithilfe eines Pflanzers, der zu seinen Nachbarn schickte und den Verkauf unter ihnen besorgte, machte er schnell einen guten Markt. Und in weniger als fünf Wochen verkaufte William alle seine Neger, zuletzt selbst das Schiff und kam mit seinen zwanzig Mann und zwei Negerknaben, die er noch übrig behielt, auf einer der Schaluppen, mit denen die Pflanzer die Neger geholt hatten. Mit dieser Schaluppe segelte Kapitän William, wie wir ihn damals nannten, ab und traf uns in Port Santo Pedro.

Nichts überraschte uns mehr, als eine Schaluppe mit den portugiesischen Farben längs der Küste daher fahren zu sehen, die gerade auf uns lossteuerte, nachdem sie unsere beiden Schiffe entdeckt hatten. Wir feuerten, als sie näher kam, eine Kanone ab, um sie zum Ankern zu veranlassen, allein die Schaluppe begrüßte uns sogleich mit fünf Kanonenschüssen und ließ ihre englische große Fahne wehen. Nun begannen wir zu erraten, dass es Freund William war, wunderten uns aber, wie er zu einer Schaluppe gekommen sein sollte, da wir ihn in einem Schiffe von etwa dreihundert Tonnen abgeschickt hatten. Allein er erzählte uns bald seine ganze Geschichte, mit der wir alle Ursache hatten sehr wohl zufrieden zu sein.

Außer der Schaluppe hatte William für sein Schiff dreihundert Gulden in Gold erhalten, und für diese Summe die Schaluppe mit soviel Mundvorrat, als sie fassen konnte, besonders mit Brot, Schweinefleisch und etwa sechzig lebenden Schweinen versehen. Unter anderm hatte er achtzig Tonnen gutes Schießpulver, das uns sehr erwünscht war, gekauft, und auch die Vorräte, die sich noch in dem französischen Schiffe befunden hatten, ebenfalls mitgenommen.

Dies war eine sehr angenehme Kunde für uns, namentlich als wir sahen, dass William an geprägtem oder gewogenen Golde und einigem spanischen Silber 60 000 spanische Piaster bekommen hatte, und außerdem eine neue Schaluppe nebst einer bedeutenden Menge Mundvorrat.

Wir waren mit der Schaluppe überaus wohl zufrieden und begannen zu beraten, was wir tun sollten: ob es nicht das Beste wäre, unser großes portugiesisches Schiff wegzuschicken und uns auf unser erstes Schiff und die Schaluppe zu beschränken, zumal da wir nicht Mannschaft genug für alle drei hatten, auch das größte Schiff für unser Geschäft als zu groß erachtet wurde. Indes beschleunigte ein anderer Streit, der jetzt beendet werden musste, diese Entscheidung. Es handelte sich nämlich um die Frage, wohin wir gehen sollten. Mein Kamerad, wie ich ihn jetzt nannte, nämlich mein Kapitän vor der Erbeutung des portugiesischen Kriegsschiffes, meinte, wir sollten uns nach der Südsee wenden und auf der westlichen Seite von Amerika, wo wir unfehlbar den Spaniern mehrere gute Beuten abjagen könnten, an der Küste entlang fahren, möglicherweise könnten wir dann durch die Südsee nach Ostindien zurückkehren und so die Welt umschiffen, wie andere es vor uns getan hatten.

Aber in meinem Kopfe war ein anderer Plan gereift. Ich war in Ostindien gewesen und hatte seither immer die Meinung, wenn wir dorthin segelten, müssten wir unfehlbar gute Geschäfte machen, dort hätten wir eine sichere Zufluchtsstätte und könnten unser Schiff bei meinen alten Freunden, den Einwohnern von Zanguebar auf der Küste Mozambique oder der Insel St. Lorenzo mit gutem Ochsenfleisch versehen. Ich sagte, meine Gedanken hätten diese Richtung genommen, ich schwatzte ihnen nun soviel von den Vorteilen vor, die sich bei ihrer Stärke gewiss von den Fängen erringen ließen, die sie im Golf von Mocha, im Roten Meer und an den Küsten von Malabar oder in der Bucht von Bengalen machen müssten, dass ich sie in große Verwunderung setzte.

Mit diesen Gründen setzte ich auch meine Meinung durch. Wir beschlossen einstimmig südöstlich nach dem Kap der Guten Hoffnung zu steuern, und infolge dieses Beschlusses wurde auch ausgemacht, die Schaluppe zu behalten und mit allen drei Fahrzeugen fortzusegeln, denn auf meine Versicherung hin zweifelte niemand daran, dass wir dort

Leute finden würden, um unsere Zahl zu ergänzen; wo nicht, so könnten wir ja eines der Fahrzeuge abgeben, wenn wir wollten.

Wir konnten auch nichts Besseres tun, als unsern Freund William zum Kapitän der Schaluppe machen, die er uns durch seine guten Handelsgeschäfte zugeführt hatte. Er sagte uns jedoch, wiewohl mit sehr viel Artigkeit, er werde das Kommando nicht übernehmen, aber wenn wir ihm das Fahrzeug für seinen Anteil an dem Guineaschiff geben wollten, zu welchem wir so ehrlich gekommen waren, so würde er uns auf unsern Befehl als Proviantmeister Gesellschaft leisten, solange er unter derselben Macht stünde, die ihn weggenommen habe.

Wir willigten ein und gaben ihm die Schaluppe unter der Bedingung, dass er nicht von uns gehen und durchaus unter unserm Kommando stehen sollte. Indes war William nicht mehr so munter wie zuvor, und als wir nachher die Schaluppe und einen recht durchtriebenen Piraten für sie brauchten, um Einkäufe zu besorgen, so sehnte ich mich so sehr nach William, dass ich nicht länger ohne ihn bleiben wollte, denn er war bei allen Gelegenheiten mein Ratgeber und Begleiter gewesen. Ich schickte daher einen Schotten, einen kühnen unternehmenden Burschen namens Gordon, auf die Schaluppe und gab ihm zwölf Kanonen nebst vier Matrosen, obgleich es uns an Mannschaft fehlte, denn keines von unsern Schiffen war im Verhältnis zu seiner Größe gehörig bemannt.

Wir segelten zu Anfang des Oktober nach dem Kap der Guten Hoffnung und kamen, nachdem wir viel schlechtes Wetter gehabt hatten, in die Sehweite desselben. Wir erblickten auf diesem Wege mehrere Kauffahrteischiffe, sowohl englische als holländische, konnten aber nicht sagen, ob sie für das Ausland oder die Heimat bestimmt waren. Dem sei nun wie ihm wolle, wir hielten es nicht für geraten zu ankern, da wir nicht wussten, wer sie wären oder was sie vielleicht gegen uns unternehmen würden, wenn sie uns erkannten. Da wir indes frisches Wasser brauchten, so schickten wir die zwei zum portugiesischen Kriegsschiffe gehörigen Boote nebst allen portugiesischen Matrosen und Negern an den Wasserplatz, um Wasser zu holen. Inzwischen zogen wir aber auf See eine portugiesische Flagge auf und verhielten uns die Nacht über ruhig. Sie wussten nicht, wer wir wären, denn sie hielten uns augenscheinlich für andere.

Ehe jedoch unsere Leute das letzte Mal zurückkehrten, hatte sich ein sanfter Westwind erhoben, und wir bemerkten in der Morgendämmerung ein Boot, das in aller Eile auf uns zusegelte, als fürchtete es sich, wir möchten weiter fahren. Wir fanden bald, dass es eine englische wohlbemannte Schaluppe war, und konnten uns nicht denken, welcher Zweck sie zu uns führe. Da es nur eine Schaluppe war, so hielten wir es nicht für gefährlich, die Leute an Bord kommen zu lassen. Wenn es sich dann herausstellte, dass sie bloß kamen, um Erkundigung über uns einzuziehen, so gedachten wir, ihnen einen genauen Bericht über all unser Tun und Lassen abzustatten und sie mit uns zu nehmen, zumal da es uns sehr an Mannschaft gebrach, allein sie ersparten uns die Mühe, uns wegen ihrer Behandlung die Köpfe zu zerbrechen, denn wie es schien, waren unsere portugiesischen Matrosen, welche Wasser holten, an dem Wasserplatz nicht so verschwiegen gewesen, als wir von ihnen erwartet hatten. Der Fall war kurz, der Kapitän des nachmals für China bestimmten ostindischen Kauffahrteischiffes hatte Ursache gefunden, gegen seine Leute sehr streng zu sein, und einige von ihnen auf St. Helena äußerst hart behandelt, sie hatten daher unter sich beschlossen, bei der nächsten besten Gelegenheit das Schiff zu verlassen, und sich lange vergebens danach gesehnt. Einige von diesen Leuten waren, wie es schien, mit unserer Bootmannschaft auf dem Wasserplatz zusammengetroffen und hatten sich erkundigt, wer wir wären und welches Geschäft wir trieben. Ob nun die portugiesischen Matrosen dadurch, dass sie nicht gewandt genug Rechenschaft gaben, den Verdacht erweckten, dass wir auf einem Kaperzuge begriffen wären, oder ob sie es auf gut englisch sagten, kurz, kaum hatten sie die Nachricht an Bord gebracht, dass die östlich liegenden Schiffe englische und im Geschäft begriffen seien, was beiläufig gesagt der Matrosenausdruck für Seeräuberei treiben ist, ich sage, kaum hatte sie dies gehört, so gingen sie ans Werk, packten bei Nacht alles, was sie in die Hände bekamen, ihre Koffer, Kleider, und was sie sonst noch erwischen konnten, zusammen, segelten vor Tage ab und erreichten uns gegen sieben Uhr.

Nach einigen Tagen schlechten Wetters ankerten wir auf der Reede der Augustinsbucht, am südwestlichen Ende meiner alten Bekannten, der Insel Madagaskar. Hier lagen wir eine Weile und erhandelten von den Eingeborenen einige gute Ochsen ein, die ausgezeichnet und fett waren und so zart und schmackhaft wie in England und uns um so besser schienen, da wir schon sehr geraume Zeit kein Ochsenfleisch mehr in England gekostet hatten.

Als wir einige Zeit hier verweilt hatten, begannen wir zu bedenken, dass dies kein Ort für unsere Geschäfte war, und ich, der ich noch einige besondere Privatabsichten hatte, sagte ihnen, dies sei kein Platz für Leute, welche Geschäfte beabsichtigten. Ich sagte ihnen, was ich bei meiner Umseglung der Insel auf einer früheren Fahrt bemerkt hätte: wie auf dem nördlichsten Punkte derselben sich mehrere gute Häfen und Reeden für unsere Schiffe befänden, die Eingeborenen wären womöglich noch höflicher und umgänglicher als da, wo wir jetzt weilten, weil sie noch nicht so viele Misshandlungen von europäischen Schiffen erlitten hätten wie die auf der Süd- und Ostseite: wir könnten daher jedenfalls eines guten Rückzugsortes versichert sein, wenn wir durch irgendeine Not, sei es durch Feinde oder durch die Witterung, genötigt würden zu landen.

Sie ließen sich von der Zweckmäßigkeit meines Planes leicht überzeugen, und auch Kapitän Wilmot, den ich jetzt unsern Admiral nannte, trat ihm bei, obgleich er anfangs der Ansicht gewesen war, wir sollten an der Insel Mauritius anlegen und auf einige europäische Kauffahrteischiffe von der Reede von Koromandel oder der Bucht von Bengalen her warten. Es ist wahr, wir fühlten uns stark genug, um ein englisch-ostindisches Schiff erster Größe anzugreifen, obgleich man sagte, dass einige von ihnen fünfzig Kanonen führten, allein ich stellte ihm vor, dass es dabei unter allen Umständen Schläge und Blut genug setzen würde, und wenn wir es auch in unsere Gewalt bekämen, so wäre seine Ladung für uns nicht von so großem Wert, weil wir keinen Raum hätten, die Waren unterzubringen; bei unsern damaligen Verhältnissen würden wir besser tun, ein einziges nach dem Auslande bestimmtes Schiff mit seiner baren Kasse an Bord im Betrage von vielleicht vierzig- bis fünfzigtausend Pfund wegzunehmen, als drei für England bestimmte, wenn auch ihre Ladung in London dreimal so viel wert wäre, denn wir wüssten ja nicht, was wir mit den Waren anfangen sollten, während die Londoner Schiffe außer ihrem Geld eine

Menge Sachen bei sich führten, die wir recht gut gebrauchen könnten, wie ihre Vorräte an Lebensmitteln, Spirituosen und dergleichen Dinge, welche den Gouverneuren und Faktoreien der englischen Niederlassungen zugesandt würden. Wenn wir schon entschlossen wären, unser Augenmerk auf Schiffe unseres eigenen Landes zu richten, so sollten wir solche ausersehen, die von London herkämen, nicht aber solche, die auf der Rückfahrt dorthin begriffen wären.

Alle diese Gründe zusammen stimmten den Admiral vollkommen für meine Ansicht. Nachdem wir daher an unserm damaligen Aufenthaltsort, das heißt nahe am Kap Santa Maria auf der südwestlichen Ecke der Insel, Wasser und einige frische Mundvorräte eingenommen hatten, lichteten wir die Anker und steuerten südwärts, sodann südsüdöstlich um die Insel herum, und nach einer etwa sechstägigen Fahrt kamen wir aus dem Kielwasser der Insel und steuerten weiter gegen Norden und kreuzten nördlich nach der arabischen Küste hin. Wir hatten hier noch nicht über drei Tage gekreuzt, als wir ein Schiff erspähten und Jagd darauf machten; als wir aber in seine Nähe kamen, so fanden wir den elendsten Fang, den je ein Pirat gemacht hat, denn es enthielt nichts als ein paar arme halb nackte Türken, die nach Mekka zum Grabe ihres Propheten Mohammed wallfahrteten. Die Dschonke führte nichts, was der Mühe des Nehmens wert gewesen wäre, als ein bisschen Reis und ein bisschen Kaffee, worin der ganze Mundvorrat dieser armen Schelme bestand, wir ließen sie daher ziehen, denn wir wussten nicht, was wir mit ihnen machen sollten.

Noch an demselben Abend trieben wir eine andere zweimalige Dschonke auf, die etwas besser aussah als die Erste. Als wir an Bord kamen, fanden wir, dass die

Leute dieselbe Absicht hatten, doch etwas vornehmer waren als die andern, hier plünderten wir ein wenig, nahmen einigen türkischen Mundvorrat, etliche Diamanten aus den Ohrringen von fünf oder sechs Personen, einige feine persische Teppiche, worauf sie gewöhnlich lagen, und etwas Geld, dann ließen wir sie gleichfalls ziehen.

Wir verweilten hier noch elf Tage, ohne etwas anderes ausfindig zu machen als dann und wann ein Fischerboot. Am zwölften Tage unserer Kreuzfahrt erst spähten wir ein Schiff aus. Wir holten es ein und nahmen es ohne Kampf, obgleich es auch einige Kanonen an Bord hatte. Es war mit portugiesischen Matrosen bemannt, stand aber unter der Führung von fünf türkischen Kaufleuten, die es auf der malabarischen Küste von einigen portugiesischen Handelsleuten gemietet und mit Pfeffer, Salpeter und Spezereien befrachtet hatten, der Rest der Ladung bestand hauptsächlich aus Kattun und gewirkten Seidenstoffen, unter denen einige sehr kostbare waren.

Wir nahmen es, wussten aber nicht, was wir damit machen sollten, denn alle ihre Güter hatten wenig oder gar keinen Wert für uns. Nach einigen Tagen nahmen wir Gelegenheit, einem der türkischen Kaufleuten zu verstehen zu geben, wenn er das Schiff auslösen wollte, so würden wir uns mit einer Geldsumme abfinden und sie ziehen lassen. Er sagte mir, wenn ich einem von ihnen erlauben wollte nach dem Lande zu gehen, um das Geld zu holen, so würden sie es tun, worauf wir die Ladung auf dreißigtausend Dukaten anschlugen. Nach dieser Übereinkunft ließen wir ihn auf der Schaluppe nach Dofar in Arabien fahren, wo ein reicher Kaufmann das Geld für sie auslegte und selbst mit unserer Schaluppe kam. Nach der Zahlung der Summe ließen wir sie dann ehrlich und friedlich weiterziehen.

Einige Tage darauf nahmen wir eine arabische Dschonke, welche von dem Persischen Golf nach Mocha fahren wollte und einen großen Vorrat an Perlen an Bord hatte. Wir erleichterten sie um die Perlen, die, wie es schien, einigen Kaufleuten in Mocha gehörten, und ließen sie ziehen, denn es war hier sonst nichts aufzutreiben, was unsere Mühe belohnt hätte.

So kreuzten wir noch längere Zeit hin und her, bis wir merkten, dass unsere Vorräte auf die Neige gingen, worauf Kapitän Wilmot sagte, es sei Zeit an die Rückkehr nach dem Sammelplatze zu denken, die übrige Mannschaft sagte dasselbe, da sie ein wenig überdrüssig waren, sich länger als drei Monate herumwerfen zu lassen und wenig oder gar nichts aufzutreiben, was unsern großen Erwartungen entsprochen hätte. Ich aber verließ höchst ungern das Rote Meer mit so geringer Ausbeute und drang deshalb darauf noch ein wenig länger hier zu bleiben. Drei Tage darauf erfuhren wir zu unserm großen Leidwesen, dass wir durch die Aussetzung der türkischen Kaufleute in Dofar die ganze Küste bis zum Golf von Persien in Schrecken gesetzt hatten, sodass kein Fahrzeug mehr diesen Weg nehmen wollte, und somit von dieser Seite her nichts mehr zu erwarten war.

Diese Nachricht ärgerte mich sehr, und ich konnte nun nicht länger den ungestümen Wünschen meiner Mannschaft, nach Madagaskar zurückzukehren, widerstehen. Da indes die Winde fortwährend von Südsüdost her bliesen, so waren wir genötigt, nach der Küste Afrikas zu steuern, weil die Winde in der

Nähe des Landes mehr wechseln als auf der offenen See.

Hier überfielen wir eine Beute, an die wir nicht gedacht hatten, und die uns für alles Warten entschädigte, denn in derselben Stunde, da wir Land entdeckten, erspähten wir ein großes Schiff, das in südlicher Richtung am Ufer entlang segelte. Es war aus Bengalen und gehörte dem Lande des Großmoguls an, hatte aber einen holländischen Steuermann an Bord, dessen Name, wenn ich mich recht erinnere, Vandergeest war, und einige europäische Matrosen, darunter drei Engländer. Es war durchaus zu schwach, um uns Widerstand zu leisten. Die übrigen Matrosen waren Untertanen des Moguls, auch einige Malabaren waren darunter. Es waren auch fünf indische und einige armenische Kaufleute an Bord. Wie es schien, waren sie mit Spezereien, Seidenstoffen, Diamanten, Perlen, Kattunen, wie sie ihr Land erzeugt, nach Mocha gefahren und hatten jetzt nichts an Bord als Geld in spanischen Piastern, woran es uns, beiläufig gesagt, jetzt eben mangelte. Die drei englischen Matrosen zogen mit uns, und der holländische Steuermann würde es auch getan haben, allein die zwei armenischen Kaufleute baten uns, ihn nicht zu nehmen, denn er sei ihr Steuermann und der einzige von ihrer Mannschaft, der sich auf die Lenkung eines Schiffes verstünde. Auf ihre Bitten schlugen wir also seine Dienste aus, nahmen ihnen aber das Versprechen ab, ihn seine Geneigtheit mit uns zu gehen nicht entgelten zu lassen.

Wir bekamen auf diesem Schiffe gegen zweihunderttausend spanische Piaster, und wenn sie die Wahrheit sagten, so hatte ein Jude in Goa, welcher allein zweihunderttausend Piaster mit sich führte, beabsichtigt sich zu gleicher Zelt mit ihnen einzuschiffen, allein sein gutes Glück verhinderte es, er wurde in Mocha krank und konnte die Reise nicht antreten, wodurch er sein Geld rettete.

Bei diesem Fange war niemand bei mir als die Schaluppe, denn da Kapitän WilmotsSchiff leck war, so war er vor uns nach dem Sammelplatz abgesegelt und langte Mitte Dezember daselbst an. Da ihm indes der Hafen nicht behagte, so ließ er ein großes Kreuz auf dem Ufer zurück mit einer bleiernen Platte, worauf er schrieb, wir sollten ihm in die große Bucht von Mangahella nachfolgen, wo er einen sehr großen Hafen gefunden hätte, indes erfuhren wir hier etwas, das uns lange Zeit von ihm ferne hielt, wodurch sich der Admiral beleidigt fühlte. Wir stopften ihm übrigens den Mund mit seinem Anteil an den zweihunderttausend Piastern für sich und seine Mannschaft. Die Veranlassung, aus welcher wir ihm nicht so schnell nachsegelten, war nämlich folgende: Zwischen Mangahella und einem andern Punkt, dem sogenannten Kap St. Sebastian, hatte bei Nacht ein europäisches Schiff angelegt, und ich weiß nicht, war es die ungestüme Witterung oder der Mangel an einem tüchtigen Steuermann, kurz das Schiff strandete und konnte nicht weiter kommen. Wir lagen in der Bucht oder dem Hafen, den wir, wie oben gesagt, zu unserm Sammelplatz bestimmt hatten, und waren noch nicht an Land gewesen, hatten somit auch die Anweisungen noch nicht gesehen, die uns unser Admiral hinterlassen hatte.

Unser Freund William, von dem ich schon geraume Zeit nichts mehr gesagt habe, verspürte eines Tages große Lust ans Ufer zu gehen und bestürmte mich, ich möchte ihm zur Sicherheit einen kleinen Trupp mitgeben, er wolle das Land besehen. Ich war aus vielen Gründen dagegen, besonders aber sagte ich ihm, er wisse doch, dass die eingeborenen Wilden sehr heimtückischer Natur wären, deswegen wünschte ich, dass er bleibe, und hätte er weiter in mich gedrungen, so hätte ich es ihm, glaube ich, geradezu abgeschlagen.

Um mich indes zu überreden ihn gehen zu lassen, sagte er, er wolle mir den Grund erzählen, warum er so sehr in mich dringe. In der letzten Nacht habe er einen Traum gehabt, der einen so lebhaften Eindruck auf sein Gemüt ausgeübt hätte, dass er nicht habe ruhig sein können, bis er mir diesen Vorschlag gemacht; wenn ich es ihm nun abschlage, so glaube er, dass sein Traum bedeutungsvoll gewesen, wo nicht, so würde er doch über denselben ins klare kommen.

Es hatte ihm nämlich geträumt: es wäre mit dreißig Mann, darunter dem Befehlshaber der Schaluppe, auf die Insel gegangen und hätte dort eine Goldmine gefunden, welche sie alle zu reichen Männern machte. Dies wäre übrigens, sagte er, noch nicht die Hauptsache, sondern an demselben Morgen, wo er diesen Traum gehabt, wäre der Schaluppenführer gerade auf ihn zugekommen und hätte ihm gesagt, es hätte ihm geträumt: er wäre an der Insel Madagaskar an Land gegangen, dort wären einige Leute zu ihm gekommen und hätten gesagt, sie wollten ihm einen Platz zeigen, wo er einen Schatz finden würde, der sie alle reich machte.

Diese beiden Träume zusammen machten mich ein wenig stutzig, und obgleich ich niemals geneigt war, Träumen Aufmerksamkeit zu schenken, so ließ ich mich doch endlich durch Williams ungestüme Bitten bewegen, denn ich legte immer großes Gewicht auf sein Urteil. Ich gab ihm also die Erlaubnis zu gehen, befahl ihnen übrigens sich nicht weit von der Küste zu entfernen, damit wir, wenn sie vielleicht gegen das Ufer zurückgedrängt würden, sie sehen und sie mit den Booten holen könnten.

Sie gingen frühmorgens weg, einunddreißig Mann stark, sehr gut bewaffnet und lauter tapfere Burschen, sie wanderten den ganzen Tag und gaben uns in der Nacht durch ein Zeichen, nämlich durch ein großes Feuer, das sie nach Verabredung auf der Spitze eines Hügels anzündeten, zu erkennen, dass alles gut stünde.

Tags darauf zogen sie, wie sie versprochen hatten, den Hügel hinab nach der andern Seite, welche sich gegen die See hinneigt, und sahen vor sich ein sehr hübsches Tal mit einem Fluss in der Mitte, der groß genug schien, um kleine Schiffe zu tragen. Sie gingen auf den Fluss zu und wurden durch einen Flinten- schuss überrascht, der dem Schall nach aus der Nähe kommen musste. Sie lauschten lange, konnten aber nichts mehr hören und gingen daher nach dem Flusse, der eine sehr schöne frische Strömung hatte, aber sehr bald breiter wurde. Sie hielten sich an seinem Ufer, bis er sich auf einmal zu einer großen Bucht oder einem Hafen erweiterte, und sie sahen, was ihnen noch überraschender war, in der Mündung des Hafens oder der Bucht ganz deutlich das Wrack eines Schiffes.

Da eben die Flut eingetreten war, so ragte es nicht sehr über dem Wasser hervor, als sie aber weiter hinabkamen, entdeckten sie, wie es immer größer und größer wurde, und bald darauf, als die Ebbe eintrat, fanden sie es auf dem Sande liegen, es schien ihnen das Wrack eines größeren Schiffes zu sein, wie man in diesem Lande keines erwarten durfte.

Nach einiger Zeit hörte William, der sein Glas herausgezogen hatte, um es näher zu besehen, zu seiner großen Verwunderung einen Flintenschuss an ihm vorbei zischen, und unmittelbar darauf vernahm er den Knall eine Kanone und sah den Rauch von der andern Seite, worauf unsere Leute sogleich drei Flinten abfeuerten, um wo möglich zu erfahren, wer die Unbekannten wären. Auf den Knall der Schüsse rannten eine Menge Leute unter den Bäumen hervor ans Ufer hinab, und die Unsrigen konnten leicht merken, dass es Europäer waren, obschon sie nicht wussten, von welcher Nation. Gleichwohl hallooten unsere Leute, so laut sie konnten, ihnen zu, nahmen dann eine lange Stange, steckten sie auf und hingen ein weißes Hemd daran, als Flagge des Friedens. Die auf der andern Seite bemerkten es mithilfe ihrer Gläser ebenfalls, und bald darauf sahen unsere Leute ein Boot und zwar, wie sie meinten, vom Ufer her, aber es kam aus einer andern Bucht, und die Leute ruderten sogleich auf die Unsrigen zu, indem sie ebenfalls eine weiße Flagge als Friedenszeichen aufgesteckt hatten.

Es ist schwer, die Überraschung und Freude zu beschreiben, welche beide Teile empfanden, an einem so fernen Platze nicht bloß Weiße, sondern auch Engländer zu sehen, aber wie musste es ihnen erst sein, als sie einander erkannten und fanden, dass sie nicht nur Landsleute, sondern dass dies das Schiff war, welches Kapitän Wilmot, unser Admiral, befehligte, und dessen Gesellschaft wir im Sturm bei Tabago verloren hatten, nachdem wir Madagaskar als Sammelplatz bestimmt.

Sie hatten, wie es scheint, Nachricht von uns erhalten, als sie an den südlichen Teil der Insel gekommen, und waren bis an den Golf von Bengalen gestreift, wo sie den Kapitän Avery[2] getroffen hatten,

---

[2] Einer der bekanntesten Seeräuber jener Zeit, der in Madagascar einen Staat gründete, den zu annektieren Defoe in einer besonderen Schrift den Engländern rät.

mit welchem sie sich vereinigt, mehrere kostbare Beute gemacht und unter anderm sich eines Schiffes mit der Tochter des Großmoguls und einem unermesslichen Schatz an Gold und Juwelen bemächtigt hatten. Von da waren sie an die Küste von Koromandel gekommen, nachher an die von Malabar, in den Golf von Persien, wo sie ebenfalls einige Beute machten, und hatten ihre Richtung nach dem südlichen Teile von Madagaskar nehmen wollen, da die Winde aber scharf von Südost und Südsüdost bliesen, so waren sie an den Norden der Insel gekommen, sie waren nachher durch einen wütenden Sturm von Nordwest her getrennt und in die Mündung dieser Bucht getrieben worden, wo sie ihr Schiff verloren hatten. Sie sagten uns auch, sie hätten gehört, dass Kapitän Avery ebenfalls nicht weit davon sein Schiff verloren hätte.

Als wir auf diese Art einander unsere Schicksale mitgeteilt hatten, gingen die armen Leute hocherfreut zurück, um ihren Kameraden die fröhliche Nachricht zu überbringen, sie ließen einige von ihren Leuten bei uns, während der größte Teil umkehrte, und William war so begierig sie zu sehen, dass er und zwei andere mit ihnen zurückgingen, worauf er in das kleine Lager gelangte, wo sie sich aufhielten. Sie waren im Ganzen etwa hundertsechzig Mann stark und hatten ihre Kanonen sowie ihren Schießbedarf ans Land gebracht, jedoch einen großen Teil ihres Pulvern verloren. Dessen ungeachtet hatten sie eine hübsche Befestigung errichtet und zwölf Kanonen darin aufgepflanzt, die ihnen auf dieser Seite der See einen hinlänglichen Schutz gewähren konnte. Unmittelbar am Ende der Plattform hatten sie einen Stapel nebst einem kleinen Dock gemacht und waren alle sehr beschäftigt ein anderes kleines Fahrzeug zu bauen, um damit wieder in See zu stechen.

Als unsere Leute in ihre Hütten kamen, wurden sie wahrhaft überrascht durch den Reichtum, den sie dort antrafen, durch das viele Gold, Silber und die Menge Juwelen. Dies wäre jedoch, sagten sie, nur eine Kleinigkeit gegen das, was Kapitän Avery hatte, als er sie verließ.

Fünf Tage lang hatten wir auf unsere Leute gewartet und keine Nachricht von ihnen erhalten, ich hatte sie bereits verloren gegeben und war daher überrascht, nach der genannten Zeit ein Schiffsboot auf uns zusteuern zu sehen. Ich wusste nicht, was ich davon denken sollte, war aber schon beruhigter, als unsere Leute mir sagten, sie hörten sie hallooen und sähen auch, wie sie ihre Hüte gegen uns schwenkten.

In kürzer Zeit waren sie vollends bei uns, und ich sah Freund William im Boote stehen und Zeichen machen. So kamen sie an Bord; als ich aber nur fünfzehn von unsern einunddreißig Mann darin erblickte, fragte ich, was aus ihren Kameraden geworden sei. O, sagte William, sie sind ganz wohl, mein Traum ist vollkommen in Erfüllung gegangen und der des Schaluppenführers auch.

Wir waren nun im Besitze von zwei Schiffen und einer Schaluppe, worin wir dreihundertzwanzig Mann hatten, die indes zu einer gehörigen Bemannung durchaus nicht ausreichend waren, das große portugiesische Schiff erforderte allein beinahe vierhundert Mann, um vollständig gerüstet zu sein. Was unsere verlorenen aber wiedergefundenen Kameraden betraf, so bestand seine vollständige Mannschaft etwa aus hundertachtzig Mann, und der Kapitän Avery hatte gegen dreihundert Mann bei sich, worunter zehn Zimmerleute, die größtenteils an Bord des erbeuteten Schiffes gefunden worden waren. Da Avery ohne Schiff war, so kamen wir alle dahin überein, unsere eigenen Leute auf das portugiesische Kriegsschiff und die Schaluppe zu bringen und dem Kapitän Avery die spanische Fregatte samt allem Takelwerk und den Gerätschaften, den Kanonen und dem Schießbedarf für seine Mannschaft zu überlassen, wofür er uns, da er Gold im vollauf hatte, vierzigtausend spanische Piaster bezahlte.

Jetzt war die erste Frage, welche Richtung wir einschlagen sollten. Kapitän Avery machte den Vorschlag, wir sollten uns hier niederlassen und eine kleine Stadt mit guten Festungswerken zu unserer Verteidigung bauen. Da wir ja Reichtümer genug besäßen und diese nach Belieben noch vermehren könnten, so sollten wir uns begnügen, hier ein zurückgezogenes Leben zu führen und der Welt Trotz zu bieten. Ich überzeugte ihn aber bald, dass dieser Platz uns keine Sicherheit bieten könnte, im Falle wir unser Geschäft hier fortsetzen wollten; denn alle Nationen von Europa und gewiss auch dieses Weltteils würden sich dann zu unserer Vernichtung vereinigen. Wenn wir uns indes entschließen wollten hier ein zurückgezogenes Leben zu führen, in Frieden das Land zu bebauen und unser Seeräuberhandwerk aufzugeben, so könnten wir allerdings Pflanzungen gründen und uns niederlassen, wo wir wollten, dann aber, sagte ich ihm, würde es das Beste sein, mit den Eingeborenen zu unterhandeln und ihnen einen Strich Landes weiter im Innern der Insel an einem schiffbaren Strom abzukaufen, wo zwar nach Belieben Boote auf- und abwärts gehen könnten, aber keine Schiffe, die uns Gefahr bringen könnten. Wenn wir dann den Boden anpflanzten und Viehzucht trieben, zumal das Land von Kühen und Ziegen wimmele, so könnten wir hier wahrhaftig so gut leben, als irgendjemand in der Welt. Ich gab zu, dass ich dies für einen guten Rückzugsort für diejenigen hielte, welche Lust hatten das Geschäft aufzugeben, und es nicht wagten nach Hause zu gehen, um sich hängen zu lassen, oder sich wenigstens dieser Gefahr auszusetzen.

Als wir einige Zeit hier lagen, fand ich bei unsern Leuten eine gewaltige Meinungsverschiedenheit: die einen wollten diesen, die andern jenen Weg einschlagen, bis ich es zuletzt vorauszusehen begann, dass sich die Gesellschaft auflösen würde, und wir vielleicht nicht Leute genug beisammen behalten möchten, um das große Schiff zu bemannen. Ich nahm daher den Kapitän Wilmot beiseite und fing an mit ihm darüber zu sprechen, merkte aber bald, dass er für seine Person Lust hatte in Madagaskar zu bleiben, und dass er, da ihm als Anteil an der Beute bedeutende Reichtümer zugefallen waren, geheime Absichten hegte, auf die eine oder die andere Art wieder in seine Heimat zu gelangen.

Ich überzeugte ihn von der Unausführbarkeit dieses Wunsches und von der Gefahr, in die er sich begeben würde, entweder auf dem Roten Meere in die Hände von Räubern zu fallen, welche in keinem Falle Schätze wie die Seinigen unangetastet lassen würden, oder in die Gewalt der Engländer, Holländer oder Franzosen zu geraten, die ihn ganz gewiss als Seeräuber hängen würden. Ich erzählte ihm von der Reise, welche ich selbst von dieser Gegend aus nach dem Festlande von Afrika gemacht hatte, und von den Gefahren und Mühseligkeiten einer Fußwanderung.

Aber nichts vermochte ihn zu überzeugen, sondern er wollte durchaus mit der Schaluppe in das Rote Meer stechen, dort, wo einst die Kinder Israels trockenen Fußes hinübergegangen waren, landen und sodann zu Lande nach Kairo reisen, von da würde er sich über Alexandrien nach irgendeinem Teile der Welt einschiffen.

Ich stellte ihm die Gefahr und die wirkliche Unmöglichkeit vor unangegriffen durchzukommen, ich setzte ihm meine Gründe hierfür so gründlich und mit solchem Erfolg auseinander, dass keiner von seinen Leuten mit ihm gehen wollte. Sie sagten ihm, sie wollten ihn sonst überallhin begleiten und ihm dienen, dies aber hieße ihn selbst und sie in ein gewisses Verderben stürzen, ohne irgendeine Möglichkeit es zu vermeiden oder eine Wahrscheinlichkeit seinen Zweck zu erreichen. Der Kapitän nahm das, was ich ihm sagte, sehr übel auf und erklärte, er werde es mir gedenken. Er ließ trotzige Piratenäußerungen gegen mich fallen, ich erwiderte ihm aber nur soviel, dass ich ihm zu seinem Besten geraten hätte, aber wenn er es nicht so aufnähme, so sei das sein eigener Fehler, nicht der Meinige, ich hätte ihm ja nicht verboten zu gehen, und auch niemanden von seinen Leuten abwendig gemacht mit ihm zu gehen, obgleich dieser Weg sie in das offensichtliche Verderben führen würde. Warme Köpfe sind jedoch nicht so leicht abgekühlt. Der Kapitän war so erbost, dass er unsere Gesellschaft verließ, mit dem größten Teile seiner Mannschaft zu Kapitän Avery überging und mit seinen Leuten abrechnete, wobei er alle Schätze mit sich nahm, was beiläufig gesagt, nicht ganz schön von ihm war, da wir miteinander verabredet hatten, all unsern Erwerb zu teilen, ob nun der eine mehr oder weniger hätte, ob er die Beute gemacht hätte oder nicht. Unsere Leute murrten ein wenig darüber, aber ich beschwichtigte sie so gut ich konnte und sagte ihnen, es würde uns ein leichtes sein ebenso viel zu bekommen, wenn wir nur die rechten Gelegenheiten wahrnähmen; Kapitän Wilmot habe uns hier ein recht gutes Beispiel gegeben, denn nach derselben

Regel sei die Verbindlichkeit, jeden weiteren Gewinn mit ihm zu teilen, zu Ende. Ich ergriff diese Gelegenheit, ihnen von meinen weiteren Plänen etwas mitzuteilen, welche dahin gingen, den östlichen Teil des Meeres zu durchstreifen und zu sehen, ob wir uns nicht ebenso reich machen könnten wie Avery, der allerdings eine ungeheure Summe zusammengebracht hatte, jedoch nicht die Hälfte von dem, als man in Europa sagte.

Unsere Leute waren so wohl zufrieden, dass sie mir bis auf den letzten Mann versicherten, sie würden mit mir durch die ganze Welt gehen, wohin ich sie auch führen würde, und was Kapitän Wilmot beträfe, so wollten sie nichts mehr mit ihm zu tun haben. Dies kam ihm zu Ohren und versetzte ihn in so große Wut, dass er drohte, wenn ich an Land käme, würde er mir die Kehle abschneiden.

Ich erfuhr dies unter der Hand, nahm aber durchaus keine Notiz davon, sondern war darauf bedacht, ihm nicht ungerüstet in den Wurf zu kommen, und ging selten ohne genügende Begleitung aus. Dennoch trafen Kapitän Wilmot und ich zuletzt zusammen und sprachen sehr ernsthaft über die Sache, ich bot ihm die Schaluppe an, damit er gehen könne, wohin er wolle, oder wenn er damit nicht zufrieden wäre, so machte ich mich anheischig, selbst die Schaluppe zu übernehmen und ihm das große Schiff zu überlassen. Allein er lehnte beides ab und wünschte nur, ich möchte ihm sechs Zimmerleute abtreten, deren ich auf unserm Schiff mehr hatte als ich bedurfte, um seinen Leuten die Schaluppe vollenden zu helfen, welche die Mannschaft, die ihr Schiff verloren hatte, begonnen hatte, ehe wir hierher kamen. Ich willigte gern ein und lieh ihm noch mehr Hände, die ihm so von Nutzen waren, dass sie in kurzer Zeit eine starke

Brigantine erbaut hatten, welche imstande war vierzehn Kanonen und zweihundert Mann zu fassen.

Welche Maßregeln sie hierauf ergriffen, und wie sich Kapitän Avery nachmals benahm, dies zu erzählen würde zu weit führen, auch würde es nicht in meinen Plan passen, da ich bloß meine eigene Geschichte zu erzählen gedachte.

Wir lagen wegen dieser verschiedenen einfältigen Misshelligkeiten beinahe fünf Monate fest, worauf ich gegen Ende März mit dem großen Schiffe unter Segel ging, welches vierundzwanzig Kanonen und vierhundert Mann fasste, sowie mit der Schaluppe, die achtzig Mann zählte. Wir hielten uns mehr an der afrikanischen Küste, wo wir wechselnden Wind hatten, bis wir den Äquator passierten. Von da segelten wir nach den Malediven, einer berühmten, allen Seefahrern, welche in diese Weltgegend kommen, wohl bekannten Inselgruppe, und umschifften die Insel Ceylon. Hier lagen wir eine Weile, um auf Beute zu lauern, wir erblickten dort drei große englisch-ostindische Schiffe, welche von Bengalen aus sich auf dem Heimwege nach England befanden oder vielmehr nach Bombay und Surate begriffen waren, wo sie zuvor noch Geschäfte abzumachen hatten.

Wir näherten uns, hissten eine große englische Flagge samt dem Wimpel auf und legten vor ihnen bei, als beabsichtigten wir sie anzugreifen. Sie wussten geraume Zeit nicht, was sie von uns denken sollten, obgleich sie unsere Farben sahen, und ich glaube, dass sie uns im Anfange für Franzosen hielten, als sie aber näher kamen, gaben wir ihnen bald zu erkennen, wer wir waren, denn wir ließen an der Spitze unserer Hauptmarsstange eine schwarze Fahne mit zwei gekreuzten Dolchen wehen, woraus sie sehen konnten, was sie von uns zu erwarten hätten.

Wir entdeckten bald die Wirkung hiervon, denn sie breiteten ihre Flaggen aus und segelten in gerader Linie auf uns zu, als ob sie uns bekämpfen wollten, wobei sie den Wind vom Lande her hatten, der sie uns stark entgegentrieb. Als sie aber sahen, wie stark wir waren, und als sie an uns Kreuzfahrer ganz anderer Art fanden, so machten sie sich mit vollen Segeln wieder auf den Weg. Wären sie herangekommen, so würden wir ihnen einen unerwarteten Willkommensgruß gegeben haben, aber so wie die Sache jetzt stand, hatten wir keine Lust sie zu verfolgen und ließen sie daher aus den Gründen, die ich schon früher erwähnte, weiter ziehen.

Aber wenn wir diese auch gehen ließen, so lag es doch nicht in unserm Plan, andere ebenso leichten Kaufs davonkommen zu lassen. Gleich am nächsten Morgen sahen wir ein Schiff, das um das Kap Komorin herumfuhr und in derselben Richtung mit uns steuerte. Wir wussten anfänglich nicht, was wir aus ihm machen sollten, weil es das Ufer auf der linken Seite hatte und, wenn wir förmlich Jagd darauf machen wollten, leicht zu irgendeinem Hafen oder einer Bucht einlaufen und uns entwischen konnte. Um nun dies zu verhindern, entsandten wir die Schaluppe, die sich zwischen das Schiff und das Land stellen sollte. Sobald das Schiff dies merkte, machte es sich immer näher ans Land, und als die Schaluppe ihm entgegenfuhr, segelte es mit der größtmöglichen Eile gerade auf das Ufer zu. Die Schaluppe rückte indes immer näher, griff es an und fand, dass es ein Fahrzeug von zehn Kanonen war, von Portugiesen erbaut, aber in den Händen holländischer Handelsleute und mit Holländern bemannt, die von dem persischen Meerbusen nach Batavia entsandt worden waren, um Spezereien und andere Güter von dort zu holen. Die Mannschaft der Schaluppe nahm es und hatte es bereits durchsucht, noch ehe wir dazu kamen. Es führte einige europäische Waren mit sich, dazu eine gute Summe Geldes und etliche Perlen, sodass, obgleich wir nicht der Perlen wegen in den Golf gingen, die Perlen aus dem Golf zu uns kamen, und wir einen hübschen Schatz hoben. Es war dies ein reiches Schiff, und die Waren hatten, abgesehen von dem Geld und den Perlen, einen sehr bedeutenden Wert.

Wir hielten eine lange Beratung, was wir mit der Mannschaft anfangen sollten, denn wenn wir ihr das Schiff zurückgegeben und erlaubt hätten, ihre Fahrt nach Java fortzusetzen, so würden sie die dortige holländische Faktorei, welche bei Weitem die stärkste in Indien ist, aufgeschreckt und es uns unmöglich gemacht haben diesen Weg zu nehmen. Wir beabsichtigten nämlich, diesen Teil der Welt auf unserer Fahrt zu besuchen, waren aber nicht willens, an der großen Bucht von Bengalen nur vorbeizugehen, wo wir vielmehr einen schönen Fang zu machen hofften, und deshalb wäre es uns höchst ungelegen gewesen, wenn man uns den Weg dahin versperrt hätte. Wir mussten durch die Meerenge von Malaga oder von Sunda, und diese beiden Wege konnten uns sehr leicht abgeschnitten werden.

Während wir uns in der großen Kajüte hierüber berieten, besprach unsere Mannschaft dieselbe Sache vor dem Mast, und die Mehrzahl war, wie es schien, dafür die armen Holländer unter die Heringe einzupökeln, das heißt, sie alle miteinander in die See zu werfen. Der arme Quäker William geriet darüber in große Not, kam auf mich zu, und sagte zu mir: Höre einmal, was willst du mit diesen Holländern anfangen, die du an Bord hast?

Ich weiß kein anderes Mittel als sie über Bord zu setzen, sagte ich ihm, du weißt, ein Holländer schwimmt wie ein Fisch, und alle unsere Leute hier sind derselben Meinung.

Ich war zwar entschlossen dies nicht geschehen zu lassen, wollte aber doch hören, was William dazu sagen würde.

Gibt es denn keinen andern Ausweg, fragte er, als sie zu ermorden? Ich bin überzeugt, das kann nicht dein Ernst sein.

Nein, in der Tat nicht, William, sagte ich, es ist nicht mein Ernst, aber soviel bleibt gewiss, sie dürfen nicht nach Java kommen und ebenso wenig nach Ceylon.

Während William und ich so sprachen, wurden die armen Holländer von der ganzen Schiffsmannschaft zum Tode verurteilt, und die Leute wurden darüber so hitzig, dass sie einen gewaltigen Lärm erhoben, ja sie als hörten, dass William dagegen wäre, schworen einige von ihnen, die Holländer müssten dennoch sterben, und wenn William es nicht zugeben wolle, so würde man ihn mitsamt jenen in die See werfen.

Ich fand, dass es an der Zeit sei, meine Macht zu zeigen, bevor sich ihre Blutgier tätlich äußerte. Ich rief daher die Holländer zu mir und sprach ein wenig mit ihnen. Zuerst fragte ich sie, ob sie geneigt wären mit uns zu ziehen. Zwei von ihnen sagten ja, die übrigen vierzehn lehnten ab. Nun gut, sagte ich, wohin wollt ihr sonst?

Sie wünschten nach Ceylon zu gehen. Ich sagte ihnen, ich könnte nicht zugeben, dass sie in eine holländische Faktorei gelangten, und setzte ihnen ganz offen meine Gründe auseinander, deren Triftigkeit sie auch nicht bestreiten konnten. Ich ließ sie auch die grausamen blutigen Pläne unserer Mannschaft wissen, bemerkte aber, dass ich entschlossen sei sie womöglich zu retten, und daher sagte ich ihnen, ich wollte sie in irgendeiner englischen Faktorei in Bengalen ans Land setzen oder einem englischen Schiffe mitgeben, dem ich begegnen würde, aber erst, nachdem ich die Meerenge von Sunda oder Malaga passiert hätte, denn ich würde mir sonst bei meiner Wiederkehr hierher die ganze holländische Macht von Batavia auf den Hals hetzen, ich könnte also durchaus nicht wünschen, dass die Nachricht von dem ge-schehenen vor mir dorthin gelangte, weil sonst alle ihre Handelsschiffe uns aus dem Wege gehen würden.

Es kam nun zunächst in Betracht, was wir mit dem Schiffe anfangen sollten. Hierüber bedurfte es jedoch keiner langen Beratung, denn es war nur zweierlei möglich: entweder man verbrannte es oder man ließ es auf den Strand laufen, wir wählten das Letztere. Wir banden also das Focksegel mit einer Leine an den Katzenkopf, befestigten das Ruder ein wenig an den Steuerbord, damit es dem Hauptsegel entsprach, und ließen es, ohne dass ein Hund oder eine Katze darin gewesen wäre, laufen. Es stand nicht länger als zwei Stunden an, so sahen wir es gerade an der Küste, ein wenig unter dem Kap Komorin, auf den Strand laufen, worauf wir Ceylon umschifften und auf die Küste von Koromandel lossegelten.

In der Bucht selbst stießen wir auf eine große Dschonke, welche zum Hofe des Moguls gehörte, mit sehr vielen Leuten darauf, die wir für Reisende hielten. Wie es schien, wollten sie in den Ganges fahren und kamen von Sumatra. Das war ein Fang, um welchen man sich wohl einige Mühe geben konnte, denn wir bekamen hier außer anderen Waren, womit wir uns nicht einmal befassen mochten, und worunter namentlich Pfeffer war, so viel Gold, dass es beinahe unserer Kreuzfahrt ein Ende bereitet hätte, denn fast alle meine Leute sagten, wir wären nun reich genug und wollten wieder nach Madagaskar zurückkehren, allein ich führte noch andere Dinge im Schilde, und als ich mit ihnen sprach und Freund William ebenfalls, so setzten wir ihnen solche goldenen Hoffnungen in den Kopf, dass sie sich bald weiter dazu verstanden mit uns zu ziehen.

Wir steuerten nach Nordnordost und kamen in das Große oder Stille Meer oder die Südsee, wo man sagen kann, dass sie sich mit dem Indischen Ozean vereinige.

Als wir unter vollem nördlichen Kurse in diese Meere kamen, erreichten wir die größte der philippinischen Inseln, wo unser Geschäft seinen Anfang nahm, denn in einiger Entfernung von Manila nahmen wir drei japanische Schiffe weg. Zwei von ihnen hatten ihren Markt gemacht und segelten mit Muskatnüssen, Gewürznelken, Zimt und allen möglichen europäischen Waren, welche die spanischen Schiffe von Acapulco gebracht hatten, heimwärts. Sie hatten zusammen achtunddreißig Tonnen Gewürznelken, fünf oder sechs Tonnen Muskatnüsse und ebenso viel Zimt. Wir nahmen die Spezereien weg, befassten uns aber wenig mit den europäischen Gütern, da wir sie unserer Beachtung nicht für wert hielten. Aber bald darauf bereuten wir es sehr und wurden für künftige Fälle klüger.

Das dritte japanische Schiff war unser bester Fang, denn es führte Geld und eine große Menge ungeprägten Goldes an Bord, um solche obenerwähnten Waren einzukaufen. Wir machten es um sein Geld leichter, taten ihm aber sonst kein Leid an; und da wir nicht im Sinne hatten uns lange hier aufzuhalten, so segelten wir in der Richtung nach China weiter.

Ich beabsichtigte nach der Insel Formosa zu fahren, wo ich Gelegenheit finden könnte, unsere Spezereien und europäischen Waren in bares Geld zu verwandeln, und dann wollte ich nach Süden umwenden, da die nördlichen Passatwinde sich um diese Zeit wieder einstellen. Sie billigten alle meinen Plan und fuhren bereitwillig weiter, denn abgesehen von den Winden, welche uns vor dem Oktober nicht gestatteten nach dem Süden zu gehen, hatten wir jetzt ein sehr schweres Schiff, welches gegen zweihundert Tonnen Waren, worunter einige sehr wertvolle waren, an Bord führte. Die Schaluppe war ebenfalls ziemlich stark beladen. Wir zogen nun vergnügt weiter und kamen an die Küste von China. Hier befanden wir uns ein wenig in Verlegenheit, denn die englischen Faktoreien waren nicht weit, und wenn wir mit ihnen in Berührung kamen, so konnten wir leicht genötigt werden mit einigen ihrer Schiffe zu kämpfen, was wir, ob wir uns gleich stark genug dazu fühlten, aus mehreren Gründen nicht wünschten, besonders aber, weil es durchaus nicht für unsern Zweck passte, bekannt werden zu lassen, wer wir wären, oder dass man überhaupt Leute unseres Schlages an der Küste gesehen hätte. Gleichwohl waren wir genötigt, uns gegen Norden zu halten und so gut die offene See zu behaupten, als es bei der Nähe der Küste von China möglich war. Wir waren noch nicht lange gefahren, als wir eine kleine chinesische Dschonke auftrieben. Diese nahmen wir weg und fanden, dass sie nach der Insel Formosa bestimmt war, aber außer einigem Reis und einem kleinen Quantum Tee keine Waren an Bord hatte. Dagegen befanden sich drei chinesische Kaufleute darauf, und diese sagten uns, sie führen einem großen Schiffe ihres Landes entgegen, welches, von Tonking zurückgekommen, in einem Flusse auf der Insel Formosa läge. Sie wären im Begriffe mit

Seidenstoffen, Musselin, Kattunen und sonstigen chinesischen Erzeugnissen und einigem Gold nach den Philippinen zu segeln und hätten den Auftrag, die Ladung daselbst zu verkaufen und dagegen Spezereien und europäische Güter einzuhandeln.

Dies passte sehr gut in unsern Plan, zumal da wir entschlossen waren, das Seeräuberhandwerk aufzugeben und Kaufleute zu werden. Wir teilten ihnen daher mit, welche Waren wir an Bord hätten, und dass wir, wenn sie die Ladung, welche sie umzusetzen wünschten, oder ihre Kaufleute auf unser Schiff brächten, Geschäfte mit ihnen machen wollten. Sie erklärten sich nicht abgeneigt mit uns zu handeln, obgleich sie äußerst eingeschüchtert und misstrauisch waren, was ihnen auch nicht übel zu nehmen war, denn wir hatten sie ja bereits ausgeplündert. Auf der andern Seite waren wir ebenso misstrauisch wie sie und höchst unschlüssig, was wir tun sollten, aber William der Quäker brachte eine Art Tauschhandel zustande. Er kam zu mir und sagte, er glaube, dass die Kaufleute wie ehrliche Menschen aussähen, welche es redlich meinten, und außerdem, fügte er hinzu, ist es ihr eigener Vorteil jetzt ehrlich zu sein, denn da sie wissen, auf welche Weise wir zu den Waren gekommen sind, die wir an sie vertauschen wollen, so wissen sie auch, dass sie auf schöne Prozente rechnen dürften. Überdies erspare es ihnen die ganze Reise, denn da die südlichen Passatwinde noch immer andauerten, so könnten sie, wenn sie mit uns gehandelt hätten, mit ihrer Fracht sogleich nach China zurückkehren.

Wir erfuhren zwar nachher, dass sie nach Japan gehen wollten, aber dies war ganz gleich, denn auf diese Art ersparten sie sich eine Reise von wenigstens acht Monaten.

Aus diesen Gründen nun, meinte William, dürften wir ihnen wohl trauen, denn, ich will mich ebenso gern einem Manne anvertrauen, den sein Vorteil zur Ehrlichkeit gegen mich verbindet, als einem Manne, den seine Grundsätze dazu verpflichten.

Übrigens schlug William vor, wir sollten zwei von den Kaufleuten als Geiseln an Bord behalten, einen Teil unserer Waren auf ihr Fahrzeug laden und den Dritten mit denselben in den Hafen gehen lassen, wo ihr Schiff lag. Wenn er dann die Spezereien abgesetzt hätte, so sollte er solche Dinge, über deren Austausch man sich geeinigt hätte, dagegen zurückbringen. Dies wurde beschlossen, und William wagte es mit den Chinesen zu gehen – ein Unterfangen, zu dem ich selbst nicht den Mut gehabt hätte, auch wollte ich es ihm ausreden, allein er blieb fest bei seinem Satze: es sei ihr eigenes Interesse ihn redlich zu behandeln.

Mittlerweile ankerten wir an einer kleinen Insel und begannen für unsern Freund William schon besorgt zu werden, denn sie hatten versprochen, in vier Tagen zurückzukommen.

Endlich sahen wir nach Ablauf dieser Zeit drei Schiffe auf uns zukommen. Anfangs waren wir sehr überrascht, da wir nicht wussten, was sie im Schilde führten, und fingen bereits an uns in den Verteidigungszustand zu setzen; als sie aber näher kamen, waren wir bald beruhigt, denn auf dem ersten Schiffe, worauf William fuhr, wehte eine Friedensflagge. In wenigen Stunden ankerten sie, und William kam auf einem kleinen Boote zu uns in Begleitung des chinesischen Kaufmanns und zweier anderer Kaufleute, welche eine Art Unterhändler für die übrigen zu sein schienen.

Er erzählte uns nun, wie höflich man ihm begegnet wäre, wie sie ihn mit aller erdenklichen Freundschaft und Offenheit behandelt und ihm nicht nur den Wert seiner Spezereien und übrigen Waren ausbezahlt, sondern auch das Schiff wieder mit solchen Waren beladen hätten, die wir, wie er wisse, einzutauschen wünschten. Nachher hätten sie sich entschlossen, mit dem großen Schiffe den Hafen zu verlassen und bei uns anzulegen, sodass wir mit ihnen Geschäfte machen könnten, welche wir wollten. Er habe ihnen übrigens, fügte William hinzu, in unserm Namen versprochen, dass wir keine Gewalt gegen sie gebrauchen und keines ihrer Schiffe zurückbehalten würden, wenn wir unsere Geschäfte mit ihnen abgeschlossen hätten. Ich erwiderte ihm hierauf, wir wollten uns bemühen, sie an Höflichkeit zu überbieten und die von ihm eingegangenen Verbindlichkeiten aufs Strengste zu erfüllen. Zum Beweise dafür ließ ich nun sogleich ebenfalls eine weiße Flagge auf dem Hinterteile unseres großen Schiffes aufpflanzen, welches das verabredete Signal war. Das dritte Fahrzeug, das mit ihnen kam, war eine Art Barke, wie sie in diesen Gegenden gebräuchlich sind. Sie war auf die Nachricht von unsern Handelsabsichten gekommen, um mit uns Geschäfte zu machen, sie enthielt eine Menge Gold und einige Vorräte an Lebensmitteln, die uns sehr erwünscht kamen.

Kurz, wir handelten mit diesen Leuten auf der offenen See und boten wirklich einen sehr guten Markt, indem wir ihnen auch die Diebsprozente bewilligten. Wir verkauften hier mehr als sechzig Tonnen Spezereien, hauptsächlich Gewürznelken und Muskatnüsse, und über zweihundert Ballen europäischer Waren, wie Leinwand und Wollsachen. Da indes eine Zeit kommen konnte, wo wir selbst solche Artikel benötigen würden, so behielten wir eine gute Menge englischer Stoffe, Tücher usw. für uns zurück. Doch um mich kurz zu fassen, es genügt zu bemerken, dass sich die Summe, die wir in diesem glänzenden Geschäft erhielten, auf mehr als fünfzigtausend Unzen guten Gewichts belief.

Als wir unsern Tauschhandel beendigt hatten, gaben wir die Geiseln zurück und schenkten den drei Kaufleuten zur Entschädigung für das, was wir ihnen genommen, etwa zwölf Zentner Muskatnüsse und ebenso viel Gewürznelken nebst einem hübschen Geschenk an europäischer Leinwand und anderem Zeug, sodass sie äußerst vergnügt von uns Abschied nahmen. Jetzt erzählte mir William, er habe an Bord des japanischen Schiffes einen japanesischen Priester getroffen, der einige englische Worte mit ihm gesprochen und auf seine Fragen, wo er diese Worte gelernt, ihm die Antwort gegeben habe, es seien in seinem Lande dreizehn Engländer, es könne über ihre Abkunft kein Irrtum sein, da sie sich gegen ihn selbst als Angehörige dieses Landes ausgegeben hätten. Dem Berichte des Priesters zufolge wären sie die einzigen Überreste von zweiunddreißig Mann, welche sich, nachdem ihr Schiff in einer Sturmnacht auf einem großen Felsen gestrandet sei, auf der nördlichen Seite von Japan ans Land gerettet hätten, die übrigen wären alle ertrunken. Man habe sie sehr freundlich aufgenommen, Häuser für sie gebaut, ihnen Land gegeben, damit sie es bepflanzten, und jetzt lebten sie unter ihnen.

Er sagte, er gehe häufig zu ihnen, um sie zu überreden, den Gott der Japaner anzubeten, vermutlich einen Götzen, den sie selbst gemacht, was sie aber undankbar verweigerten.

Ich fragte William, warum er sich nicht erkundigt hätte, woher sie gekommen wären. Ich tat es, entgegnete er, denn wie konnte ich es anders als höchst auffallend finden, ihn von Engländern auf der nördlichen Seite von Japan sprechen zu hören?

Gut, sagte ich, und welche Auskunft gab er dir darüber?

Eine Antwort, versetzte William, welche dich und alle Welt nach dir, die es zu hören bekommt, in Erstaunen setzen wird und mich zu dem Wunsche veranlasst, du möchtest nach Japan segeln und sie aufsuchen. Hier, sagte er weiter, indem er ein kleines Buch herauszog, worin auf einem Stückchen Papier von englischer Hand deutliche englische Worte geschrieben standen, hier, ich habe es so bekommen: »Wir kamen von Grönland und vom Nordpol«.

Dies setzte uns wirklich alle in das höchste Erstaunen und besonders diejenigen von unsern Matrosen, welche von den endlosen Versuchen wussten, die von Europa aus, sowohl von Engländern als von Holländern, gemacht worden sind, um eine Straße von dort aus in jene Weltgegend zu entdecken. Da nun William ernstlich darauf drang die Nordküste zu besuchen, um diese armen Leute zu befreien, so gelang es ihm auch die Schiffsmannschaft für seinen Plan zu gewinnen, und wir fassten einstimmig den Beschluss, in Formosa ans Land zu gehen, um diesen Priester aufzusuchen und über die weiteren Umstände Nachrichten einzuziehen. Daraufhin segelte die Schaluppe sogleich fort, aber als sie dahin kam, waren die Schiffe schon wieder abgefahren. Dies machte unsern Nachforschungen ein Ende und brachte die Menschheit vielleicht um eine der größten Entdeckungen, welche jemals in der Welt zum Besten des ganzen Menschengeschlechts gemacht worden sind oder noch gemacht werden können.

William war so verdrießlich über die Vereitelung dieses Planes, dass er ernstlich in uns drang, nach

Japan zu segeln, um diese Leute ausfindig zu machen. Er sagte uns, wenn es sich auch um weiter nichts handelte als dreizehn arme ehrliche Teufel aus einer Gefangenschaft zu befreien, aus der sie sonst keine Erlösung zu erwarten hätten, und wo sie vielleicht früher oder später von den barbarischen Einwohnern im Interesse ihres Götzendienstes ermordet würden, so wäre dies schon eine lohnende Mühe, und wir könnten dadurch einigermaßen das Unheil wieder gut machen, das wir in der Welt angerichtet hätten. Allein wir, denen unsere Missetaten durchaus nicht schwer auf dem Herzen lasteten, ließen es uns noch weniger einfallen, zur Sühnung derselben etwas Gutes tun zu wollen, und er fand, dass Redensarten dieser Art bei uns sehr wenig fruchteten. Sodann drang er aufs Ernstlichste in uns, wir möchten ihm die Schaluppe überlassen, damit er selbst hinfahren könne, worauf ich ihm erklärte, dass ich ihm nicht im Wege sein wolle; als er aber auf die Schaluppe zu sprechen kam, wollte niemand von der Mannschaft mit ihm gehen. Dies war auch ganz natürlich, sie hatten ihren Anteil an den Gütern auf dem großen Schiffe sowohl als an denen in der Schaluppe, und der Wert derselben war so groß, dass sie unter keinen Umständen das Schiff verlassen wollten, und so sah sich denn der arme William zu seinem großen Schmerze genötigt seinen Plan aufzugeben.

Wir waren jetzt am Ende unserer Kreuzfahrten und hatten so bedeutende Schätze erobert, dass selbst das habgierigste, unersättlichste Gemüt von der Welt sich damit zufriedengeben konnte, wie denn auch unsere Leute erklärten, dass sie jetzt nichts weiter wünschten. Wir hatten daher für nichts mehr zu sorgen, als den Rückzug anzutreten und zwar eine solche Richtung zu nehmen, dass von den Holländern in der Meerenge von Sunda kein Angriff zu besorgen stand.

Wir nahmen unsere Richtung nach Süden, jedoch dabei etwas westlich, bis wir den südlichen Wendekreis passierten, wo wir die Winde wechselnd fanden, und nun segelten wir geradezu gen Westen und fuhren so gegen zwanzig Tage fort, bis wir gerade vor uns und auf der Backbordseite Land entdeckten. Wir steuerten auf das Ufer los, da wir im Sinne hatten, jetzt alle Gelegenheiten zu ergreifen, um uns mit frischen Mundvorräten und Wasser zu versehen, denn wir wussten, dass wir jetzt in den unermesslichen unbekannten Indischen Ozean gerieten.

Wir fanden hier eine gute Reede und einige Leute am Ufer, als wir aber landeten, flohen sie ins Innere und wollten durchaus nicht in Verkehr mit uns treten oder uns näher kommen, sondern schossen bloß mehrmals nach uns mit Pfeilen, so lang wie Lanzen. Wir pflanzten als Friedenszeichen weiße Flaggen auf, aber entweder verstanden sie uns nicht oder wollten uns nicht verstehen, denn sie schossen im Gegenteil mehrmals mit ihren Pfeilen auf unsere Friedensflagge, sodass wir ihnen nicht näher kamen.

Es ist wahr, sie kamen uns nicht nahe genug, dass wir sie hätten angreifen können, wenigstens nicht offen, doch näherten sie sich so weit, dass wir sie sahen und mithilfe unserer Gläser auch merkten, dass sie bekleidet und bewaffnet waren, dass aber ihre Kleider nur die unteren und mittleren Teile des Körpers bedeckten, ferner dass sie lange Lanzen wie Halbpiken in ihren Händen hatten und überdies Bogen und Pfeile, endlich dass sie auf ihren Köpfen sehr hohe Aufsätze trugen, die unserer Ansicht nach aus Federn bestanden und beinahe aussahen wie die Kolpak[3] unserer Grenadiere in England.

Da sie so scheu waren und sich durchaus nicht nähern wollten, begannen unsere Leute auf der Insel nach Rindvieh, nach irgendeiner indischen Niederlassung, nach Früchten oder Pflanzen zu suchen; sie lernten aber bald einsehen, dass sie vorsichtiger zu Werke gehen müssten, und dass es notwendig sei, jeden Busch und jeden Baum zu untersuchen, ehe sie sich weiter ins Land wagten. Auf ihrem Rückwege kamen sie an dem ungeheuren Stamme eines alten Baumes vorbei – was für ein Baum es gewesen, konnten sie nicht angeben, aber er stand da wie eine alte verwitterte Eiche in einem Park, hinter der die Jäger in England gern auf die Hirsche lauern. Außerdem befand er sich gerade unter der steilen Seite eines großen Felsens oder Hügels, sodass unsere Leute nicht wissen konnten, was noch mehr in der Nähe war.

Als sie an diesem Baume vorbeikamen, wurden ihnen auf einmal vom Gipfel desselben herab sieben Pfeile und drei Lanzen nachgeschossen, die zu unserm großen Leidwesen zwei von unsern Leuten töteten und drei andere verwundeten. Die Unsrigen waren um so mehr überrascht, weil sie ganz schutzlos und so nahe an den Bäumen waren, dass sie jeden Augenblick noch mehr Lanzen und Pfeile erwarten konnten, die Flucht hätte ihnen also hier nichts geholfen, da die Insulaner gute Schützen zu sein schienen. In dieser äußersten Not hatten sie glücklicherweise die Geistesgegenwart, sich unmittelbar unter den Baum zu begeben und sich dicht unter den-

---

[3] Hohe Pelzmützen.

selben zu stellen, so dass die Leute oben sie nicht erreichen oder deutlich genug sehen konnten, um ihre Lanzen nach ihnen zu werfen. Dies wirkte und gab ihnen Zeit zu überlegen, was sie zu tun hätten. Sie wussten, dass ihre Feinde und Mörder oben waren, sie hörten sie sprechen, und denen auf dem Gipfel war ihre Anwesenheit gleichfalls nicht verborgen, weshalb die unten befindlichen, um nicht von den Lanzen getroffen zu werden, sich dicht am Stamme halten mussten. Endlich glaubte einer von unsern Leuten, der sich etwas genauer umsah als die übrigen, den Kopf eines Indianers auf einem abgestorbenen Ast des Baumes, auf welchem er zu sitzen schien, zu entdecken. Sogleich feuerte einer hinauf und zielte so richtig, dass der Schuss dem Burschen durch den Kopf ging, und er urplötzlich vom Baume herabstürzte und zwar wegen der ungeheuren Höhe mit solcher Gewalt, dass er gewiss zerschmettert worden wäre, wenn ihn nicht schon der Schuss getötet hätte.

Dies erschreckte sie dermaßen, dass unsere Leute außer dem garstigen heulenden Getöse auf dem Baume noch ein sonderbares Geräusch im Innern demselben vernahmen, woraus sie schlossen, dass der Baum hohl war, und die Insulaner sich in demselben versteckt hatten. In diesem Falle konnten sie sicher vor unsern Leuten sein, denn unmöglich hätte einer von außen am Baume hinaufsteigen können, da keine Äste da waren, um ihn zu erklimmen. Eine Beschießung des Baumes führte gleichfalls zu nichts, denn einige Versuche belehrten sie, dass der Holzkörper noch zu dick war, um eine Kugel durchdringen zu lassen. Indes zweifelten sie nicht daran, dass sie ihre Feinde in einer Falle hätten, und dass sie durch eine kleine Belagerung dieselben entweder herabholen oder aushungern könnten. Sie beschlossen daher, ihren Posten zu behaupten und uns um Hilfe anzugehen. In dieser Absicht kamen zwei von ihnen zu uns und drückten besonders den Wunsch aus, dass einige von unsern Zimmerleuten mit ihren Werkzeugen kommen möchten, um ihnen den Baum umhauen zu helfen oder wenigstens soviel Holz zu fällen, dass sie ihn anzünden könnten, denn dies müsste sie unfehlbar herausbringen.

Unsere Leute machten sich daher wie eine kleine Armee auf den Weg und trafen gewaltige Vorbereitungen zu einer förmlichen Belagerung des Baumes. Als sie indes ankamen, fanden sie die Aufgabe schwierig genug, denn der alte Stamm war wirklich sehr dick, wenigstens zweiundzwanzig Fuß hoch, und in der Krone standen nach allen Seiten sieben alte Äste heraus, die jedoch abgestorben waren und nur sehr wenig Laub hatten.

William der Quäker, den seine Neugierde veranlasste das Belagerungsheer zu begleiten, schlug vor, sie sollten eine Leiter machen, mittels derselben die Krone besteigen und griechisches Feuer in den Baum werfen, um die Wilden durch Rauch zu ersticken. Andere meinten, man sollte zurückgehen und eine große Kanone aus dem Schiffe holen, welche mit ihren eisernen Kugeln den Baum in Stücke zertrümmern würde, wieder andere waren der Meinung, man sollte Holz hauen, dasselbe um den Baum herum aufschichten, sodann anzünden und den Baum samt den darin befindlichen Eingeborenen verbrennen.

Diese Beratungen hielten unsere Leute nicht weniger als zwei oder drei Tage auf, in welcher ganzen Zeit sie von der vermeintlichen Garnison in dieser hölzernen Festung nicht das Mindeste Geräusch oder Lebenszeichen hörten. Williams Vorschlag wurde zuerst versucht und eine große starke Leiter gemacht, um den hölzernen Thron zu ersteigen.

Zwei oder drei Stunden wären für das ganze Werk ausreichend gewesen, aber auf einmal ließ sich das Getöse der Insulaner im Innern des Baumes wieder vernehmen, und bald darauf erschienen mehrere derselben in der Krone und warfen einige Lanzen auf unsere Leute herab, die eine traf einen unserer Matrosen gerade auf die Schulter und versetzte ihm eine so gefährliche Wunde, dass unsere Chirurgen nicht nur große Mühe hatten, ihn wieder herzustellen, sondern der arme Mann auch so schreckliche Schmerzen aushalten musste, dass wir alle wünschten, er wäre gleich tot gewesen. Gleichwohl wurde er dennoch wieder hergestellt, erhielt aber nie mehr den vollkommenen Gebrauch seines Armes, da die Lanze ihm einige obere Sehnen nahe an der Schulter abgeschnitten hatte, von denen wahrscheinlich die Bewegung dieses Gliedes abhing, sodass der unglückliche Mann auf Lebenszeit ein Krüppel war. Um jedoch zu den verzweifelten Schuften im Baume zurückzukehren, so schossen unsere Leute auf sie, konnten aber nicht bemerken, dass irgendeiner von ihnen getroffen wurde, denn sobald wir hinaufgeschossen hatten, hörten wir, wie sie wieder in den Stamm des Baumes hinabrutschten, und darin waren sie gewiss sicher.

Diese Erfahrungen sprachen gegen Williams Plan mit der Leiter, denn wenn er auch zur Ausführung kommen sollte, wer hätte sich wohl unter einen solchen Haufen Burschen gewagt, die, wie man sich denken konnte, durch ihre Lage zur Verzweiflung gebracht waren. Da vollends immer nur ein Mann nach dem andern hinaufgehen konnte, so zweifelten wir mehr und mehr an der Ausführbarkeit dieses Planen und ich selbst, denn ich war um diese Zeit ebenfalls herbeigekommen, war der Meinung, das Hinaufsteigen auf der Leiter würde zu nichts führen, außer wenn ein Mann sich gerade auf den Gipfel hinaufbegäbe, einiges Feuerwerk in den Baum würfe und dann wieder herabkäme. Dies taten wir auch zwei oder drei Mal, verspürten aber keine Wirkung. Endlich machte einer unserer Kanoniere einen Stinktopf, der bloß raucht, ohne zu flammen oder zu brennen, dessen Rauch aber so dick und dessen Geruch so unerträglich ekelhaft ist, dass man es unmöglich dabei aushalten kann. Er warf ihn selbst in den Baum, und wir warteten auf den Erfolg, hörten oder sahen aber diese ganze Nacht sowie am folgenden Tage nichts. Wir glaubten daher schon, die Leute müssten alle erstickt sein, als wir sie auf einmal in der nächsten Nacht wieder auf dem Gipfel des Baumes wie Wahnsinnige schreien hörten.

Wir hielten dies, wie wohl jedermann gedacht hätte, für einen Notruf und beschlossen die Belagerung fortzusetzen, denn wir waren wütend, uns von einigen Wilden, die wir ganz sicher in unsern Klauen zu haben glaubten, dermaßen geneckt zu sehen, und wirklich kamen so viele Umstände zusammen, um uns zu täuschen. Gleichwohl beschlossen wir es in der nächsten Nacht mit einem zweiten Stinktopf zu versuchen, und unser Ingenieur hatte ihn bereits fertig gemacht, als wir auf der Spitze des Baumes und im Innern desselben ein neues Getöse des Feindes hörten, weswegen ich nicht willens war, den Kanonier die Leiter hinaufsteigen zu lassen, weil ich meinte, er würde ganz gewiss gemordet werden. Indes fand er ein Hilfsmittel, nämlich er wollte nur wenige Sprossen hinaufgehen und mit einem langen Haken in der Hand den Stinktopf auf den Gipfel des Baumes werfen. Als aber der Kanonier mit seiner Maschine an dem Ende seines Hakens, von drei Mann begleitet, die ihm helfen sollten, zu dem

Baume kam, siehe da war die Leiter, die sonst immer an dem Stamme lehnte, verschwunden.

Dies brachte uns gänzlich aus der Fassung, und wir vermuteten jetzt, die Insulaner hätten diese Fahrlässigkeit benutzt und wären sämtlich an der Leiter herabgeklettert und mit derselben auf und davon gegangen. Ich verlachte daher recht herzlich meinen Freund William, der, wie gesagt, die Leitung der Belagerung übernommen hatte und eine Leiter angelegt hatte, damit die Garnison des Baumes daran herabsteigen und entlaufen könnte. Als indes der Tag anbrach, wurden wir besser berichtet, denn wir sahen jetzt unsere Leiter auf dem Gipfel des Baumes, sodass ungefähr die Hälfte davon in der Höhlung stak, die andere Hälfte aber aufrecht in die Luft hinausragte. Jetzt fingen wir an über die Torheit der Insulaner zu lachen, die ebenso leicht an der Leiter hätten herabsteigen und auf diese Art entfliehen können, als dieselbe mit so großer Kraftanstrengung auf den Baum hinaufzuziehen.

Wir entschlossen uns nunmehr zum Feuer, um der Sache mit einem Male ein Ende zu machen, und wollten den Baum samt seinen Inwohnern verbrennen. Zu diesem Ende machten wir uns an das Geschäft Holz zu hauen, und glaubten nach wenigen Stunden genug zu haben. Wir schichteten es um die Wurzeln des Baumes herum, zündeten es an und warteten in einiger Entfernung, um zu sehen, ob die Herren, denen ihr Quartier bald zu heiß werden musste, auf den Gipfel heraufkommen würden, um zu fliehen. Aber wir verwunderten uns höchlich, als wir auf einmal das ganze Feuer durch eine große Menge Wasser, welches herabgeschüttet wurde, ausgelöscht sahen. Jetzt dachten wir, der Teufel selbst müsse in diesen Burschen stecken. William sagte: Das ist gewiss das schlaueste Stückchen von Ingenieurkunst, wovon man jemals gehört hat, und wenn man keine Hexerei oder Gemeinschaft mit dem Teufel annehmen will, woran ich jedoch kein Wort glaube, so ist es ein künstlicher Baum oder ein natürlicher Baum, den man auf künstliche Weise bis in den Boden hinab durch die Wurzeln hindurch inwendig hohl gemacht hat, diese Leute müssen eine künstliche Höhlung unter der Erde haben, ganz bis in den Hügel hinein, oder einen Weg, auf welchem sie den Hügel hindurch und unter demselben hin nach irgendeinem andern Platze gehen können; wo aber dieser Platz ist, wissen wir freilich nicht, übrigens wird es nur unsere eigene Schuld sein, wenn wir nicht, bevor wir zwei Tage älter geworden, denselben ausfindig gemacht haben und ihnen bis ins Innere gefolgt sind.

Sodann rief er den Zimmerleuten zu und fragte sie, ob sie einige große Sägen hätten, um den Baum zu durchsägen, worauf sie erwiderten, dass sie mit keiner versehen wären, welche die erforderliche Länge hätte, auch würde man an dem ungeheuren alten Stamme die Arbeit nicht lange fortsetzen können, sie wollten es aber mit ihren Äxten versuchen, ob sie ihn in zwei Tagen niederhauen und dann in zwei andern Tagen die Wurzel ausroden könnten. William war indes für einen andern Versuch, der sich weit besser bewährte als all dies, denn es verlangte eine geräuschlose Arbeit, um womöglich einiger dieser Burschen im Baume selbst habhaft zu werden. Er beauftragte daher zwölf Mann, mit langen Bohrern große Löcher von der Seite in den Baum zu bohren. Diese Löcher wurden ohne Geräusch gebohrt, und als sie fertig waren, füllte er sie mit Pulver, stopfte starke Stöpsel und Querstangen hinein, bohrte sodann ein schiefes Loch von kleinerem Umfang in das größere, füllte alle mit Pulver aus und zündete die Zündröhrchen gleichzeitig an. Dies verursachte einen solchen Knall und zerriss und zersplitterte den Baum an so vielen Stellen, dass wir deutlich einsahen, ein zweiter Blitzschlag dieser Art würde ihn gänzlich zertrümmern. Wir machten uns daher sogleich aufs Neue ans Werk. Das zweite Mal konnten wir an zwei oder drei Stellen die Hände hineinlegen und entdeckten den ganzen Betrug: durch den Boden des hohlen Baumes war nämlich ein Loch in die Erde gegraben, das die Verbindung mit einer natürlichen Erdhöhle vermittelte, in welcher wir mehrere von diesen Wilden sprechen und sich zurufen hörten.

Als wir soweit waren, hatten wir große Lust sie anzugreifen, und William wünschte, man möchte ihm drei Mann mit Handgranaten geben, indem er sich anheischig machte zuerst hinabzusteigen, was er auch kühnen Mutes ausführte, denn man muss ihm die Gerechtigkeit widerfahren lassen, dass er das Herz eines Löwen besaß.

Wie sie aber zuvor den Insulanern mit ihren Stinktöpfen selbst eine Lehre gegeben hatten, so zahlten jetzt die Insulaner ihnen dieselbe nach ihrer eigenen Weise wieder heim, denn sie ließen aus dem Eingange der Höhle einen solchen Rauch hervorqualmen, dass William und seine drei Mann froh waren wieder aus dem Baume herauszukommen, da sie kaum mehr zu atmen vermochten und bei dieser unfreundlichen Begrüßung beinahe erstickt wären.

Nie wurde eine Festung besser verteidigt, oder die Belagerer auf mannigfaltigere Art zurückgeschlagen, weshalb wir willens waren den Plan aufzugeben. Ich rief William beiseite und sagte ihm, man könne sich nichts Lächerlicheres denken, als dass wir unsere Zeit hier für nichts und wieder nichts vergeudeten, denn ich sähe durchaus nicht ein, was wir hier zu schaffen hätten; so viel läge auf der Hand, dass die Schurken in der Höhle im äußersten Grade verschlagen wären, und es wäre ein höchst widerwärtiger Gedanke, sich von ein paar nackten unwissenden Burschen auf diese Art geneckt zu sehen, jedenfalls wäre es nicht der Mühe wert die Sache weiter zu treiben, ich wüsste wenigstens nicht, was uns die Eroberung, wenn wir sie auch wirklich machten, helfen sollte, es wäre daher gewiss an der Zeit die Belagerung aufzugeben.

William gab mir hierin recht und sagte, dass allerdings bei diesem Versuche nur unsere Neugierde eine Befriedigung zu erwarten hätte, und dass er, so gerne er der Sache näher auf den Grund gegangen wäre, doch nicht darauf bestehen wolle, worauf wir beschlossen aufzubrechen, was wir auch taten. Ehe wir jedoch gingen, sagte William, er wünschte wenigstens die Befriedigung zu haben, den Baum gänzlich zu verbrennen und den Eingang in die Höhle zu verstopfen. Während er damit beschäftigt war, erklärte ihm der Kanonier, er möchte sich auch gern an den Schuften rächen, er wolle daher eine Mine aus der Höhle machen, um zu sehen, auf welcher Seite sie sich Luft machen würde. Er holte zu diesem Ende zwei Tonnen Pulver aus den Schiffen, stellte sie innen in die Höhle hinein, soweit er es für gut fand sich vorzuwagen, füllte sodann die Mündung des Loches, wo der Baum gestanden hatte, aus, stampfte die Ladung gehörig fest, setzte eine Zündröhre ein, legte Feuer an und stellte sich in einige Entfernung, um zu beobachten, nach welcher Seite es wirken würde. Da sah er auf einmal die Gewalt des Pulvers sich unter einigen Büschen auf der andern Seite des schon erwähnten kleinen Hügels Luft machen, indem es daselbst wie aus der Mündung einer Kanone hervorkrachte. Wir eilten sogleich dahin und besahen die Wirkung des Pulvers.

Fürs Erste entdeckten wir, dass hier die andere Mündung der Höhle war, welche das Pulver so zerrissen und geöffnet hatte, dass die lockere Erde wieder hineingefallen war und ihre Gestalt nicht deutlich erkannt werden konnte; wir gewahrten aber auch, was aus der Garnison geworden war, die uns alle diese Mühe gemacht hatte: die einen hatten keine Arme, die andern keine Beine, wieder andere keine Köpfe mehr, andere lagen halb begraben in dem Schutt der Mine, das heißt in der lockeren Erde, welche hineingefallen war. Kurz, wir hatten eine jammervolle Verheerung unter ihnen angerichtet und konnten mit gutem Grunde annehmen, dass kein Einziger von ihnen, so viele sich auch darinnen befunden hatten, entronnen war, sondern dass sie alle aus der Mündung der Höhle wie eine Kugel aus einer Kanone herausgeschossen worden waren.

Wir hatten jetzt volle Rache an den Insulanern genommen, im Ganzen aber doch nichts gewonnen, denn wir zählten drei Tote, ein Mann war ganz zum Krüppel geworden und fünf andere verwundet, wir hatten zwei Tonnen Pulver und elf Tage Zeit aufgewendet, und dies alles, bloß um zu erfahren, wie man in einem hohlen Baume garnisoniert. Und mit dieser teuer erkauften Aufklärung verfügten wir uns wieder auf unser Schiff, nachdem wir nötiges frisches Wasser eingenommen, jedoch keine frischen Lebensmittel bekommen hatten.

Wir überlegten nun, was wir zu tun hätten, um nach Madagaskar zurückzukommen. Wir waren etwa in der Breite des Kaps der Guten Hoffnung, hatten aber einen langen Weg und konnten so wenig mit Bestimmtheit auf gute Winde oder auf einen Landungsplatz rechnen, dass wir nicht wussten, was wir anfangen sollten. William war auch in diesem Falle wieder unser einziger Ratgeber und setzte uns seine Meinung deutlich auseinander. Freund, sagte er zu mir: Warum willst du dich der Gefahr des Verhungerns aussetzen? Etwa um dann sagen zu können, du seiest in Gegenden gewesen, wohin vor dir noch niemand gekommen? Es gibt eine Menge Plätze, weit näher der Heimat, von denen du mit weniger Gefahr dasselbe sagen kannst. Ich sehe nicht ein, warum du dich noch länger südlich halten willst, als bis du dich versichert hast, dass du am westlichen Ende von Java und Sumatra bist; dann kannst du dich nördlich gegen Ceylon an die Küste von Koromandel oder Madras wenden, wo du sowohl frisches Wasser als auch frische Lebensmittel bekommen kannst – bis dahin werden wir wahrscheinlich mit unserm jetzigen Vorrat wohl ausreichen.

Dies war ein vernünftiger Rat, den man nicht von der Hand weisen durfte. Wir verproviantierten uns für unsere Fahrt und fuhren guter Dinge auf die Küste von Ceylon zu, wo wir anzuhalten gedachten, um wieder frisches Wasser und noch einigen andern Mundvorrat einzunehmen.

Wir legten an der südlichen Küste der Insel an, da wir mit den Holländern so wenig wie möglich in Berührung kommen wollten. Auf der Küste hatten wir auch ein kleines Scharmützel mit Insulanern, da etliche von unsern Leuten einige derselben misshandelt hatten.

Ich konnte nicht genau von ihnen herausbringen, was sie eigentlich getan hatten, denn sie ließen einander bei ihren schlechten Streichen niemals im Stich, nur so viel merkte ich, dass sie irgendetwas Barbarisches ausgeführt haben mussten, was sie aber auch beinahe teuer gebüßt hätten, denn die Insulaner waren aufs Höchste erbost und sammelten sich in solcher Anzahl um sie, dass es, wären nicht sechzehn der Unsrigen in einem andern Boot gerade im rechten Augenblicke noch abgefahren, um jene, die nur elf an der Zahl waren, mit bewaffneter Hand zu befreien, offenbar um sie geschehen gewesen wäre. Es hatten sich nämlich nicht weniger als zwei- bis dreihundert Eingeborene gegen sie zusammengeschart, sämtlich mit Pfeilen und Lanzen, den gewöhnlichen Landeswaffen, in deren Führung sie eine beinahe unglaubliche Fertigkeit besaßen, ausgerüstet. Und wären unsere Leute stehen geblieben, um sie zu bekämpfen, wie einige von ihnen vorzuschlagen die Kühnheit besaßen, so würden sie alle überwältigt und getötet worden sein. Aber auch bei der günstigeren Wendung der Dinge wurden siebzehn von ihnen gefährlich verwundet. Gleichwohl war ihre Verletzung nicht so bedenklich, als sie fürchteten. Auch hier war William unser Trost, denn als zwei von unsern Chirurgen, welche dieser Meinung waren, törichterweise zu den Leuten sagten, sie müssten alle sterben, machte sich William munter ans Werk und kurierte sie alle bis auf einen einzigen, der indes nicht sowohl an seiner Wunde starb, als vielmehr an einer übermäßigen Portion Arrakpunsch, wodurch er sich ein Fieber zugezogen hatte.

Wir hatten nunmehr von Ceylon genug, obgleich sechzig bis siebzig von unsern Leuten durchaus noch einmal an Land gehen wollten, um sich zu rächen, doch redete es ihnen William endlich aus, der sowohl bei der Mannschaft als bei uns Befehlshabern ein so großes Ansehen genoss, dass er mehr als irgendeiner von uns über die Mannschaft vermochte.

Sie schrien wütend nach Rache, wollten durchaus an Land gehen und fünfhundert von den Einwohnern töten. Nun gut, sagte William, und wenn ihr es auch tut, was gewinnt ihr dabei?

Ei was, erwiderte der Wortführer des unzufriedenen Haufens, wir wollen Genugtuung haben.

Ganz recht, sagte William wieder, aber was wird es euch nützen? Auf diese Einwendung hin wussten sie nichts mehr zu antworten.

Überdies, fuhr William fort, besteht, wenn ich mich nicht irre, euer Hauptgeschäft darin, Geld zu erwerben, wenn ihr daher auch zwei- bis dreitausend von diesen armen Geschöpfen überwindet und tötet, was könnt ihr von ihnen bekommen, da sie kein Geld besitzen? Bei diesen armen nackten Schelmen ist ein für alle Mal nichts zu holen. Dagegen ist es mehr als wahrscheinlich, dass ihr bei einem solchen Unternehmen wenigstens ein Dutzend von eurer Gesellschaft verlieren würdet. Sagt mir einmal, wo da der Gewinn sein soll, und welchen Ersatz ihr der Gesellschaft für die Gefallenen bieten könntet.

Kurz, William setzte seine Gründe mit solcher Überzeugungskraft auseinander, dass die Leute einsahen, es würde eine bloße Abschlachterei sein, wenn sie auf ihrem Vorhaben bestünden. Sie gaben jetzt selbst zu, dass die Eingeborenen ein Recht auf ihr Eigentum hätten, sie aber keines es ihnen wegzunehmen und unschuldige Leute zu töten, welche bloß nach den Geboten des Naturgesetzes gehandelt hatten; sie gestanden, dass dies ebenso gut ein Mord wäre, als wenn einer einem Fremden auf der Straße auflauern und ihn mit kaltem Blute für nichts und wieder nichts töten wollte ohne Rücksicht darauf, ob dieser Fremde ihn beleidigt hätte oder nicht.

Indes versetzte uns ein anderer Zufall in die Notwendigkeit, uns abermals mit diesen Leuten einzulassen, bei welcher Gelegenheit dem abenteuerreichen Leben unserer ganzen Gesellschaft beinahe ein rasches Ziel gesetzt worden wäre, denn etwa drei

Tage, nachdem wir von dem Kampfplatz abgezogen und wieder in See gestochen waren, wurden wir von einem heftigen Sturme von Süden her oder vielmehr von einem Orkan von allen Punkten des Südens her überfallen, denn er wütete und raste auf die schrecklichste Weise. Wir waren nicht imstande das Schiff länger zu regieren, drei Marssegel wurden zerschlitzt und zuletzt die Hauptmarsstange herabgeworfen, kurz wir wurden ein- oder zweimal rechts gegen das Ufer getrieben, und einmal wären wir an einer gewaltigen Klippenreihe, etwa eine halbe Meile vom Ufer entfernt, zu tausend Stücken zertrümmert worden, hätte nicht der Wind gerade im entscheidenden Augenblicke gewechselt; da er indes sehr oft umschlug, so setzten wir alle Segel bei und gelangten in einer halben Stunde wieder mehr als eine Meile weit in die offene See. Hierauf blies der Wind mit ziemlicher Wut südwestlich und trieb uns wieder ein gut Stück östlich nach der Klippenreihe zurück, wo wir eine große Öffnung zwischen den Felsen und dem Lande fanden und uns bemühten hier zu ankern; allein wir fanden bald, dass sich der Platz nicht dazu eignete, denn der Grund bestand aus lauter felsigem Gestein. Wir segelten also durch die Öffnung hindurch, welche etwa vier Meilen lang war. Der Sturm dauerte fort, und nun fanden wir eine schreckliche, höchst gefährliche Küste, sodass wir nicht wussten, was wir beginnen sollten. Wir strengten unsere ganze Sehkraft an, um irgendeinen Fluss, eine Landzunge oder eine Bucht zu entdecken, wo wir einlaufen und ankern könnten, fanden aber geraume Zeit nicht, was wir suchten. Endlich erblickten wir eine große Landspitze, welche südlich weit in die See hineinragte und so lang war, dass wir bald deutlich einsahen, wenn der Wind so anhielt, so konnten wir sie nicht umsegeln, wir schifften daher möglichst unter der Leeseite dieses Punktes weiter und ankerten endlich an einer Stelle von etwa zwölf Faden Tiefe.

Aber in der Nacht wechselte der Wind aufs Neue und blies so fürchterlich, dass unsere Anker schleppten und das Schiff fortgetrieben wurde. Trotz der Hilfe, die uns unser Notanker bot, fanden wir, als es tagte, zu unserer unendlichen Bestürzung, dass das Schiff gestrandet war.

Da die Flut vorüber war, das Wasser aber immer noch ein wenig ablief, so lag das Schiff beinahe trocken auf einer harten Sandbank. Die Eingeborenen stürzten in großen Scharen herbei, um uns zu sehen, und da sie sich nicht denken konnten, wer wir wären, gafften sie uns als eine Art Meerwunder an und zerbrachen sich die Köpfe, was sie tun sollten.

Ich habe Grund zu glauben, dass sie sogleich eine Botschaft absandten mit der Nachricht, es sei ein Schiff da, und zwar in dem bereits angegebenen Zustande, denn am folgenden Tage erschien ein großer Mann, den wir anfangs für ihren König hielten, denn er hatte eine Menge Leute bei sich, darunter viele mit Wurfspießen in der Hand, die so lang waren wie kurze Gewehre. Sie kamen alle an den Rand des Wassers hinab und stellten sich unmittelbar vor unsern Augen in guter Ordnung auf. Etwa eine Stunde lang standen sie so da, ohne eine Bewegung zu machen, dann aber näherten sich etwa zwanzig Mann, von denen einer eine weiße Flagge vorantrug. Sie wateten bis an die Mitte des Leibes ins Wasser, denn die See ging nicht mehr so hoch wie früher, da der Wind nachgelassen hatte und nun vom Ufer aus seewärts blies.

Der Mann hielt eine lange Rede an uns, wie wir aus seinem Gebärdenspiel entnehmen konnten, und wir hörten zuweilen seine Stimme, konnten aber kein

Wörtlein verstehen. William, der uns bei jeder Gelegenheit so nützliche Dienste geleistet, hatte nach meiner Ansicht auch hier wiederum das Verdienst, uns allen das Leben zu retten. Die Sache verhielt sich nämlich so: der riesenhafte Redekünstler stieß, als er mit seiner Rede zu Ende war, drei laute Schreie aus, ich weiß diesen Tönen keine andere Benennung zu geben, sodann senkte er dreimal seine weiße Flagge und machte endlich drei Bewegungen gegen uns, dass wir zu ihm kommen sollten.

Ich gestehe, dass ich der Ansicht war, man sollte das Boot bemannen und zu ihnen hinsegeln, aber William wollte es mir durchaus nicht gestatten. Er sagte, wir dürften niemandem trauen: wenn es Barbaren wären, so würden wir samt und sonders alle von ihnen niedergemacht, wären es aber Christen, so würden wir nicht viel besser fahren, sobald sie unsern wahren Charakter erführen; die Malabaren, und zu dieser Rasse gehörten wohl diese Leute, wären von jeher heimtückisch gegen jedermann gewesen, der in ihre Hände gefallen; wenn wir daher auf unsere Sicherheit bedacht sein wollten, so sollten wir unter keinen Umständen zu ihnen gehen. Ich widersprach ihm lange und bemerkte ihm, meiner Ansicht nach habe er zwar noch immer recht gehabt, aber diesmal treffe er gewiss nicht das Wahre. Ich für meine Person wollte mich ebenso wenig in unnötige Gefahren stürzen als er oder irgendein anderer, aber alle Nationen in der Welt, selbst die wildesten, hielten das Versprechen, das sie durch eine Friedensfahne gegeben, für etwas Heiliges. Ich bewies ihm dies an mehreren Beispielen, besonders aus der Geschichte meiner afrikanischen Reise, und setzte hinzu, ich könnte diese Leute unmöglich für bösartiger halten als einige von jenen Völkerschaften, mit denen ich damals zusammengetroffen. Überdies, sagte ich, scheine unsere Lage derart zu sein, dass wir jedenfalls in fremde Hände geraten müssten, und wir würden daher weit besser tun, durch einen freundschaftlichen Vertrag als durch eine erzwungene Unterwerfung in ihre Gewalt zu fallen, wenn sie wirklich eine verräterische Absicht hegen sollten.

Ganz gut, mein Freund, versetzte William, wenn du hingehen willst, so kann ich dich nicht hindern, nur will ich dir dann beim Abschied das letzte Lebewohl sagen, denn verlass dich darauf, dass du uns nie wieder sehen wirst. Ob wir in dem Schiffe am Ende besser davonkommen werden, das kann ich nicht behaupten, aber dafür bürge ich dir, dass wir unser Leben nicht ohne Not und mit so kaltem Blute hingeben werden wie du zu tun im Begriffe bist, wir werden uns wenigstens solange wie möglich halten und am Ende wie Männer sterben, nicht aber wie Narren, die sich von einer Handvoll heimtückischer Barbaren in die Falle locken lassen.

William sagte dies mit solcher Erregung und dabei mit einer so richtigen Würdigung unserer Lage, dass mir die Gefährlichkeit meines Planes doch endlich einzuleuchten begann. Ich hatte ebenso wenig Lust als er mich niedermachen zu lassen, und doch mochte ich um mein Leben nicht so ängstlich sein wie er.

Aber Freund William, sagte ich, was sollen wir denn tun? Du siehst, in welcher Lage wir sind und was uns bevorsteht, etwas muss getan werden, und zwar sogleich.

Nun gut, erwiderte William, ich will dir sagen, was du tun sollst. Fürs Erste lass auch eine weiße Flagge aufpflanzen, sodann bemanne die Schaluppe und die Pinasse mit soviel Mann als hineingehen, ohne im Gebrauch ihrer Waffen behindert zu werden, und lass mich mit ihnen fahren, du sollst dann sehen, was wir tun werden. Ergeht es mir übel, so kannst du dich wenigstens retten, und dich dabei beruhigen, dass mein Unglück meine eigene Schuld war, jedenfalls mag dir dann meine Torheit zu einer Lehre dienen.

Ich wusste anfangs nicht, was ich erwidern sollte, aber nach einer Pause sagte ich: William, William, es würde mir ebenso leidtun, wenn du umkämst, als wenn mir selbst ein Unfall begegnete, und falls das Unternehmen mit Gefahr verbunden ist, so verlange ich, dass du dich ihr ebenso wenig aussetzest wie ich. Deshalb wollen wir lieber alle zusammen auf dem Schiffe bleiben und gemeinschaftlich dem gleichen Schicksal entgegengehen.

Nein, nein, entgegnete William, mit meinem Plane ist keine Gefahr verbunden, und du kannst mit mir gehen, wenn du Lust hast. Wenn du dich nur in meine Anordnungen fügen willst, so verlass dich darauf, dass wir, obgleich wir uns von den Schiffen entfernen, mit diesen Wilden nur bis auf die nötige Nähe zusammentreffen werden, um mit ihnen zu sprechen. Du siehst, sie haben keine Boote, um zu uns zu kommen, aber es wäre mir lieber, wenn du meinen Rat annähmest und auf dem Schiffe die Signale befolgtest, die ich vom Boote aus geben werde. Im Übrigen können wir ja die Sache noch näher besprechen, ehe wir abfahren.

Da ich hieraus ersah, dass William bereits einen fertigen Plan in seinem Kopf hatte und wegen der zu treffenden Maßregeln nicht in Verlegenheit war, so erklärte ich mich, er solle für diese Fahrt der Kapitän sein: wir wollten uns alle unter seinen Befehl stellen, und ich selbst würde für ihre pünktlichste Befolgung Sorge tragen.

Nach dieser Verabredung beorderte er vierundzwanzig Mann in die Schaluppe, zwölf Mann in die Pinasse, und da die See gerade ziemlich ruhig war, so segelten sie, sämtlich sehr gut bewaffnet, ab. Er befahl uns, alle Kanonen des großen Schiffes auf der dem Ufer zunächst gelegenen Seite mit Musketenkugeln, alten Nägeln, und allen möglichen Stücken alten Eisens und Bleis zu laden und sie schussfertig zu halten, sobald wir sähen, dass sie die weiße Flagge senkten und in der Pinasse eine rote aufpflanzten.

Nachdem diese Bestimmungen festgesetzt waren, segelten sie gegen das Ufer zu: William in der Pinasse mit zwölf Mann und hinter ihm die Schaluppe mit vierundzwanzig Mann, sämtlich handfeste entschlossene Burschen und sehr gut bewaffnet. Sie ruderten so nahe am Ufer hin, dass sie mit den Eingeborenen sprechen konnten, dabei hatten sie wie diese eine weiße Flagge aufgepflanzt und erboten sich zu einer Unterredung. Die Tölpel von Eingeborenen, denn ich kann sie nicht anders nennen, zeigten sich sehr höflich, als sie aber fanden, dass wir sie nicht verstehen konnten, so brachten sie einen alten Holländer herbei, der schon seit vielen Jahren ihr Gefangencr war, und beauftragten ihn mit uns zu sprechen. Der wesentliche Inhalt seiner Rede war, der König des Landes habe seinen General hierher gesandt, um zu erfahren, wer wir wären und was wir hier trieben.

William, der auf dem Stern der Pinasse stand, antwortete ihm, er, der seiner Sprache nach ein Europäer sei, werde wohl leicht einsehen, wer wir wären und in welcher Lage wir uns befänden, das Schiff sei auf den Sand gelaufen, und somit könne er sich wohl denken, dass wir hier nichts anderes trieben, als was man mit einem Schiffe in solcher Not tun könne. Er, William, wünsche nun auch seinerseits zu erfahren, warum sie in solcher Anzahl und zwar bewaffnet gekommen seien, wie wenn sie uns bekriegen wollten.

Der Holländer antwortete, sie hätten guten Grund gehabt ans Ufer herabzukommen, indem das Erscheinen von fremden Schiffen an der Küste das Land jedes Mal in Unruhe setzte, und da unsere Fahrzeuge wohl bemannt, auch mit Kanonen und sonstigen Waffen wohl versehen seien, so habe der König einen Teil seiner Krieger gesandt, um im Falle einer feindlichen Landung sich zur Wehr zu setzen. Aber, fuhr er fort, da ihr euch in solcher Not befindet, so hat der König seinem General den Befehl gegeben, euch alle mögliche Hilfe zu leisten, und euch zu sich ans Ufer eingeladen, um euch mit der größten Höflichkeit zu empfangen.

William erwiderte schnell: Ehe ich dir antworte, ersuche ich dich mir zu sagen, wer du bist, denn deiner Sprache nach musst du ein Europäer sein.

Jener sagte, er sei ein Holländer.

Das höre ich recht wohl aus deiner Sprache, sagte William, aber bist du auch wirklich ein geborener Holländer, oder bist du hierzulande geboren und hast vielleicht durch den Umgang mit den Holländern, die sich auf dieser Insel niedergelassen haben, das Holländische gelernt?

Nein, sagte der alte Mann, ich bin gebürtig aus Delft in Holland.

Gut, versetzte William, aber bist du ein Christ oder ein Heide oder was wir einen Renegaten nennen?

Ich bin ein Christ, sagte er.

Du bist also Holländer und Christ, sagst du, aber bist du ein freier Mann oder in Diensten?

Ich stehe in den Diensten des Königs hier und zwar bei seinen Kriegern.

Aber bist du ein Freiwilliger oder ein Gefangener?

Ich war allerdings zu Anfang ein Gefangener, bin aber jetzt in Freiheit und insofern ein Freiwilliger.

Das heißt, nachdem du anfangs Gefangener gewesen, hast du jetzt die Freiheit ihnen zu dienen, aber bist du so frei, dass du, wenn du wolltest, zu deinen Landsleuten gehen dürftest?

Nein, das will ich nicht sagen. Meine Landsleute leben weit von hier in den nördlichen und östlichen Teilen der Insel, und ohne ausdrückliche Erlaubnis des Königs darf niemand zu ihnen gehen.

Gut, und warum hast du dir diese Erlaubnis nicht ausgewirkt?

Ich habe nie darum ersucht.

Vermutlich weil du wusstest, dass du sie nicht bekommen hättest.

Ich kann mich darüber nicht auslassen, aber warum fragst du mich das alles?

Ei, ich habe meinen guten Grund. Wenn du ein Christ und kein Gefangener bist, wie kannst du dich diesen Barbaren als Werkzeug hergeben, um uns, deine Mitchristen, an sie zu verraten? Beweist dies nicht eine ruchlose Gesinnung?

Wie könnt ihr sagen, dass ich euch verraten will? Bringe ich euch nicht die Nachricht, dass der König euch einladen lässt ans Land zu kommen, und dass er Befehl gegeben hat, euch höflich zu behandeln und zu unterstützen?

Wenn du ein Christ bist, woran ich übrigens sehr zweifle, so frage ich dich: Glaubst du, dass der König oder Häuptling, wie du ihn nennst, es mit diesen Versprechungen halbwegs aufrichtig meint?

Er verspricht es euch durch den Mund seines Generals.

Ich frage dich nicht, was er verspricht oder durch wen, sondern ich frage dich nur: kannst du sagen, du seist überzeugt, dass er sein Versprechen halten wolle.

Wie kann ich dafür bürgen, wie kann ich wissen, was er im Sinne hat?

Du kannst doch sagen, was du glaubst.

Ich kann bloß sagen, dass er es tun will, und ich glaube, er wird es tun.

Du bist, wie ich sehe, ein doppelzüngiger Christ. Nun, ich will dir die Frage anders stellen: Willst du sagen, du selber glaubst es und rätst uns, es auch zu glauben und auf diese Versprechungen hin unser Leben in ihre Hände zu geben?

Ich bin nicht dazu da euer Ratgeber zu sein.

Du scheust dich vielleicht deine wahre Meinung auszusprechen, weil du in ihrer Gewalt bist. Aber versteht denn einer von diesen da, was wir beide sprechen? Können sie holländisch sprechen?

Nein, kein Einziger, deswegen habe ich nicht die mindeste Besorgnis.

Nun gut, so antworte mir offen, wenn du ein Christ bist: Können wir es auf ihre Worte hin mit Sicherheit wagen, uns in ihre Hände zu geben und ans Ufer zu kommen?

Ihr geht mir sehr scharf zu Leibe. Aber lasst mich jetzt auch eine Frage stellen: Habt ihr Aussicht mit eurem Schiff wieder flott zu werden, wenn ihr euch dessen weigert?

Ja allerdings, jetzt da der Sturm vorüber ist, sind wir deshalb ohne Sorge.

Dann kann ich nicht sagen, dass es das Beste für euch wäre, ihnen zu trauen.

Gut, das heißt ehrlich gesprochen.

Aber was soll ich ihnen dann sagen?

Finde sie mit schönen Worten ab, wie sie es auch mit uns gehalten haben.

Mit was für schönen Worten?

Ei, sie sollen dem Könige melden, wir seien Fremde und durch einen gewaltigen Sturm an die Küste verschlagen, wir dankten ihm aufs Herzlichste für sein höfliches Anerbieten und werden dasselbe, wenn wir dessen benötigt sein sollten, mit der größten Erkenntlichkeit annehmen. Vorläufig aber hätten wir keinen Grund ans Ufer zu kommen, und überdies können wir das Schiff in seinem gegenwärtigen Zustande nicht gut verlassen, sondern müssen daran arbeiten es wieder flott zu machen, da wir alle Aussicht haben, in wenigen Tagen es wieder ganz instand gesetzt zu haben und die Anker auswerfen zu können.

Aber er wird erwarten, dass ihr ans Ufer kommt, ihn besucht und ihm für seine Höflichkeit ein Geschenk macht.

Sobald wir unser Schiff wieder instand gesetzt und die Ritzen verstopft haben, so werden wir ihm unsere Ehrfurcht beweisen.

Ja, ihr könntet aber ebenso gut schon jetzt zu ihm kommen.

Halt, Freund, ich sagte nicht, wir wollten dann zu ihm kommen. Du sprachst von einem Geschenke, und das meinte ich mit dem Ausdruck, ihm unsere Ehrfurcht zu beweisen.

Gut, aber ich werde ihm sagen, ihr werdet ans Ufer kommen, wenn euer Schiff wieder flott ist.

Ich habe darauf nichts zu erwidern, du kannst ihm sagen, was du für gut hältst.

Aber er wird in große Wut geraten, wenn ich ihm dies nicht verspreche.

Über wen wird er in große Wut geraten?

Über euch.

Was haben wir danach zu fragen?

Ei, er wird sein ganzes Heer gegen euch senden.

Und wenn auch das ganze Heer schon da wäre? Was meinst du wohl, was es gegen uns ausrichten könnte?

Er wird erwarten, dass es eure Schiffe verbrenne und euch alle zu ihm führe.

Sage ihm, er solle es einmal versuchen, dann werde er gewiss in seine eigene Grube fallen.

Er hat eine ungeheure Anzahl Leute.

Hat er auch Schiffe?

Nein, Schiffe hat er nicht.

Auch keine Boote?

Nein, auch keine Boote.

Nun, wie kannst du denn glauben, dass wir uns vor seinen Soldaten fürchten? Was könntest du gegen uns ausrichten, wenn du auch hunderttausend Mann bei dir hättest.

Ei, sie könnten euch verbrennen.

Verbrennen – meinst du? Ja, das könnten sie allerdings. Aber sie werden es nicht versuchen. Sie sollen es nur einmal auf ihre Gefahr probieren, ich versichere dir, wir werden eure hunderttausend

Mann zusammenschmettern, sobald sie in den Bereich unserer Kanonen kommen.

Aber wenn der König euch Geiseln für eure Sicherheit gibt?

Wen kann er geben außer lauter Sklaven und Dienern, wie du bist, lauter Leute, deren Leben er so wenig achtet als wir einen Hund.

Wen verlangt ihr als Geisel?

Seine Gnaden ihn selbst.

Was würdet ihr mit ihm tun?

Was er auch mit uns tun würde: ihm den Kopf abschneiden.

Und was würdet ihr mit mir tun?

Mit dir? Wir würden dich in dein Vaterland zurückbringen. Zwar verdienst du weiter nichts als den Galgen, wir würden aber doch wieder einen Menschen und Christen aus dir machen und nicht an dir handeln, wie du an uns gern gehandelt hättest – dich nicht an grausame wilde Heiden verraten, welche keinen Gott kennen und kein Gefühl für die Mitmenschen haben.

Ihr bringt mich da auf einen Gedanken, über den ich morgen weiter mit euch sprechen will.

Damit trennten sie sich, William aber kam wieder an Bord und erzählte uns weitläufig seine Unterredung mit dem alten Holländer, die für mich sehr belehrend war, denn ich sah aufs Neue, dass William sich weit besser auf solche Verhandlungen verstand als ich.

Es war ein großes Glück, dass wir noch in derselben Nacht unser Schiff losmachten, und zu unserer allgemeinen Beruhigung fanden wir etwa anderthalb Meilen von unserm jetzigen Platze entfernt ein tieferes

Wasser, wo wir die Anker auswerfen konnten, sodass wir die insulanische Majestät mit ihren hunderttausend Mann durchaus nicht zu fürchten brauchten. Wir machten uns in der Tat am andern Tag einigen Spaß mit ihnen, als sie in zahlloser Menge, jedoch unseres Erachtens bei Weitem nicht hunderttausend Mann stark, mit einigen Elefanten herabkamen. Sie hätten uns übrigens auch mit einem ganzen Heer von Elefanten nichts anhaben können, denn wir saßen ziemlich sicher auf unserm Ankerplatz und waren außerhalb ihres Bereichs, wiewohl nicht so ganz als wir glaubten, denn obgleich wir auf einem glatten Wasser lagen, so wären wir um ein Haar wiederum gestrandet, da der vom Ufer herkommende Wind die Ebbe ungewöhnlich weit hinausblies, sodass wir die Sandbank, auf die wir zuvor gestoßen waren, in Gestalt eines Halbmondes daliegen sahen, der uns mit seinen zwei Hörnern umgab; wir befanden uns nämlich im Mittelpunkte desselben wie in einer runden Bucht, übrigens sowohl von der rechten als von der linken Seite in einem tiefen, für den Augenblick aber toten Wasser, und die zwei Hörner oder Spitzen des Sandes ragten beinahe zwei Meilen über die Stelle hinaus, wo unser Schiff lag.

Auf dem östlich von uns gelegenen Teile des Sandes breitete sich die schlecht angeführte Menge der Insulaner aus, und da die meisten von ihnen nicht über die Knie oder Knöchel hinauf im Wasser standen, so schlossen sie uns auf dieser Seite, sowie auf der des Landes und auch ein wenig auf der andern Seite des Sandes ein, indem sie auf einem Raume von etwa sechs Meilen einen Halbkreis oder vielmehr drei Fünftel eines Kreises bildeten, das andere auf unserer Westseite gelegene Horn des Sandes war nicht ganz so seicht, weshalb sie sich in dieser Richtung nicht soweit ausdehnen konnten.

Sie bedachten nicht, welchen Dienst sie uns taten, und wie sie durch ihre plumpe Unwissenheit unfreiwillig unsere Wegweiser geworden waren, während wir, da der Platz nicht gehörig von uns sondiert worden war, unversehens hätten zugrunde gehen können. Außer diesen Massen von menschlichen Teufeln hatten wir auch ein sehr leckes Schiff, und alle unsere Pumpen konnten das Überhandnehmen des Wassers kaum verhindern, unsere Zimmerleute aber waren über Bord, um die Beschädigungen des Schiffes aufzufinden, zuzustopfen und es zuerst auf der einen, dann auf der andern Seite zu flicken. Da nun unsere Leute das Schiff auf der Seite hielten, welche den auf dem östlichen Horn des Sandes stehenden wilden Scharen am nächsten lag, so war es sehr erbaulich zu sehen, wie diese vor Furcht und Freude sich nicht zu fassen wussten, dann auf einmal einander zuriefen und ein Geschrei erhoben, das ich unmöglich beschreiben kann.

Während wir nun, wie man sich wohl denken kann, alle Hände voll zu tun hatten, um unsere Lecke zu verstopfen, unser Tau- und Segelwerk, welches Schaden erlitten hatte, wieder instand zu setzen, einen neuen großen Mast aufzutakeln usw., während wir das alles taten, bemerkten wir einen Haufen von etwa tausend Leuten, welche sich von dem in der Tiefe der Sandbucht liegenden Teile des Barbarenheeres wegmachten und längs des Wassersaumes um den Sand herumkamen, dann aber ungefähr eine halbe Meile von unserer östlichen Batterieseite haltmachten. Wir sahen auch den Holländer ganz allein mit seiner weißen Flagge und allen seinen Bewegungen wie vorher näher auf uns zukommen.

Unsere Leute hatten gerade das Schiff wieder instand gesetzt und glücklicherweise unsere schlimmsten und gefährlichsten Ritze ausfindig gemacht und verstopft, als die Feinde an unsere Batterieseite kamen, und so ließ ich denn wie tags zuvor die Boote bemannen und schickte William als Bevollmächtigten ab. Ich wäre selbst gegangen, wenn ich holländisch verstanden hätte. Da dies nicht der Fall war, so konnte ich das Ergebnis des Gesprächs ja doch nur aus zweiter Hand erfahren, wozu es nachher immer noch Zeit war. Alle Instruktionen, die ich William gab, beschränkten sich darauf, womöglich den alten Holländer zu veranlassen, dass er an Bord kommen möchte.

William ging also wie am Tage zuvor, und als er auf etwa zweihundert Fuß am Ufer war, ließ er seine weiße Flagge aufhissen und die Batterieseite des Bootes gegen das Ufer richten, und während seine Leute auf ihren Rudern lagen, begann er:

Nun, mein Freund, was hast du jetzt zu sagen?

Ich komme mit demselben friedlichen Auftrag wie gestern.

Wie kannst du von einem friedlichen Auftrag sprechen, mit allen diesen Leuten in deinem Rücken und all diesen närrischen Waffen, die sie bei sich haben? So sage denn, was du zu sagen hast.

Der König hat uns befohlen, den Kapitän und alle seine Leute einzuladen ans Ufer zu kommen; zugleich hat er allen seinen Untertanen eingeschärft, ihnen mit der größtmöglichen Höflichkeit zu begegnen.

Gut, und sind diese Leute deswegen gekommen, uns ans Ufer einzuladen?

Sie werden euch kein Leid tun, wenn ihr friedlich an Land kommen wollt.

Gut, und was denkst du, das sie uns tun können, wenn wir nicht wollen?

Ich wünsche, dass sie euch auch dann keinen Schaden zufügen.

Aber ich bitte dich, Freund, sei kein Narr und Schelm zugleich. Weißt du nicht, dass wir dein ganzes Heer nicht zu fürchten brauchen und vor allem sicher sind, dass sie uns nichts zufügen können? Was veranlasst dich, so einfältig und dabei so spitzbübisch zu Werke zu gehen?

Ihr glaubt euch vielleicht sicherer als ihr wirklich seid, und wisst nicht, was sie euch tun können. Ich kann euch versichern, dass sie imstande sind, euch schweren Schaden zuzufügen, und vielleicht gar euer Schiff zu verbrennen.

Angenommen, dies sei wahr, wie ich überzeugt bin, dass es erlogen ist, so siehst du, dass wir noch mehrere Schiffe haben. Dabei deutete er auf die Schaluppe.

Gerade um diese Zeit entdeckten wir zu unserm außerordentlichen Vergnügen die schon dreizehn Tage lang vermisste Schaluppe, die von Osten her in einer Entfernung von etwa zwei Meilen die Küste entlang auf uns zusteuerte.

Das kümmert uns wenig. Wenn ihr auch zehn Schiffe hättet, so könntet ihr es doch nicht wagen, mit eurer Mannschaft ans Ufer zu kommen, wir sind zu zahlreich für euch.

Du sprichst schon wieder nicht, wie du denkst, wir können dir ja einmal ein Pröbchen geben, wenn unsere Freunde zu uns gestoßen sind, denn du hörst, sie haben uns entdeckt.

Die Schaluppe feuerte eben jetzt fünf Kanonen ab, um Nachricht von uns zu erhalten, denn sie sah uns nicht.

Ja, ich höre sie feuern, aber ich hoffe, euer Schiff wird es nicht erwidern, denn wenn dies geschieht, so wird es unser General als Friedensbruch ansehen und seiner Armee Befehl geben, euch da im Boote mit einem Hagel von Pfeilen zu überschütten.

Du kannst versichert sein, dass das Schiff feuern wird, damit die andern es hören, jedoch nicht mit Kugeln. Wenn dein General nichts Besseres weiß, so mag er tun, was er will, du darfst aber darauf rechnen, dass wir es mit Zinsen heimzahlen werden.

Was soll ich denn tun?

Geh einmal zu ihm und melde ihm vor der Hand was ich sagte, gib ihm zu verstehen, dass das Schiff nicht auf ihn noch auf seine Leute feuert, dann komm wieder und sage uns, was er im Sinne hat.

Nein, ich will zu ihm schicken, wir erreichen dadurch denselben Zweck.

Wie du willst, doch glaube ich, du würdest besser daran tun selbst zu gehen, denn wenn unsere Leute vorher feuern, so wird er vermutlich in großen Zorn geraten und zwar über dich, denn wir bekümmern uns nicht um seinen Zorn.

Ihr schätzt eure Feinde viel zu gering und wisst gar nicht, wozu sie fähig sind.

Du tust, als ob diese armen wilden Wichte Wunder was ausrichten könnten, so lass uns doch einmal sehen, was sie alles vermögen, meinetwegen magst du die Friedensflagge senken, wenn du Lust hast, und damit den Anfang machen.

Ich möchte viel lieber den Frieden zustande bringen, sodass wir als gute Freunde voneinander scheiden können.

Du bist ein heimtückischer Schurke, denn offenbar weißt du, dass uns diese Leute nur deswegen ans Ufer locken wollen, um sich unserer Personen zu bemächtigen, und du, der du dich einen Christen nennst, möchtest uns gern bereden, in diese Falle zu gehen und unser Leben in die Hände von Menschen zu geben, welche nichts von Mitleid, anständigen Gebräuchen oder guten Sitten wissen. Wie kannst du, der du dich einen Christen nennst, doch ein so niederträchtiger Bursche sein?

Wie könnt ihr mich so nennen? Was habe ich euch getan und was verlangt ihr von mir?

Dass du nicht den Verräter spielst, sondern dich benimmst wie einer, der früher Christ war und es auch geblieben sein würde, wenn er kein Holländer wäre.

Ich weiß nicht, was ich tun soll. Ich wünschte wohl von diesen Leuten loszukommen, sie sind abscheulich blutdürstig.

Kannst du schwimmen?

Ja, das kann ich, aber wenn ich einen Versuch machen würde, zu euch hinüberzuschwimmen, so würde ich tausend Pfeile und Wurfspieße in meinem Leibe stecken haben, bevor ich euer Boot erreichen könnte.

Ich will näher zu dir hinfahren und dich, dem ganzen Haufen zum Trotz an Bord nehmen. Wir wollen ihnen nur eine einzige Salve geben, dann stehe ich dafür, dass sie alle eiligst davonlaufen.

Ich versichere euch, dass ihr euch hierin täuschet, sie würden im Gegenteil alle sogleich ans Ufer rennen, feurige Pfeile auf euch abschießen und euer Boot, euer Schiff und alles, was ihr habt, in Feuer setzen.

Wir wollen uns dieser Gefahr aussetzen, wenn du zu uns kommst.

Werdet ihr mich aber auch anständig behandeln?

Ich gebe dir mein Wort darauf, sobald du dich wie ein Ehrenmann aufführst.

Werdet ihr mich nicht zum Gefangenen machen?

Ich bürge dir mit meinem Kopfe dafür, dass du frei sein und die Erlaubnis erhalten sollst zu gehen, wohin du willst, obgleich ich dir ehrlich gestehen muss, dass du es nicht verdienst.

Eben gerade um diese Zeit feuerte unser Schiff drei Kanonen ab, um der Schaluppe zu antworten und ihr kundzutun, dass man sie gesehen hätte, auch verstand die Schaluppe das Zeichen sogleich und steuerte unmittelbar auf unser Schiff zu. Unmöglich aber ist es, den Schrecken, das abscheuliche Geschrei, die Verwirrung und die allgemeine Unordnung zu beschreiben, welche die drei Schüsse unseres Schiffes unter dieser unübersehbaren Menschenmenge verursachten. Sie eilten alle zu ihren Waffen und stellten sich in einer Art Schlachtordnung auf, wobei übrigens von einer eigentlichen Ordnung durchaus keine Rede war.

Auf das Kommandowort rückten sie sofort in Haufen an das Ufer und begrüßten uns sogleich mit einem dichten Hagel von Pfeilen, welche mit einem kleinen in Schwefel oder ähnlichen Stoff getauchten Stück Tuch umwickelt waren, das durch seinen Flug in der Luft Feuer fing, und nur selten versagte eines dieser Geschosse.

Ich kann nicht leugnen, dass diese Angriffsweise, von der wir keinen Begriff gehabt hatten, uns anfänglich ein wenig überraschte, denn die Zahl der Pfeile war so groß, dass wir wirklich besorgten, sie möchten unser Schiff in Brand stecken. Auch entschloss sich William sogleich zurückzurudern, um uns zu überreden, dass wir die Anker lichten und in die See stechen sollten, aber es war nicht mehr Zeit dazu, denn die ungeheure am Ufer stehende Menschenmenge überschüttete das Boot und das Schiff alsbald von allen Seiten mit ihren Geschossen.

Sie feuerten, wenn ich es so nennen darf, nicht alle auf einmal, sodass zeitweise eine Pause eingetreten wäre, sondern schossen, da die Auflegung ihrer Pfeile wenig Zeit erforderte, unaufhörlich fort, sodass die Luft voll Feuer war.

Ich kann nicht sagen, ob sie ihren wollenen oder tuchenen Lappen erst anzündeten, bevor sie ihre Pfeile abschossen, denn ich bemerkte nicht, dass sie Feuer bei sich hatten, was indes dennoch der Fall gewesen zu sein schien.

Außer dem Feuer, das der Pfeil mitbrachte, hatte er eine Spitze aus Knochen oder aus scharfem Kieselstein. Einige nahmen auch ein Metall dazu, das zwar als Metall an und für sich etwas weich, aber doch hart genug war, um stecken zu bleiben, wo es einfiel.

William und seine Leute waren klug genug, sich dicht hinter ihre Schutzbretter zu legen, welche sie zu diesem Zwecke so hoch gelegt hatten, dass sie sich leicht hinter denselben verbergen und gegen alles, was von der Seite kam, schützen konnten, gegen das aber, was senkrecht aus der Luft herabfiel, hatten sie keine Abwehr. Anfangs taten sie, als wollten sie fortrudern, gaben aber doch eine Kleingewehrsalve auf die Leute bei dem Holländer ab, wobei William den Seinigen einschärfte, ja genau auf die andern zu zielen, um den Unterhändler nicht zu treffen.

Jetzt war das kein Rufen mehr, sondern ein so abscheuliches Geschrei, dass keiner den andern verstehen konnte, aber unsere Leute ruderten, nachdem sie im Anfange ein wenig rückwärtsgefahren waren, kühn wieder näher auf sie zu und gaben eine zweite

Salve ab, welche große Verwirrung unter den Feinden erregte, denn wir konnten vom Schiffe aus sehen, dass mehrere von ihnen getötet oder verwundet wurden.

Wir hielten dies für einen höchst ungleichen Kampf und gaben daher unsern Leuten das Zeichen zurückzurudern, um auch Anteil an dem Kampfe nehmen zu können; aber da sie so nahe am Ufer waren, flogen die Pfeile so dicht über sie her, dass sie die Ruder nicht handhaben konnten. Sie spannten daher ein Segel auf, in der Hoffnung, hinter ihren Notbrettern liegend, längs des Ufers hinsegeln zu können, allein das Segel war keine fünf Minuten ausgebreitet, als es bereits von fünfhundert Feuerpfeilen durchlöchert und zuletzt hellerloh brannte. Da nun auf diese Art die Feuergefahr für das ganze Boot vorhanden war, so plätscherten und schoben unsere Leute, in den Booten liegend, ihre Fahrzeuge so gut als möglich aus der Gefahr.

Mittlerweile hatten sie uns Platz gemacht, sodass wir dem ganzen wilden Heere beikommen konnten, und als wir mit dem Schiffe so nahe wie möglich herangefahren kamen, feuerten wir auf die dichteste Masse desselben sechs- oder siebenmal fünf Kanonen zu gleicher Zeit ab, welche mit altem Eisen und Kugeln aller Art geladen waren.

Wir konnten leicht sehen, dass wir eine gewaltige Verwüstung unter ihnen angerichtet, eine Masse Menschen getötet oder verwundet hatten, und dass sie deshalb in großer Bestürzung waren, gleichwohl rührten sie sich nicht von der Stelle, und die ganze Zeit über flogen ihre feurigen Geschosse so dicht wie zuvor.

Endlich hörte auf einmal dieser Pfeilregen auf, und der alte Holländer kam ganz allein ans Ufer gerannt, seine weiße Flagge wie vorher so hoch wie möglich schwingend und unserm Boote Zeichen gebend, dass es wieder zu ihm kommen möchte. William hatte anfangs keine Lust sich zu nähern, da aber der Mann unaufhörlich winkte, so entschloss er sich endlich dazu, worauf der Holländer ihm sagte, er sei bei dem General gewesen, den das Blutbad unter seinen Leuten so mürbe gemacht habe, dass er jetzt alles von ihm verlangen könne.

Alles, sagte William, was haben wir mit ihm zu schaffen? Er soll seiner Wege gehen und seine Leute außer Schussweite führen, kann er das nicht?

Freilich, erwiderte der Holländer, aber er wagt es nicht, sich von der Stelle zu rühren und vor des Königs Angesicht zu treten, da er, wenn nicht einige von euren Leuten ans Ufer kämen, sicherlich zum Tode verurteilt würde.

Ganz gut, versetzte William, so mag er denn sterben, denn er soll nie einen von uns in seine Gewalt bekommen, und wenn er dadurch auch sich selbst und dem ganzen Heere das Leben retten könnte. Aber, setzte er hinzu, ich will dir sagen, wie du ihn hintergehen und dabei deine eigene Freiheit gewinnen kannst, wenn dir nämlich daran liegt, deine Heimat wieder zu sehen, und du noch nicht verwildert genug bist, um deine Tage unter diesen Heiden und Halbmenschen zu beschließen.

Ich wollte von Herzen gern fliehen, antwortete er, aber wenn ich jetzt einen Versuch machte, zu euch zu schwimmen, so würden sie, so fern sie mir im Augenblicke auch noch sind, doch so sichere Pfeile nachsenden, dass sie mich töten würden, ehe ich die Hälfte des Weges erreicht hätte.

Aber, entgegnete William, ich will dir sagen, wie du seine Einwilligung bekommen kannst. Geh zu ihm und melde ihm, ich hätte mich erboten dich an Bord zu bringen, wo du einen Versuch machen wolltest, den Kapitän ans Ufer herüberzulocken, und ich wollte ihn nicht hindern, wenn er Lust dazu habe.

Der Holländer schien über diesen Vorschlag entzückt. Ja, das will ich tun, rief er, ich bin überzeugt, dass er es mir erlauben wird.

Damit rannte er fort, als hätte er eine fröhliche Botschaft zu überbringen, und sagte dem General, William habe versprachen, wenn er mit ihm an Bord des Schiffes gehe, so wolle er den Kapitän überreden, mit ihm ans Land zu kommen. Der General war einfältig genug ihm dazu Befehl zu geben und schärfte ihm ein, nicht ohne den Kapitän zurückzukommen, was dieser mit Vergnügen versprach und auch ehrlich hielt.

William nahm ihn also in sein Boot und brachte ihn an Bord, wo er sein Versprechen erfüllte und nie mehr zurückkehrte. Da nun inzwischen die Schaluppe an die Mündung der Enge gekommen war, wo wir lagen, so lichteten wir die Anker und segelten weiter, wobei wir, als wir ziemlich nahe ans Ufer kamen, drei Kanonen gegen sie abschossen, jedoch nur blind, denn wir hatten kein Interesse mehr ihnen wirklichen Schaden zuzufügen. Sofort erhoben wir auf gute Seemannsart zum Abschied ein Freudengeschrei und führten ihren Gesandten von dannen. Wie es dem General erging, davon haben wir keine weiteren Nachrichten bekommen.

Wir waren also wieder in der offenen See und segelten eine Zeit lang nördlich, um zu versuchen, ob wir irgendwo unsere Spezereiwaren anbringen könnten, denn wir besaßen großen Reichtum an Muskatnüssen, wussten aber nicht, was wir damit anfangen sollten. Auf die indische Küste, oder besser gesagt, unter die indischen Faktoreien konnten wir uns nicht gut wagen. Nicht als ob wir ein Gefecht mit ihren paar Schiffen gescheut hätten, auch wussten wir, dass sie keine Kaperschiffe von der Regierung hatten, und es sich deswegen nicht einfallen lassen würden uns anzugreifen. Wenn wir einen Versuch auf sie gemacht hätten, dann würden sie ohne allen Zweifel sich zu gemeinschaftlichem Widerstand und gegenseitigem Schutze vereinigt haben, aber ein See-räuberschiff von beinahe fünfzig Kanonen, wie das Unsrige, anzugreifen, das war offenbar nicht ihre Sache, und wir konnten deshalb ohne Sorge sein. Dagegen mussten wir zu vermeiden suchen, bei ihnen gesehen zu werden, weil sich diese Nachricht von einer Faktorei nach der andern verbreiten würde, und man sich dann gegen etwaige künftige Unter-nehmungen von unserer Seite gehörig verwahrt hätte. Noch weniger konnte es uns lieb sein, unter den holländischen Faktoreien an der malabarischen Küste gesehen zu werden, denn da wir gerade solche Spezereien in Menge aufgeladen hatten, auf welche sie ein Handelsrecht zu besitzen meinten, so würden sie daraus bald ersehen haben, wer wir waren, und dann hätten sie uns ohne Zweifel auf alle erdenkliche Art aufzulauern versucht.

Der einzige Ausweg war demnach, nach Goa zu segeln und dort womöglich unsere Spezereien an die portugiesische Faktorei zu verkaufen. Wir steuerten also dorthin, denn wir hatten zwei Tage vorher am Lande ein wenig ausgeruht, und auf der Höhe von Goa angelangt hielten William und ich, wie gewöhn-lich bei allen wichtigen Anlässen, Rat, wie wir es an-fangen sollten, um hier unentdeckt Geschäfte zu machen. Wir vereinigten uns zu dem Entschlusse, dass William mit einigen zuverlässigen Burschen in der Schaluppe nach Surate, das noch weiter nördlich lag, fahren und dort als Kaufmann mit solchen Leuten von der englischen Faktorei, von denen er Günstiges erwarten konnte, einen Handelsverkehr einleiten solle.

Um dies mit größtmöglicher Vorsicht zu betreiben und allem Argwohn vorzubeugen, beschlossen wir, sämtliche Kanonen herauszunehmen und nur solche Leute mitzuschicken, welche versprachen, nicht an die Küste zu gehen oder sich in keinerlei Gespräch mit Leuten, die an Bord kämen, einlassen zu wollen, und um die Täuschung zu vollenden, suchte sich William zwei von unsern Leuten, einen der Chirurgen und einen gescheiten Kerl, einen alten Matrosen, der an der Küste von Neuengland Lotse gewesen und ein vortrefflicher Mimiker war, heraus, stutzte beide als Quäker zurecht und lehrte sie verschiedene Redensarten dieser Sekte. Der alte Lotse sollte den Kapitän der Schaluppe vorstellen, der Chirurg den Doktor und er selbst den Lademeister: in dieser Vermummung nun segelte er mit der möglichst schlicht aufgemachten Schaluppe, die alles Schnitzwerks, das indes nie bedeutend gewesen war, und aller Kanonen entkleidet war, nach Surate.

Ich hätte freilich vorher bemerken sollen, dass wir uns einige Tage vor dem Abschied an ein kleines sandiges Eiland dicht unter der Küste verfügt hatten, wo eine gute Bucht mit tiefem Wasser war, eine recht brauchbare Reede, auch außerhalb des Gesichtskreises aller Faktoreien, von denen es an der Küste wimmelte. Hier beluden wir die Schaluppe aufs Neue und befrachteten sie bloß mit solchen Dingen, die wir gern los sein wollten, insbesondere mit Muskatnüssen und Gewürznelken, wobei der erstere Artikel den Hauptteil der Ladung ausmachte. Von hier segelte William mit seinen zwei Quäkern und etwa achtzehn Mann in der Schaluppe nach Surate und ankerte in einiger Entfernung von der Faktorei.

Er brauchte die Vorsicht, mit dem Doktor, wie er ihn nannte, auf einem Boote, das zu ihnen kam, um Fische zu verkaufen, und bloß von Eingeborenen gerudert wurde, allein ans Land zu gehen; er mietete später dieses Boot, um sich wieder darin an Bord bringen zu lassen.

Sie waren noch nicht lange am Ufer, als sie Gelegenheit fanden die Bekanntschaft einiger Engländer zu machen, welche hier wohnten, und vielleicht ursprünglich in den Diensten der Kompanie gestanden hatten, jetzt aber an der Küste als selbstständige Kaufleute mit allen Artikeln, die ihnen in den Wurf kamen, Geschäfte zu machen. Der Doktor musste die Bekanntschaft einleiten, er stellte ihnen seinen Freund, den Lademeister, vor, und nach und nach fügte es sich, dass die Kaufleute eine ebenso große Freude an der Ware bezeigten wie unsere Leute, nur dass die Ladung ihnen ein wenig zu groß war.

Indes war diese Schwierigkeit leicht zu beseitigen, denn tags darauf brachten sie noch zwei weitere Kaufleute, ebenfalls Engländer, mit, die, wie William aus ihren Reden entnehmen konnte, Lust hatten, die Waren zu kaufen und auf eigene Rechnung nach dem persischen Meerbusen zu führen. William merkte dies und dachte, wie er mir nachher sagte, sogleich, wir könnten sie ebenso gut selbst dahin bringen als diese Leute, doch war sein Augenmerk zunächst nicht darauf gerichtet, da er nicht weniger als fünfunddreißig Tonnen Muskatnüsse und achtzehn Tonnen Gewürznelken bei sich führte. Unter den Muskatnüssen befand sich eine bedeutende Menge Muskatblüten, da unsere Leute aber guten Nutzen[4] gaben, so wurden

---

[4] Gewinn.

sie bald handelseinig. Die Kaufleute, welche gern die Schaluppe samt allem gekauft hätten, gaben nun William die nötigen Weisungen und ließen ihn durch zwei Lotsen nach einer Bucht, etwa sechs Seemeilen von der Faktorei, bringen, wohin sie ihre Boote ruderten und die ganze Ladung einnahmen, nachdem sie William sehr anständig bezahlt hatten. Der Gesamterlös belief sich auf etwa fünfunddreißigtausend spanische Piaster außer einigen Wertgegenständen, die William gern nahm: zwei großen Diamanten im Werte von dreihundert Pfund Sterling.

Als die Zahlung geleistet war, lud William die Käufer an Bord der Schaluppe ein, wo der lustige alte Quäker seine Gäste so vortrefflich unterhielt und ihnen dermaßen mit Getränken zusetzte, dass sie ganz guter Dinge wurden und in derselben Nacht nicht mehr ans Ufer gehen konnten.

Sie hätten für ihr Leben gern gewusst, wer unsere Leute wären und woher wir kämen, aber kein einziger Mann in der Schaluppe wollte irgendeine Frage von ihnen anders beantworten als in einer Weise, die ihnen zeigen musste, man treibe Spaß mit ihnen. Inzwischen ließ William im Laufe des Gesprächs die Bemerkung fallen, diese Herren wären offenbar imstande auch noch eine weit größere Ladung zu kaufen, und hätten uns vielleicht zweimal soviel Spezereien abgenommen, wenn wir sie gehabt hätten. Sodann bat er den lustigen Kapitän ihnen auseinanderzusetzen wie sie noch eine andere Schaluppe besäßen, die in Marmagoon läge und ebenfalls ein bedeutendes Quantum Spezereiwaren an Bord hätte, wenn dieselben bis zu seiner Rückkehr noch nicht verkauft sei, so wolle er sie auch hierher bringen.

Die neuen Kunden zeigten so viel guten Willen, dass sie mit dem alten Kapitän schon im Voraus einen

Handel abschließen wollten. Dieser sagte jedoch: Nein, nein, Freunde, ich handle nicht mit euch, ohne dass ihr die Waren in Augenschein genommen habt, überdies weiß ich nicht, ob der Besitzer der Schaluppe seine Ladung nicht bereits verkauft hat, wenn dies aber bis zu meiner Rückkehr noch nicht geschehen ist, so gedenke ich, ihn zu euch zu bringen.

Der Doktor hatte die ganze Zeit über genug zu tun, ebenso auch William und der alte Kapitän, denn er ging mehrere Male des Tages auf dem indischen Boote ans Ufer und brachte frische Vorräte für die Schaluppe, deren die Mannschaft sehr bedürftig war, namentlich kaufte er auch siebzehn recht ansehnliche Tonnen Arrak, mehrere kleinere Quantitäten ungerechnet, ferner ein Quantum Reis und eine Menge Früchte, Mangopflaumen, Kürbisse und noch vieles andere, auch Geflügel und Fische in Hülle und Fülle. Er kam niemals ohne eine bedeutende Ladung an Bord, da er nicht bloß für die Schaluppe, sondern auch für das andere Schiff Einkäufe machte, und nachdem er nun eine halbe Schiffsladung Reis und Arrak nebst einigen Schweinen und sechs oder sieben lebendigen Kühen aufgekauft, somit aufs Beste für unsere Vorratskammer gesorgt und unsern Leuten baldige Rückkehr versprochen hatte, segelten sie zu uns zurück.

William war jederzeit ein willkommener Bote gewesen, nie aber mehr als eben jetzt, denn wir konnten in der Gegend, wohin wir unser Schiff gebracht hatten, nichts anderes bekommen als einige Mangofrüchte und Wurzeln, da wir uns nicht weiter ins Land hineinbegeben oder bekannt werden wollten, ehe wir Nachrichten von unserer Schaluppe erhalten hätten, und wirklich war die Geduld unserer Mannschaft beinahe zu Ende, denn William hatte zu seiner

Unternehmung siebzehn Tage gebraucht, sie aber wohl angewendet.

Nach seiner Rückkehr hatten wir eine neue Beratung über Handelsangelegenheiten, nämlich ob wir den Rest unserer Spezereien und andere auf dem Schiffe befindliche Waren nach Surate schicken oder uns selbst nach dem persischen Meerbusen verfügen sollten, wo wir sie wahrscheinlich ebenso gut verkaufen konnten als die englischen Kaufleute von Surate. William war der Meinung, wir sollten selbst hinsegeln, was seiner kaufmännischen Einsicht alle Ehre machte, aber dennoch überstimmte ich ihn diesmal. Ich sagte nämlich, bei genauer Erwägung unserer Verhältnisse sei es weit besser, alle unsere Waren hier, wenn auch zu dem halben Preise zu verkaufen, als mit ihnen in den persischen Meerbusen zu fahren, wo wir uns größeren Gefahren aussetzen würden, da die Leute dort viel neugieriger, misstrauischer und bei Weitem nicht so leicht zu behandeln wären, weil sie ihre Geschäfte frei und offen, nicht verstohlen, wie es hier der Fall zu sein scheine, trieben. Wenn sie dort einmal Verdacht schöpften, so würde uns ein friedlicher Rückzug bei Weitem schwieriger sein als hier, wo wir uns auf der hohen See befänden und ohne viele Umstände wieder weiter ziehen könnten, auch hätten wir hier nicht die mindeste Verfolgung zu befürchten, da niemand wisse, wo er uns aufsuchen sollte.

Auf diese Vorstellungen gab sich William zufrieden, obgleich sie für ihn vielleicht kein so großes Gewicht hatten, und wir beschlossen daher, mit einer neuen Schiffsladung bei denselben Kaufleuten einen Versuch zu machen. Die Hauptsache war, die Sache so einzurichten, dass die englischen Kaufleute meinen mussten, dies sei unsere andere Schaluppe. Dafür ließen wir den alten Quäker und Steuermann in einer

Person sorgen, der auch am besten imstande war die Schaluppe in ein neues Gewand zu kleiden. Vor allem brachte er sämtliches Schnitzwerk, das er zuvor weggenommen hatte, wieder an, der Stern, der zuvor mit einem düsteren Weiß bemalt war, wurde jetzt blau lackiert und eine Menge lustiger Figuren darauf gezeichnet, auf dem Halbdeck errichteten die Zimmerleute zu beiden Seiten eine hübsche kleine Galerie, man pflanzte zwölf Kanonen darin auf, sowie einige andere Geschütze auf dem Schaudeck, was alles zuvor nicht gewesen war, und um das neue Gewand zu vollenden oder die Verwandlung zu vervollständigen, wurden sogar die Segel verändert. Die Schaluppe bekam jetzt, während sie früher wie eine Jacht mit einem halben Spriet gesegelt war, einen Besanmast. Mit einem Wort, die Täuschung war so vollständig, dass ein Fremder, der die Schaluppe bloß ein einziges Mal gesehen hatte, sie wohl nicht wieder erkennen konnte.

In dieser wunderlichen Gestalt fuhr also die Schaluppe zurück. Sie hatte einen andern Kapitän in der Person eines Mannes, dessen Zuverlässigkeit wir kannten, der alte Steuermann fuhr bloß als Reisender mit, der Doktor und William gaben sich kraft förmlicher Vollmacht von einem gewissen Kapitän Singleton für die Lademeister aus, und so war mit einem Worte alles vorher aufs Genaueste bestimmt.

Wir hatten eine vollständige Ladung für die Schaluppe, denn außer einem sehr bedeutenden Quantum von Muskatnüssen, Muskatblüten, Gewürznelken und einigem Zimt führte sie verschiedene Waren an Bord, die wir in der Gegend der philippinischen Inseln, als wir auf günstige Gelegenheiten zu Geschäften warteten, eingenommen hatten.

Es wurde William nicht schwer auch diese Ladung zu verkaufen, und in etwa zwanzig Tagen kehrte er mit allen zu einer weiteren Reise notwendigen Lebensmitteln versehen zurück. Außer einer Menge anderer Waren brachte er uns gegen 35 000 spanische Piaster nebst einigen Diamanten, von denen er sagte, dass er sich zwar nicht besonders darauf verstehe, doch glaube er damit nicht betrogen worden zu sein, indem die Kaufleute, mit denen er Geschäfte machte, sämtlich ganz ehrliche Menschen zu sein schienen.

Sie hatten durchaus keine Schwierigkeiten mit diesen Kaufleuten gehabt, denn die Aussicht auf sichern Gewinn hatte ihnen alle unnötige Neugierde benommen, sodass sie auch an der Schaluppe schlechterdings nichts Verdächtiges bemerkten.

Man kann dies wirklich die einzige Handelsreise nennen, die wir machten. Wir waren jetzt im wirklichen Sinne des Wortes sehr reich, und es kam uns natürlich die Frage, was wir jetzt beginnen sollten. Unser eigentlicher Erlösungshafen, wie wir ihn nennen können, war zu Madagaskar in der Bucht von Mangahelly.

Eines Tages nahm mich William in der Kajüte der Schaluppe beiseite und sagte mir, er habe ein ernsthaftes Wort mit mir zu reden; wir schlossen uns also ein, und William begann seine Vorhaltung.

Willst du mir erlauben, hub er an, offen über deine gegenwärtigen Umstände und künftigen Aussichten mit dir zu sprechen, und gelobst du mir nichts übel zu nehmen?

Von Herzen gern, William, entgegnete ich. Ich habe deinen Rat jederzeit für gut befunden, deine Pläne waren nicht nur klug angelegt, sondern sie sind auch zu unserm größten Glücke ausgeschlagen, deshalb sage, was du willst, ich gebe dir das Versprechen, dir nichts übel zu nehmen. Ich will dir in allem zu Willen sein, nur darfst du mich nicht verlassen, denn ich kann mich unter keinen Umständen von dir trennen.

Gut, erwiderte William, ich beabsichtige durchaus nicht mich von dir zu trennen, wenn du es nicht selbst verlangst. Vor allem will ich dich fragen, ob du mitsamt allen deinen Leuten Reichtümer und Schätze genug erworben hast – auf welche Art der Erwerb geschah, gehört nicht hierher – sodass jeder für sich etwas damit anfangen könnte?

Allerdings, William, sagte ich, du hast vollkommen recht. Ich dächte, wir haben ganz hübsche Geschäfte gemacht.

Nun gut, fuhr William fort, so möchte ich dich fragen, ob du, wenn du genug erworben hast, dieses Gewerbe nicht vielleicht aufzugeben gedenkst? Die meisten Leute ziehen sich doch von ihren Geschäften zurück, sobald sie mit ihrem Erwerb zufrieden und reich genug sind. Es wird wohl niemand um des Handels willen Handel treiben und noch viel weniger Seeräuberei aus bloßer Lust am Rauben.

Ganz recht, William, sagte ich, ich merke jetzt, wo hinaus du willst, und wette, es verlangt dich nach Hause.

Allerdings, erwiderte William, und ich glaube, es wird auch dir so ergehen. Die meisten Menschen, welche sich lange in der Fremde herumgetrieben haben, hegen den natürlichen Wunsch, am Ende wieder nach Hause zu kommen. Besonders wenn sie reich und, wie du ja selbst von dir zugibst, reich genug, ja so reich geworden sind, dass sie nicht wüssten, was sie mit noch größerem Reichtum anfangen sollten.

Nun gut, lieber William, jetzt hast du, glaube ich, deinen Vordersatz deutlich genug gestellt und auf eine Art bewiesen, dass ich nichts dagegen einzuwenden weiß, nämlich den Satz, dass ich, wenn ich Geld genug habe, offenbar auch an die Rückkehr in die Heimat denken sollte, das aber hast du mir noch nicht erklärt, was du unter Heimat verstehst, und hierin werden wir wohl nicht so ganz übereinstimmen. Hier, mein Freund, bin ich zu Hause, und hier ist meine Wohnung, ich habe nie in meinem Leben eine andere gehabt: ich war eine Art Findelkind und kann also, mag ich nun reich oder arm sein, nicht wünschen, irgendwo anders hinzugehen, denn ich weiß wahrhaftig nicht, wohin ich mich wenden sollte.

Ei wie, fragte William ein wenig verdutzt, bist du denn kein Engländer?

Ich glaube es wenigstens. Du siehst, ich spreche Englisch, aber ich verließ schon als Kind England und war seit meinen Mannesjahren nur einmal dort. Auch wurde ich damals so schändlich betrogen und übel behandelt, dass mir durchaus nichts daran liegt, es je wiederzusehen.

Aber, entgegnete er, hast du denn keine Verwandten oder Freunde dort? Keine Bekannten? Niemand, gegen den du einige Anhänglichkeit oder einige Reste von Verehrung hegst?

Nein, William, erwiderte ich, keinen einzigen Menschen, so wenig wie am Hofe des Großmoguls.

Hegst du auch kein Verlangen nach dem Lande, wo du geboren wurdest?

Nein, so wenig als du nach der Insel Madagaskar, ja noch weit weniger, denn diese Insel hat mir, wie du weißt, mehr als einmal Glück gebracht.

William war ganz erstaunt über meine Worte und schwieg still. Wohlan, was hast du mir weiter zu sagen, sagte ich nach einer Pause zu ihm. Ich merke schon, du hast einen Plan in deinem Kopf, rücke einmal heraus damit.

Jetzt, erwiderte William, hast du mich zum Schweigen gebracht und alles, was ich sagen wollte, über den Haufen geworfen. Alle meine Pläne sind jetzt vernichtet.

Nun gut, William, sagte ich, so lass doch wenigstens hören, worin sie bestanden, denn obgleich ich mir nicht das gleiche Ziel vor Augen gesteckt habe wie du, und obgleich ich in England weder Verwandte noch Freunde noch Bekannte besitze, so kann ich doch nicht behaupten, dieses herumschwärmende Räuberleben gefiele mir so gut, dass ich es nicht aufgeben möchte. Lass mich also hören, ob du mir außer diesem Bereiche etwas Annehmliches zu sagen hast.

Ja gewiss, Freund, sagte William sehr ernsthaft, habe ich dir außer diesem Bereiche noch etwas vorzuschlagen. Dabei hob er seine Hände auf und schien gerührt, ja ich glaubte sogar Tränen in seinen Augen zu bemerken, doch war ich ein zu verhärteter Sünder, um von solchen Dingen ergriffen zu werden, und verspottete ihn. Du meinst wahrscheinlich den Tod, der ist freilich außer dem Bereiche meines Gewerbes. Doch meinetwegen, wenn er kommt, so kommt er, dann ist für uns alle gesorgt.

Ach, erwiderte William, das ist freilich wahr, aber es wäre besser, wenn man an gewisse Dinge auch dächte, bevor sie kommen.

Denken, entgegnete ich, wozu auch denken? An den Tod denken heißt sterben, und immer daran denken heißt sein ganzes Leben lang auf dem Totenbette liegen. Es ist Zeit genug daran zu denken, wenn er einmal kommt.

Man wird mir gern glauben, dass ich ganz zu einem Seeräuber geeignet war, da ich so sprechen konnte. William fuhr nun sehr ernst fort. Ich muss dir gestehen, Freund, dass es mir äußerst wehe tut, dich so sprechen zu hören. Diejenigen, welche den Tod scheuen, sterben oft, ohne daran gedacht zu haben.

Ich suchte die Sache noch länger ins Scherzhafte zu ziehen und erwiderte: Ich bitte dich, sprich nicht vom Sterben, wie können wir wissen, ob wir überhaupt sterben müssen? Dabei begann ich zu lachen.

Ich brauche dir darauf nicht zu antworten, versetzte William. Es geziemt mir nicht dir, meinem Kommandanten, Vorwürfe zu machen, aber ich wünschte viel lieber, dass du anders vom Tode sprächest, es ist eine bitterernste Sache.

Sage zu mir, was du willst, William, erwiderte ich, ich will es freundlich anhören.

Seine Rede begann jetzt, einen tiefen Eindruck auf mich zu machen. William fuhr, indem ihm die Tränen über das Gesicht rollten, fort: Eben weil die Menschen leben, als ob sie nie sterben müssten, sterben viele, bevor sie wissen, wie man zu leben hat. Aber ich meinte vorhin nicht den Tod, als ich sagte, es lasse sich etwas Höheres denken als diese Lebensart.

Nun gut, William, sagte ich, und was denn?

Die Reue, antwortete er.

Zum Henker, rief ich, hast du jemals gehört, dass ein Seeräuber Reue empfunden hat?

Bei diesen Worten bebte er ein wenig und erwiderte dann: Von einem weiß ich wenigstens, dass er am Galgen bereute, und du wirst hoffentlich der Zweite sein.

Er sprach dies in sehr eindringlichem Tone und mit sichtlicher Bekümmernis um mich. Gut, William, sagte ich, ich danke dir und bin in solchen Dingen vielleicht nicht so gefühllos, als ich mich stelle. Aber nun lass mich deine Vorschläge hören.

Mein Vorschlag, erwiderte William, zielt sowohl auf dein Bestes als auf das Meinige. Wir wollen dieser Lebensweise ein Ende machen und Buße tun. Eben jetzt bietet sich für uns vielleicht die schönste Gelegenheit dar, die sich jemals gefunden hat oder je wieder finden kann.

Wohlan, William, sagte ich, so teile mir einmal deinen Plan, wie wir unserer jetzigen Lebensweise ein Ende machen können, mit, von dem übrigen wollen wir nachher sprechen. Ich bin nicht so gefühllos, als du vielleicht glaubst, aber lass uns nur erst aus dieser höllischen Lage herauskommen.

Hierin magst du freilich recht haben, erwiderte William. Wir dürfen nicht von Reue und Buße sprechen, solange wir Seeräuber bleiben.

Gut, William, sagte ich, eben das ist meine Meinung, denn wenn wir bloß das Verübte bereuen und nicht auch zugleich uns bessern wollen, so weiß ich nicht, was das Wort Buße bedeuten soll. Ich verstehe mich zwar sehr wenig auf solche Dinge, aber schon die Natur der Sache scheint mir zu sagen, dass unser erster Schritt das Verlassen unserer bisherigen Bahn sein muss, und damit will ich von Herzen gern in deiner Gesellschaft den Anfang machen.

Ich konnte aus Williams Miene sehen, dass er über meine Bereitwilligkeit sehr erfreut war, er war ganz außer sich vor Freude, dass er nicht sprechen konnte.

Nun, William, sagte ich, ich sehe deutlich genug, dass du es ehrlich meinst. Glaubst du wirklich, es sei tunlich für uns, dieser unseligen Lebensweise hier ein

Ende zu machen und uns auf immer davon zu entfernen?

Ja, erwiderte er, für mich wenigstens ist es im höchsten Grade tunlich, ob aber auch für dich, muss deinem eigenen Urteil anheimgestellt bleiben.

Nun gut, sagte ich, ich gebe dir mein Wort, dass ich mich von dieser Stunde an unter deinen Befehl stellen und alles tun will, was du mich heißen wirst.

Wohlan, begann William, mein Plan ist folgender: Wir sind jetzt an der Mündung des persischen Meerbusens, in Surate haben wir so viel von unserer Ladung verkauft, dass wir Geld genug besitzen. Schicke mich mit der Schaluppe und den chinesischen Waren, die wir an Bord haben und die eine neue gute Ladung ausmachen, nach Bassora, so bürge ich dir dafür, dass ich unter den englischen und holländischen Kaufleuten daselbst Gelegenheit finden werde, eine Menge Waren und Geld unterzubringen, sodass wir nachher dazu unsere Zuflucht nehmen können. Wenn ich dann zurückkomme, wollen wir das weitere bedenken. Inzwischen aber bereite die Mannschaft zu einer Fahrt nach Madagaskar vor, die angetreten werden soll, sobald ich wieder zurück bin.

Ich hielt ihm entgegen, meiner Ansicht nach brauche er nicht bis Bassora zu reisen, sondern nur in den Ormus einzulaufen, um dasselbe Geschäft zu machen.

Nein, erwiderte er, ich kann mich dort nicht so frei bewegen, weil die Gesellschaft dort ihre Faktorei hat, und man mich leicht als Schmuggler anhalten könnte.

Wir hatten in Surate eine große Summe Geldes erhoben, sodass wir über etwa hunderttausend Pfund gebieten konnten, und an Bord des großen Schiffes befand sich noch weit mehr.

Ich befahl ihm nun öffentlich, das Geld, das er habe, an Bord zu behalten, dafür ein Quantum Schießbedarf zu kaufen, wenn er welches bekommen könnte, und uns so zu neuen Unternehmungen in den Stand zu setzen. Mittlerweile beschloss ich, eine Summe Geldes nebst Juwelen, die ich an Bord des großen Schiffes hatte, zu nehmen und an einen Ort zu legen, von wo ich sie unmittelbar nach meiner Rückkehr unbemerkt wieder wegbringen könnte. Sodann ließ ich William seinen Wünschen gemäß absegeln und verfügte mich an Bord des großen Schiffes, wo wir einen wirklich unermesslichen Schatz besaßen.

Wir mussten nicht weniger als zwei Monate auf Williams Rückkehr warten, und ich begann bereits sehr verdrießlich darüber zu werden, weil ich zuweilen dachte, er habe mich verlassen, indem er den nämlichen Kunstgriff angewendet, um seine Mannschaft für seinen Willen zu stimmen, und so seien sie mir alle zusammen davongegangen. Ja, drei Tage vor seiner Rückkehr dachte ich ernstlich daran, nach Madagaskar zu segeln und ihn aufzugeben, aber der alte Chirurg, welcher in Surate den Quäker gespielt und für den Herrn der Schaluppe gegolten hatte, redete es mir aus, wofür ich ihn zum Dank für seinen guten Rat und seine offenbare Treue in meinen Plan einweihte, was ich auch niemals zu bereuen hatte.

Endlich kam William zu unserer unaussprechlichen Freude zurück, brachte uns eine Menge notwendiger Dinge, namentlich sechzig Tonnen Pulver, einiges eiserne Geschütz und etwa dreißig Tonnen Blei. Zugleich führte er ein bedeutendes Quantum Mundvorrat bei sich und stattete mir öffentlich Bericht von seiner Fahrt ab, sodass jedermann auf Deck ihn hören konnte, und aller Argwohn im Voraus abgeschnitten wurde.

Hierauf sagte William, er wolle abermals gehen, ich solle ihn aber begleiten, denn er habe verschiedene Dinge, die er an Bord geführt, nicht verkaufen können, namentlich habe er dort allerhand zurückgelassen, weil die Karawanen nicht gekommen seien, und er habe sich verpflichtet, mit Waren zurückzukehren.

Das war es, was ich wünschte. Die Mannschaft war sehr dafür, dass er gehen solle, besonders weil er sagte, man könnte die Schaluppe für die Rückfahrt mit Reis und Lebensmitteln befrachten, ich aber stellte mich, als ob ich dem Plane entgegen wäre, bis der alte Chirurg aufstand und mir eine Menge Gründe, einen immer dringender als den anderen, entgegenhielt, um mich dazu zu bestimmen. Wenn ich nicht mitginge, sagte er ausdrücklich, würde keine Ordnung im Ganzen sein, mehrere von der Mannschaft könnten sich leicht hinwegschleichen und alle übrigen verraten, ohne mich wäre bei dieser Fahrt keine Sicherheit für die Schaluppe. Zuletzt erbot er sich, um die Sache recht eindringlich zu machen, selbst mit mir zu gehen.

Ich stellte mich, als ob diese Beweggründe endlich meinen Widerstand überwunden hätten, und die ganze Mannschaft war vergnügt darüber, dass ich einwilligte. Wir luden also alles Pulver, Blei und Eisen, sowie andere für das Schiff brauchbare Dinge aus der Schaluppe aus und luden dafür einige Ballen Spezereiwaren und etliche Körbe Gewürznelken, im Ganzen etwa sieben Tonnen, nebst einigen andern Waren hinein, unter deren Ballen ich meinen ganzen Schatz – ein nicht unbeträchtliches Vermögen – für mich versteckt hatte. Wir fuhren dann sogleich ab.

Zuvor berief ich noch eine Versammlung sämtlicher Offiziere, um ihnen einen Ort zu bestimmen, wo sie auf mich zu warten hätten, und die Zeit, wie lange sie dies tun sollten. Es wurde hier ausgemacht, dass das Schiff achtundzwanzig Tage an einer kleinen Insel auf der arabischen Seite des Golfes bleiben sollte, und wenn die Schaluppe in dieser Zeit nicht käme, so sollte es nach einer andern Insel, weiter westlich, segeln und dort abermals fünfzehn Tage warten; erschiene die Schaluppe auch dann nicht, so sollten die Leute auf dem Schiffe annehmen, es sei ihr irgendein Unglück zugestoßen, und dann wollten wir in Madagaskar einander wiedersehen.

Nach diesen Bestimmungen verließen wir das Schiff, welches William und ich sowie der Chirurg nie wiederzusehen beabsichtigten. Wir steuerten geradezu auf den Golf los und durch denselben nach Bassora. Die Stadt Bassora liegt in einiger Entfernung von dem Orte, wo sich unsere Schaluppe befand, da aber das Gewässer nicht ganz sicher, und wir, die wir nur einen gewöhnlichen Piloten hatten, nicht zum besten damit bekannt waren, so landeten wir bei einem Dorfe, in dem einige Kaufleute wohnten und das sehr bevölkert war, weil kleinere Fahrzeuge häufig daselbst vor Anker gingen.

Hier hielten wir uns, um gute Geschäfte zu machen, drei oder vier Tage auf und brachten alle unsere Ballen und Spezereiwaren, sowie die ganze Ladung, die von nicht unbedeutendem Werte war, ans Land, wir zogen dies einer unmittelbaren Fahrt nach Bassora vor, bis wir unsern angelegten Plan ausgeführt hätten.

Nachdem wir nämlich verschiedene Waren eingekauft hatten und gerade Anstalten trafen noch andere zu erstehen, während das Boot mit zwölf Mann am Ufer lag, schickten ich, William, der Chirurg und ein vierter mit eingeweihter bei Anbruch der

Abenddämmerung einen Türken mit einem Briefe an den Oberbootsmann und gaben dem Burschen auf, so schnell wie möglich zu laufen, indes wir uns in einer kleinen Entfernung aufstellten, um den Erfolg zu beobachten. Der Inhalt des Schreibens war von dem alten Doktor folgendermaßen abgefasst:

Wir sind alle verraten. Um Gotteswillen macht, dass ihr mit dem Boote davon kommt und an Bord geht, sonst seid ihr alle verloren. Der Kapitän, William und der reformierte Georg sind ergriffen und bereits abgeführt. Ich allein bin entwischt und verborgen, darf aber nicht von der Stelle, sonst bin ich ein Kind des Todes. Sobald ihr an Bord seid, haut den Anker ab und segelt aus Leibeskräften davon, wenn euch euer Leben lieb ist. Lebt wohl. R. S.

Wir standen, wie schon gesagt, da es Abenddämmerung war, unbemerkt in einiger Entfernung, sahen, wie der Türke den Brief ablieferte, und bemerkten auch, wie binnen drei Minuten sämtliche Matrosen in das Boot sprangen und aufpackten. Sie ließen sich, wie wir vorausgesetzt hatten, unsere Warnung gesagt sein, denn am nächsten Morgen erblickte man weit und breit nichts mehr von ihnen, auch ist uns seither keine Kunde mehr über sie zugekommen.

Wir waren jetzt an einem guten Orte und in sehr guten Umständen, denn wir galten für reiche persische Kaufleute.

Ich halte es nicht für nötig hier auseinanderzusetzen, welche Menge schlecht erworbener Reichtümer wir zusammengehäuft hatten: es wird zweckmäßiger sein, wenn ich gestehe, dass ich die verbrecherische Art, wie ich dazu gekommen war, mit Seelenpein einzusehen begann, und dass mir dieser Besitz sehr wenig Vergnügen machte. Auch war ich manchmal so kleinmütig, dass ich es für unwahrscheinlich hielt, im Besitze dieser Schätze zu bleiben, dass mir in solchen Augenblicken der Verzagtheit der Verlust derselben auch ziemlich gleichgültig war, doch fasste ich bald wieder besseren Mut, als ich auf den Spaziergängen, die ich mit meinem Freunde William in der Umgebung von Bassora machte, bei ihm mir Rat einholte.

Nachdem wir die uns verbrüderten Galgenstricke weggescheucht hatten, waren wir in Bassora vollkommen sicher und hatten bloß noch daran zu denken, durch zweckdienliche Verwandlung unserer Schätze ein kaufmännisches Ansehen zu gewinnen, denn wir beabsichtigten fortan als Handelsleute aufzutreten.

Vor allem aber beschlossen wir, über unsere Absichten nur auf dem offenen Felde ernsthaft zu sprechen, wo wir vor Belauschung sicher sein konnten, und so gingen wir jeden Abend, wenn die Sonne sich zu senken und die Hitze nachzulassen begann, bald diesen, bald jenen Weg spazieren, um über unsere Angelegenheiten zu beraten.

Ich hätte bemerken sollen, dass wir uns hier nach persischer Art neu gekleidet hatten, also lange seidene Jacken, sehr feine hübsche Mäntel von karmesinrotem englischen Zeug trugen und unsere Bärte so wachsen ließen, dass man uns, jedoch nur dem Ansehen nach, für persische Kaufleute halten konnte, wir verstanden aber oder sprachen kein persisches Wort, wie überhaupt keine andere als die englische und holländische Sprache, wovon außerdem die Letztere auch nicht zu meinen starken Seiten gehörte, obgleich ich dagegen vor William die Kenntnis des Portugiesischen voraushatte.

Wir suchten nicht den mindesten Verkehr mit den englischen Kaufleuten, welche sich hier aufhielten. Dadurch verhinderten wir, dass sie uns ausfragten oder Nachrichten über uns geben konnten, wenn je die Kunde von unserer Landung hier eintreffen sollte, was, wie wir wohl einsahen, durchaus nicht zu den Unmöglichkeiten gehörte.

Während unseres etwa zweimonatigen Aufenthaltes an diesem Orte wurde ich sehr nachdenklich über meinen Zustand, ich begann wirklich andere Ansichten von mir selbst und von der Welt zu bekommen, als ich bisher gehabt hatte.

William hatte mein gedankenloses Wesen gewaltsam aufgerüttelt, indem er mich darauf aufmerksam machte, dass es ein Jenseits gäbe, dass auf die Stunde des Genusses der Augenblick der Rechenschaft folge, dass das Werk, das zu tun noch übrig bleibe, weit wichtiger sei als alles bisher vollbrachte, nämlich die Buße, und dass es hohe Zeit sei daran zu denken. Diese und ähnliche Gedanken, sage ich, verbitterten meine Stunden, und ich wurde sehr traurig.

Eines Abends begann ich auf einem unserer Spaziergänge von der Notwendigkeit zu sprechen alle unsere Besitztümer zurückzulassen. Glaubst du, William, sagte ich, dass wir jemals imstande sein werden, mit all diesem Plunder Europa zu erreichen.

Allerdings, erwiderte William, so gut als andere Kaufleute mit ihren Waren, solange es nicht öffentlich bekannt ist, welchen Wert unsere Ladung hat.

Aber William, glaubst du denn, dass, wenn ein Gott da oben ist, dem wir Rechenschaft zu geben haben, wie du mir schon oft versichert – glaubst du denn, sagte ich, dass er, wenn er ein gerechter Richter ist, uns mit diesem Raub von so vielen unschuldigen Leuten, ja ich möchte sagen, Völkern, davonkommen lassen und uns nicht zur Rechenschaft ziehen werde, bevor wir Europa erreichen, wo wir ihn zu genießen gedenken?

Nach einer kleinen Pause begann William: Du hast eine sehr wichtige Frage angeregt, und ich vermag dir keine bestimmte Antwort darüber zu geben, aber soviel kann ich dir sagen, wenn wir die Gerechtigkeit Gottes erwägen, so haben wir allerdings keinen Grund auf seinen Schutz zu rechnen, da aber die Wege der Vorsehung andere sind als die gemeine Straße des menschlichen Verfahrens, so können wir bei aufrichtiger Reue immerhin auf Gnade hoffen, da wir nicht wissen, wie gütig er noch gegen uns sein mag. Wir müssen daher so handeln, als ob wir mehr auf die Gnade hofften als seine Gerechtigkeit fürchteten, die allerdings nur Rache und Gericht über uns verhängen könnte.

Aber William, sagte ich, die wahre Buße begreift, wie du mir einmal angedeutet hast, Besserung in sich, und wir können uns nie bessern, weil wir das, was wir durch Raub und Plünderung an uns gerissen haben, nie wieder zurückgeben können.

Ganz richtig, versetzte William, das können wir nicht tun, denn wir können unmöglich die rechtmäßigen Besitzer ausfindig machen.

Aber, fuhr ich fort, was sollen wir denn nun mit unserm geplünderten Reichtum anfangen? Wenn wir ihn behalten, so bleiben wir nach wie vor Räuber und Diebe, und wenn wir ihn fahren lassen, so erfüllen wir keine Pflicht der Gerechtigkeit, denn wir können ihn den rechtmäßigen Eigentümern doch nicht wieder zustellen.

Darauf, sagte William, kann ich dir kurz antworten. Unsere Schätze fahren lassen und zwar hier, hieße sie an Leute wegwerfen, die keinen Anspruch darauf haben, hieße uns selbst derselben berauben, ohne dadurch etwas Gutes zu tun. Deswegen müssen wir sie sorgfältig zusammenhalten, mit dem festen Entschluss, soviel Gutes als möglich damit zu stiften, und wer weiß, ob uns die Vorsehung nicht vielleicht Gelegenheit an die Hand geben wird, wenigstens einigen von denen, welchen wir Unrecht getan haben, Genugtuung zu geben. Wir müssen es ihr wenigstens überlassen und uns in ihren Willen fügen. Deshalb muss offenbar unsere nächste Sorge sein, uns an einen sichern Ort zu begeben, wo wir ihren Willen abwarten können.

Die Erklärung Williams beruhigte mich wieder, wie auch wirklich zu jeder Zeit alles, was er sagte, vernünftig war. Ich sah ein, dass ich an einen sichern Ort gehen und alles Kommende der Gnade des allmächtigen Gottes anheimstellen müsse. Soviel muss ich aber versichern, dass ich von dieser Zeit an keine Freude mehr an meinen Schätzen hatte: ich betrachtete sie als gestohlene Güter, was sie auch größtenteils waren, als einen Mammon, den ich unschuldigen Menschen geraubt, und wofür ich in dieser Welt den Strick und in der andern die ewige Verdammnis verdient hatte.

Was meine Kenntnisse in der Religion betrifft, so hat ja der Leser meine Geschichte gehört und vermag danach sein Urteil zu fällen. Ich erinnere mich nicht einmal, je in meinem Leben ein Kapitel in der Bibel gelesen zu haben, obgleich der kleine Bob in die Schule ging, um sein Testament zu lernen.

Gleichwohl gefiel es Gott, mir in dem Quäker William alles in allem zu geben. Ich nahm ihn daher eines Abends wie gewöhnlich auf den Spaziergang und rannte mit ihm in weit größerer Hast als sonst auf den Feldern umher, hier erzählte ich ihm denn kurz die Angst meiner Seele und welchen furchtbaren Versuchungen ich ausgesetzt gewesen sei, ich sagte ihm, dass ich mich erschießen wolle, denn ich könnte die Last und den Schrecken, der auf mir liege, nicht länger ertragen.

Dich erschießen, rief William, und was würde dir dies nützen?

Es würde doch wenigstens diesem unseligen Leben ein Ende machen, antwortete ich.

Nun gut, sagte William, aber weißt du auch gewiss, dass das Nächste besser sein wird?

Nein, nein, erwiderte ich, ohne Zweifel noch viel schlimmer.

Also, sagte er, ist das Totschießen gewiss eine Eingebung des Teufels, denn es ist ein Teufelsgedanke, dass du dich, weil du in einer schlimmen Lage bist, in eine weit schlimmere versetzen müsstest.

Dies machte mich in der Tat stutzig. Aber, entgegnete ich, ich kann die unselige Lage, in der ich mich befinde, nicht länger ertragen.

Ganz richtig, sagte William, komm, gib mir die Pistole, von der du eben sprachst.

Warum, erwiderte ich, was willst du damit?

Was ich damit tun will, sagte William – ei du brauchst dich nicht selbst zu erschießen, ich sehe mich genötigt, dir diesen Gefallen zu tun, denn du stürzest uns sonst alle ins Unglück. Kurz, ich muss dich erschießen, um mein eigenes Leben zu retten. Komm her und gib mir deine Pistole.

Ich gestehe, dass mich dies sehr erschreckte. Der Gedanke ans Totschießen verließ mich zwar von dieser Zeit an, aber ich fing nun an mich im Schlafe zu ängstigen und laut zu reden. William nahm mich beiseite und stellte mir die Gefahr vor Augen, in die ich uns brächte. Und ich sagte zu ihm: Du erschreckst mich sehr – wie wird es noch gehen, ich werde am Ende gewiss noch alles verraten!

Komm, komm, Freund Bob, sagte er, ich will allem ein Ende machen, wenn du nur meinen Rat annimmst.

Was für einen Rat, fragte ich?

Einfach den, antwortete er, dass du bei deiner nächsten Unterredung mit dem Teufel ein bisschen leiser sprichst, sonst sind wir alle verloren.

Nachdem William auf diese Art Scherz getrieben hatte, ließ er sich in ein sehr langes ernstes Gespräch über meinen Zustand und über die Bedeutung des Wortes Buße mit mir ein und setzte mir auseinander, dieselbe müsste mit einem tiefen Abscheu vor dem Verbrechen verbunden sein, dessen ich mich anzuklagen habe, aber Verzweiflung an Gottes Gnade sei kein Teil der Buße, sondern gebe mich nur in die Gewalt des Teufels, ich müsste aufrichtig und demütig mein Verbrechen bekennen, Gott, den ich beleidigt, um Verzeihung anflehen, mich seiner Gnade überlassen und dabei den festen Entschluss haben, das getane Unrecht wieder gut zu machen, wenn es Gott gefalle, mir Gelegenheit dazu zu geben. Diesen Vorsatz habe er auch für sich selbst gefasst und finde darin einen großen Trost.

Williams Zuspruch gefiel mir sehr wohl und gewährte mir eine große Beruhigung, doch zeigte er sich immer noch sehr besorgt wegen meines Sprechens im Schlaf, legte sich daher beständig in dasselbe Zimmer mit mir und verhütete es, dass ich in irgendein Haus zu wohnen kam, wo man englisch verstand.

Nach beinahe dreimonatigem Aufenthalt in Bassora hatten wir einen Teil unserer Waren verkauft; da uns aber immer noch ein ansehnliches Quantum übrig blieb, so mieteten wir einige Boote und fuhren den Fluss Tigris oder vielmehr Euphrat hinauf nach Bagdad. Wir machten dort mit unserm Warenvorrate einiges Aufsehen und wurden mit vieler Hochachtung empfangen. Unter anderm hatten wir zweiundvierzig Ballen indische Stoffe aller Art, Seidenzeuge, Musseline und fünfzehn Ballen außerordentlich schöner chinesischer Seide und siebzig Pack Spezereiwaren, hauptsächlich Gewürznelken und Muskatnüsse. Unsere Gewürznelken hätten wir hier losschlagen können, allein ein Holländer riet uns sie zu behalten, da wir in Aleppo oder an der Levante bessere Preise dafür bekommen könnten. Somit rüsteten wir uns zur Abreise mit einer Karawane.

Wir verhehlten es so sehr als möglich, dass wir Gold oder Perlen besaßen, und verkauften daher drei bis vier Ballen chinesische Seide, um uns von dem Erlös daraus Kamele anzuschaffen, die Zollgebühren an den verschiedenen Plätzen zu bezahlen und uns mit Lebensmitteln für die Wüste zu versehen.

Auf dieser Reise bekümmerte ich mich nicht um meine Waren oder meine übrigen Reichtümer, wie ich denn überhaupt der festen Überzeugung lebte, Gott werde es, da ich sie alle durch Raub und Gewalt an mich gebracht, so lenken, dass sie mir auf dieselbe Art wieder entrissen würden.

Allein wie ich einen barmherzigen Beschützer über mir hatte, so hatte ich an meiner Seite einen höchst getreuen Verwalter, Ratgeber, Freund, oder wie ich ihn sonst nennen mag, der mein Führer, mein Steuermann, mein alles war und sowohl für mich als auch für unsere Besitztümer sorgte. Obgleich wir noch nie in diesen Gegenden der Welt gewesen waren, so wusste er doch alles Nötige aufs Beste herbeizuschaffen, und in etwa neunundfünfzig Tagen kamen wir von Bassora an der Mündung des Flusses Tigris oder Euphrat durch die Wüste und über Aleppo nach Alexandrien.

Hier hielten William und ich mit unsern zwei treuen Kameraden eine Beratung, was wir nun tun sollten, und William und ich beschlossen, auf einem zufällig auf der Reede liegenden Schiffe nach seiner Heimat zu gehen. Wir sagten unsern Begleitern, wir gedächten uns in Morea niederzulassen, das damals den Venezianern gehörte.

Es war gewiss klug von uns gehandelt, dass wir, nachdem die Trennung einmal beschlossen war, sie nicht wissen ließen, wohin wir eigentlich reisten, doch ließen wir uns von unserm alten Doktor seine Adresse geben, um ihm nach Holland und England schreiben und gelegentlich Nachrichten von ihm erhalten zu können, zugleich versprachen wir ihm die Kunde zukommen zu lassen, wie er seine Briefe an uns gelangen lassen könnte.

Wir hielten uns nach unserer Abreise noch einige Zeit hier auf und schifften uns nach Venedig ein, wo wir nach zweiundzwanzig Tagen frisch und gesund mit allen unsern Schätzen, Geldern, Juwelen und Waren ankamen, deren Gesamtwert sich auf so hoch belief, dass ganz gewiss seit dem Bestehen des Staates Venedig noch niemals zwei Privatmänner so große Reichtümer in diese Stadt gebracht haben.

Wir galten wie früher für zwei armenische Kaufleute, auch hatten wir uns in dieser Zeit so viel von dem persischen und armenischen Kauderwelsch, welches in Bassora, Bagdad und allen von uns durchreisten Gegenden gesprochen wurde, angeeignet, um untereinander so sprechen zu können, dass wir von niemandem verstanden werden konnten, zuweilen auch wohl selbst nichts verstanden.

Hier verwandelten wir nun alle unsere Waren in Geld und ließen uns auf längere Zeit nieder. William und ich waren einander in unverbrüchlicher Freundschaft und Treue zugetan und lebten wie Brüder. Wir hatten oder suchten niemals getrennte Interessen, sprachen ohne Unterlass miteinander von unserer Buße, und da wir unsere armenischen Kleider nicht ablegten, so nannte man uns in Venedig allgemein nur die zwei Griechen.

Endlich sagte William zu nur, er fange an sich mit dem Gedanken vertraut zu machen, England nie wieder zu sehen, da wir indes im Besitze so großer Reichtümer seien, und er daselbst einige arme Verwandte habe, so wolle er, wenn es mir nicht zuwider sei, durch Briefe zu erfahren suchen, ob und in welchen Verhältnissen sie noch lebten. Wenn dann einige, an die er besonders denke, noch am Leben seien, so wünsche er ihnen mit meiner Bewilligung etwas zu schicken, um ihre Lage zu verbessern.

Wir schickten einer noch lebenden Schwester fünftausend Pfund in guten Wechseln, die sie auch pünktlich empfing, und bald darauf meldete sie ihrem Bruder, sie habe gegen ihre Nachbarn vorgegeben, sie könne wegen Kränklichkeit das Geschäft nicht länger betreiben, weshalb sie etwa vier Meilen von London ein großes Haus an sich gebracht habe, um von dem Mietsertrage desselben zu leben.

Aus ihrem ganzen Briefe ging hervor, dass sie seine Absicht, unerkannt hinüberzukommen, wohl erriet und ihm versicherte, dass er bei ihr so zurückgezogen leben könne, wie er wolle.

Dies hieß uns die Tür wieder öffnen, die wir für dieses Leben uns bereits verschlossen geglaubt hatten. Wir beschlossen das Wagnis zu unternehmen, aber sowohl unsere Namen als die übrigen Verhältnisse aufs Sorgfältigste zu verschweigen, und William schrieb solchermaßen an seine Schwester, er sei sehr erfreut über ihr kluges Benehmen, sie habe das Wahre erraten, er wünsche ein zurückgezogenes Leben zu führen, und er bitte sie daher kein großes Aufsehen zu machen, bis er vielleicht zu ihr käme.

Er war im Begriff den Brief abzusenden. Lass sehen, William, sagte ich, du sollst keinen leeren Brief fortschicken. Schreibe ihr, es werde ein Freund mitkommen, der ebenso zurückgezogen zu leben wünscht wie du selbst, und zum Gruße will ich ihr gleichfalls fünftausend Pfund senden.

So machten wir in kurzer Zeit die Familie dieser armen Frau reich; als es aber nun wirklich zur Abreise kommen sollte, so fehlte mir doch der Mut dazu. Da nun William mich nicht verlassen wollte, so blieben wir noch ungefähr zwei Jahre hier, immer mit dem Gedanken, was wir wohl tun sollten.

Der Leser denkt vielleicht, ich sei sehr verschwenderisch mit meinem schlecht erworbenen Gelde umgegangen, indem ich auf diese Art eine Fremde mit meiner Güte überhäufte und eine Person, die nichts für mich getan und mich nicht einmal kannte, beschenkte, aber obgleich ich Geld in Menge besaß, so fehlte es mir doch außer William gänzlich an einem Freunde in der Welt, der mich hätte aufrichten und erheitern können, auch wusste ich nicht, wem ich diese Gelder zu meinen Lebzeiten hätte anvertrauen oder wem ich sie nach meinem Tode hätte hinterlassen sollen.

Daher wählte ich Williams Schwester zum Ziele meiner Wohltätigkeit. Ihr zärtliches Benehmen gegen ihren Bruder war mir ein genügender Beweis für ihre edle, menschenfreundliche Gesinnung. Indem ich mich nun entschloss, vorzugsweise sie zum Gegenstande meiner Freigebigkeit zu machen, zweifelte ich nicht daran, dadurch auch für mich selbst eine Zufluchtsstätte und eine Art Mittelpunkt erkaufen zu können, auf welchen meine künftigen Handlungen hinzielen sollten, denn wahrhaftig, ein Mann, der sein gutes Auskommen hat, aber keinen festen Wohnsitz, keinen Ort, welcher einen magnetischen Einfluss auf seine Neigungen ausübt, ist in einer der ungereimtesten, unbehaglichsten Lagen in der Welt, aus der er sich mit all seinem Mammon nicht loskaufen kann.

Wir beschlossen nun, von Venedig nach Neapel zu reisen, wo wir eine große Geldsumme in Seidenwaren verwandelten, eine andere bedeutende Summe bei einem Kaufmanne in Venedig und eine Dritte gleichfalls von ansehnlicher Höhe in Neapel festlegten und uns dafür großenteils Wechsel geben ließen. So langten wir denn wohlbehalten in London an mit einer Ladung, wie sie seit Jahren nur wenige armenische Kaufleute mitgebracht hatten. Einige Zeit darauf heiratete ich meine getreue Beschützerin, Williams Schwester, mit der ich weit glücklicher lebe als ich es verdiene.

Und nun, nachdem ich so offen gesagt, dass ich jetzt wieder in England bin, und so verwegen gestanden habe, welches Leben ich in der Fremde geführt, ist es Zeit abzubrechen und nichts mehr zu sagen, damit nicht jemand Lust verspüre, sich gar zu genau zu erkundigen nach des Lesers nunmehrigen Bekannten Bob.